在薄情的世界裡
溫柔的活著

Whispers
Of time

時光的低語

探索愛與失去
的微妙界線

楊牧笛 著

【探索愛的深度，在失去中尋找自我】

【在快節奏世界中，尋找真摯的連結】

【愛與哀愁交織，生命故事的輕盈旅程】

在這個快節奏、薄情的世界中，本書帶領讀者進入一段溫柔而深刻的旅程。

目錄

目錄

第二章
淌滿月光的幸福

第三章
傷痕的色彩

目錄

第四章
青春歲月裡的放縱

第一章
落紅不是無情物

　　細細品味與反省我們人生中遭遇的哭笑不得、左右為難的心酸，你會發現一如落紅，看似無情卻有情。經一椿心酸事，長一分心智。

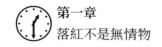
讓姐幫你挑

眾多感情裡斬不斷的是親情，而最容易被漠視的也是親情。如同一天到晚看著一個孩子，你會覺得他始終沒有長，直到哪天他忽然大了，你才恍然大悟，你才明白原來身邊的親人無時無刻不關心著你、呵護著你。

奶奶生了四個兒子、一個女兒。女兒早夭，因此奶奶一直盼望自己的媳婦們能為自家添個女娃。而母親的三個嫂嫂都特別厲害，為外婆家連添七個男丁。奶奶的願望到了母親才得以實現。母親三十、父親三十四歲那年，伴隨著一聲啼哭，我這特別珍貴的「特慢熟」降臨了，兩年後，那個「便宜貨」弟弟也接踵而至。

大家的焦點一直都在我身上，調皮搗蛋的我也總是讓人費心。有一點值得安慰的是我總算不負眾望，打從跨進學校的大門開始，每年都抱回一堆羨煞旁人的獎狀，成績也一直名列前茅，不甘人後。

母親說我「不是一盞省油的燈」，父親則一點顏面不留地稱呼我為「刁蠻公主」、「暴君」。小說家描寫的大小姐脾氣與我相比，簡直是小巫見大巫。學校愛去不去，遲到是家常便飯。家裡能摔的東西我都摔過；飯菜不合胃口，碗和碟子全部遭殃，被我五馬分屍；習題做不出，練習本撕成碎片；鋼筆、鉛筆、圓珠筆全都扔地上踩成兩截，如果不夠洩憤，鉛筆盒都得一起陪葬。

電視因廣告太多也被我砸過，天氣太熱，玻璃窗被我打爛過，甚至連燈泡不夠亮也慘遭我的蹂躪。父親一邊無奈感嘆，一邊悄悄將我用的碗、碟都換成不鏽鋼，鉛筆盒換成皮的，鋼筆沒辦法換，又怕我趕功課沒筆寫

字，只得將他自己讀書生涯的鋼筆拿來給我，我卻毀成了兩截殘骸。母親讀書時很優秀，寫得一手漂亮的鋼筆字，據說她那支漂亮的鋼筆是獎品來著，一直使用至今，相當珍惜，卻在借給我使用時斷成兩截。母親憐惜鋼筆，時不時要說我幾句，卻依然阻止不了我的我行我素。

心情不好時，弟弟也免不了成為我的出氣筒。偶爾不幸跑慢了，我便會找他的碴，把他拽住扁一頓出氣。可每次無論我怎麼打他，他總是打不還手，甘願充當我的人肉沙包。

讀國一那年，母親因為重病過世。那天剛好放假，我在外面玩瘋了，是弟弟陪她走過生命的最後一程。父親因母親的離去神志恍惚了好些時間，一邊要幫母親醫病，一邊又要籌措我與弟弟兩人讀書、生活費用。許多開支壓在父親的肩頭，本來就不富裕的家庭在父親的堅持下，兩年以後變得十分吃緊。後來，弟弟也開始蹺課了，而且還和父親說，要出去打工賺錢。那麼小的年紀，出去也只能算是個童工，爸爸沒辦法，弟弟太固執了，只能怒其不爭的答應了。

我感覺有些蹊蹺，吃飯時問他：「喂，幹嘛逃學啊？你不是很愛讀書嗎？我上學時，學校不收你，你整天在窗臺趴著聽課，聽得津津有味，現在居然退學？你瘋啦？」「我成績差，讀了也是白讀。你成績好，以後不要再蹺課了，我打工賺錢讓你唸大學。」我咬住筷子，一時說不出話。

曾經有一次我把他的課本弄丟了，從來不敢跟我對抗的他，居然和我槓上了，哭著、鬧著要我賠書。而現在他居然放棄讀書，去賺錢讓我讀書。一向對讀書厭惡至極的我終於決定改邪歸正，開始規規矩矩地上課。我不知道弟弟做出這一個決定，需要多大的勇氣來支撐。

讀完高中，為了減輕家裡負擔，我南下一邊工作，一邊自學。當弟弟知道我放棄繼續上大學起初很驚訝，也很不滿，但聽說自學也能拿到畢業

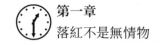

第一章
落紅不是無情物

證書，並且讀大學也只是為了混文憑罷了，他便沒有繼續糾纏不休。只是時時關注我的自學情況，唯恐我考不及格，連畢業證書也拿不到。那時，我白天在工廠裡做文書，晚上拚命啃課本。由於營養不良，我徹底瘦了。在老家附近做服裝生意的弟弟知道情況後，立刻辭職趕來，為了照顧我，他進了我工作的那間工廠，因為沒有學歷，他只能當一個普通的員工。

我們在外面租房子，弟弟白天在家具廠機器轟鳴的工作環境裡堅持八小時，下班便健步如飛趕去菜市場買菜，變著花樣做營養料理。吃完飯，還會時不時像變魔術般的弄個水果出來給我解饞。每次路過工廠，我領著一群客戶，用不太流利的英語跟他們解說生產流程時，弟弟滿臉自豪，也不管別人願不願意聽，逢人便嘮叨著：「看到沒，我姐，會說外語的。」

我交往後，特意帶了男友和他見面。他說相當滿意，可以放心離開了。男友戲謔弟弟是父親派來的欽差大臣。於是，弟弟去了另一個沒有熟人的城市工作。他去的地方離我不近不遠，卻也在我伸手可及之處，兩個半小時車程。

一年半後，我與男友分手，心力交瘁加上連連生病，短短一個月瘦了六、七公斤。弟弟再度要求過來找工作，可以有個照應。強烈的自尊讓我一口回絕。那段時間我誰也不想見，只想自生自滅。弟弟兩天一通電話提醒我吃飯、吃藥，後來，索性將信用卡寄過來給我保管，告訴我想吃什麼儘管去買。每次電話裡弟弟都安慰我說，吃一隻雞補補就好了。小時候，母親總喜歡用雞來幫我們補身體，我偏偏最討厭吃肉，背著他們，我全夾給弟弟，瞪著眼逼他吃下去。弟弟生得牛高馬大，而我還是瘦弱得像草似的。現在弟弟居然堅信一隻雞就可以將我失去的補回來，未免太天真了。不知出於什麼原因，我除了不會像小時候拿弟弟做出氣筒外，還是對他不冷不熱、不理不睬。對朋友我至少還會說聲謝謝，對他，我連謝謝都省了。

我恢復得很快，慢慢找到方向，心情也好起來。打給家裡的電話漸漸多了，每次電話裡父親都會問弟弟最近怎麼樣。聽了幾次後，我火冒三丈，好啊！臭小子都不打電話回家。我打給弟弟，毫不客氣、興師問罪般大吼：「喂，你在幹嘛？」

「我上晚班啊，現在睡覺，怎麼火氣那麼大？但我還是好開心！」

「被罵還開心？」我怒氣消了點，倒被他弄得摸不著頭緒。

「是啊！長這麼大，你打過我多少次，罵過我多少次啊？但打電話給我，這可是第一次哦！」弟弟聽起來很開心。

「啊！」我驚叫一聲，回想起來，的確，一直是弟弟三天兩頭打電話給我，我卻從未想起過他。

「你是不是很久沒打電話回家了，爸說的。你打電話回家，我沒事了，下次再聊。」我保持一慣的酷，想盡快掛了他的電話。

「你事多，忙，一週打一通電話給爸，我是兩天一通電話。不能回家，就想打電話陪爸聊聊天。」弟弟憨憨地笑。我好似當頭棒喝，原來是老爸用心良苦，有意提醒。

弟，你已經累了許多年，把你肩上的擔子交給姐，讓姐幫你挑，好嗎？

平日裡看到你的缺點與錯誤，批評你最多、對你講話直言直語的是他們；當你遇到困難、麻煩時，第一個挺身而出，站出來為你解難、分憂的也是他們；當你大獲全勝，取得各種大小勝利時，衷心為你歡呼、為你高興的是他們……他們是誰？你一定會想到，他們是我們的親人，他們是我們的兄弟姐妹！

親情一直都在我們身邊，一直都那樣默默的存在，與生俱來的存在著，它並沒有隆重的形式，也沒有華麗的包裝，它點點滴滴存在於生活的

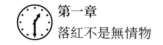
長卷中，如水一般無色無味，靜靜地存在於你生活的時時刻刻，滋潤著你的靈魂與每一個細胞。往往由於我們的漠視，對此已經習以為常，既使在享受時也無動於衷。

親情很簡樸、很實在，它可能是飯桌窗前的言笑晏晏，是柴米油鹽間的瑣碎細膩；是滿懷愛意的一個眼神，是求全責備的一聲抱怨；是離別後輾轉低迴的牽掛，是重逢時相對無語的瞬間。常常，一通簡單的電話，一句平常的問候，都是對親情最生動的演繹和詮釋。沒有蕩氣迴腸的故事，沒有動人心魄的詩篇，從來不需要費心費力地想起呵護，卻永遠如水般靜靜地流淌在我們生活的每一個角落，悄悄滋養溫暖著我們的身體和心靈。這便是親情，我們最珍貴、最常用，卻又最不關心，最容易忽略的。

人生一世，匆匆忙忙，每個人都會相遇親情、友情、愛情，甚至萍水相逢的一般感情。而最不起眼、最樸素、最美麗的一定是親情。它不像愛情那樣濃郁熱烈，也不像友情那樣清新芬芳，卻是那麼的纏綿不絕、餘韻悠長。它不似愛情那樣緣於兩情相悅，也不是友情那樣有著共同的需求，它和我們的血脈相連，與我們的生命相始終。愛情也許會流散死亡，友情也可能反目成仇，只有親情永遠是我們心中最溫柔的角落，雖然我們常常因它的平常而忽視，因它的樸素而遺忘，可是當我們傷痕累累、滿心疲憊之時，最先想到的只是我們最親的親人，只有他們可以不計得失，敞開胸懷的接納我們。只有我們那分血脈相連的感情，在歷經歲月的考驗與世俗的輪迴之後，依舊那麼樸素無華，那麼簡簡單單，真實的存在著。

親情如同一杯乾淨無味的白開水，與我們的生活息息相關。親情不如濃烈的醇酒那般芳香醉人，不如甜美的飲品那般令人難以抗拒，它不會讓我們興奮，卻能讓我們平靜；它不會給我們刻骨難忘的體驗，卻始終為我們提供著不可或缺的營養。親情中自有一分純樸和自然，不用刻意的雕

琢，在我們意識到時，它早已悄悄浸潤在我們的指尖脈絡中。在紛繁的紅塵世界，因為有了那一分親情在，不管距離遠近，無論喧囂寂寞，我們的心始終是安然從容的。不論你身在何方、身居何職，在你親人的眼中，在你父母的眼中，你永遠都是他們長不大的兒女；在你兄弟姐妹眼中，你永遠都是他們的手足。

　　親情如水，純淨透明；水如親情，綿延不絕，如果你正在漠視、忽略這分平淡中最真的愛，最無華的樸實感情，那請你趕快醒醒，為了這分感情做點什麼吧！

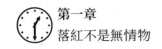

請還給孩子應有的快樂

茶餘飯後，朋友在一起談起兒時趣事，男友只是靜靜聽著，隻字不提自己的童年。我出於好奇，開始對他胡攪蠻纏，非讓他說印象最深的事不可。他說他的童年沒有歡笑，只有不開心；沒有疼愛，只有不理解。後來，他說了以下這件看似簡單卻又多麼令人感嘆的「小」事。

男友眨了眨他非常好看的大眼睛，表情漠然地對我說：「由於爺爺經常做木工活，小時候我放學回家，就會跟著學學。有次，費了很大的勁，自己做了一艘小木船。當時我多麼自豪啊！正拿著自己的成果玩得開心。爸爸下班了，看到我手上的小木船，二話不說就從我手上搶過去，摔到地上，一腳踩上去，毀了它。」

「為什麼呢？為什麼要毀掉你的小船，多可惜！」我不解地問，覺得可惜。

男友摸了摸我的頭，對我說：「爸爸給我的理由是，不用心學習，就只會玩，沒出息。爸爸的那一腳踩在我的小船上，也踩在我的心裡。當時真的很氣憤、很心疼。每次聽著你們說童年的快樂，我就在心裡想：如果自己也可以跟你們一起該有多好！」

我心裡一震，是啊！現在為人父、人母者大多都有自己的工作，望子女成龍、成鳳心切，會以大人的標準來要求他們。有時自己工作壓力大，遇到不順心，甚至將火氣發到小孩身上。站在父母的立場：辛辛苦苦，都是為了孩子。而在小孩眼中，只有害怕，只有不解。難道這就是所謂的父愛、母愛嗎？

常常會和同事、朋友在一起感嘆，懷念小時候，和同伴們一起玩摔泥巴的快樂場面，儘管衣服和手都被泥巴弄得髒兮兮，但快樂卻是現在花千百元買來的玩具都不能比的！更加懷念和同伴一起在街上追鬧的情景，甚至還會和調皮的男孩子一起去爬樹、掏鳥窩，自己的童年沒有資優班、沒有昂貴的鋼琴樂器，甚至連自己的生日都記不住，老師問起時都要回家問媽媽好幾遍；自己的童年沒有更多的知識伴隨，卻是那般的美好，那般的值得我們每一個人去留戀！

經常聽到幼稚園的家長說：「我這孩子太粗心了，也不知道捱了多少揍，就是不改！」也有的家長說：「這孩子，學東西總是馬馬虎虎，你跟他說多少遍，他就是聽不進去，真是氣死人！」還有的家長反映：「這個孩子，除了知道玩，還是玩！」甚至還有家長說：「這個孩子，小時候還挺喜歡看書的，也不知道怎麼了，長大以後就只知道在外面玩，不能安安靜靜的看書了。」類似這樣的反映，每天或多或少會從家長朋友們的口中得知，每每這個時候，我總會想：「你們了解孩子嗎？理解孩子嗎？是否想過孩子快樂嗎？」

不知道從何時起，「不讓孩子輸在起跑線上」這句話，傳遍了大街小巷。於是，隨著經濟條件不斷提升，對孩子的早期教育，也越來越受家長們的青睞！為了不讓孩子們輸在起跑線上，爸爸媽媽們甚至不惜一切代價，為孩子報各式各樣的資優班，為了能讓孩子樣樣都不輸給別人，幼稚園的孩子甚至連週日的休息時間都被剝奪了。

看著幼小的孩子，用自己瘦弱的肩膀背負著父母的期望，跟隨父母行色匆匆地走在大街上的時候，我不知道怎麼了，一股酸楚湧上心頭！多可憐的孩子啊！原本應該快樂無憂的童年，因為不恰當地介入，完全被打亂了。

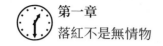
　　孩子也是獨立的個體，或許他們在某種程度上還依賴於成人，但是在更多的時候，已經有了自己的思想，已經有了初步自我判斷的能力。這時，他們或許需要更多的理解與幫助，需要支持與引導，並非需要成人的意志強加。試問家長朋友們，如果換成是你，你就肯定都能記得別人勸你改過的話嗎？如果是你，就確定自己不會犯錯嗎？更何況，對於孩子而言，這個世界充滿了好奇和魔幻的魅力，需要他們自行探索和發現的事物還很多、很多。

　　或許在孩子小時候，他沒有發現這個世界是多麼地精彩，他們還沒感覺到，原來自己也可以與這個世界發生如此多互動。所以在他們小時候，只停留在故事書的世界。而當孩子慢慢長大後才發現，原來書以外的世界也一樣地精彩有趣，所以他們才會把更多的精力投注到外面的世界中，這就是孩子成長的足跡啊！愛玩一直是孩子的天性，甚至是人類的共性，如果我們沒有任何的壓力，同樣也會很喜歡玩呢！身為孩子，還沒有到他們需要承受壓力的時候，難道連一點玩耍的權利也要被剝奪嗎？

　　真誠地希望家長朋友們，不要將自己的意志強加給孩子，更多時候請理解孩子，請把您更多的期望收起來，讓孩子過一個快樂無憂的童年。許多時候，只需做一個靜靜的觀察者，認真地觀察著孩子，在他們需要幫助的時候，幫他們一把，這就足夠！即使有的時候，孩子真的犯錯，也不要暴跳如雷，多站在孩子的立場去思考問題，大多數的孩子能自我意識到錯誤！這樣就能好好保護孩子們的自尊心，何樂而不為？相信在寬容和快樂氣氛中長大的孩子，在鼓勵和讚賞中成長的寶貝，他的未來也一定會更加美好！而美好童年所留下的美好回憶，更會影響他們一生。所以，真心的希望家長朋友們，能真正的從孩子的角度出發，真正做到尊重孩子！把原

本屬於孩子的快樂還給孩子們吧！這樣，我們的孩子才會笑到最後，終點的勝利者才會屬於孩子！

　　已經身為人父、人母的朋友，請不要這樣對你們的孩子！孩子需要的是理解、是疼愛。而不是揠苗助長，或是用童年的快樂來換取過早的成熟。

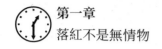

第一章
落紅不是無情物

你們有孝敬父母的習慣嗎？

百善孝為先。

隨著社會的快速發展，高科技突飛猛進。為了學習、生存、工作，為了一點點的成績，背井離鄉如家常便飯。畢業後，走入他鄉到另一個環境工作。常常想應該回家看看父母，可實際上卻沒有。然而，男友就真的做到了。

尊重長者、孝敬父母是中華民族的傳統美德，但是，這種美德很少表現在獨生子女的身上。常常可以看到這樣的家庭生活鏡頭：吃過飯後，孩子轉頭看電視或出去玩，父母卻在那裡忙著收拾碗筷；家裡有好吃的東西，父母總是讓孩子品嚐，孩子卻很少請父母先吃；孩子一旦生病，父母便忙前忙後，百般關照，而父母身體不適，孩子卻很少問候。凡此種種，值得思慮。令我意外的是，男友是一個特別的例子。每每跟我在一起，他都有意無意中透露出對父母的思念及孝順。也因為這點，他從內心深深打動了我。每個週末，我都會毫不猶豫地支持男友在家裡陪父母度過。男友去香港，家中電話打不通時，我會替他向父母報平安，讓他們安心。

有無孝敬父母的習慣，不單是子女對父母的孝敬，其實更能反映出一個人的內心品格。在家裡能養成孝敬父母的好習慣，到社會中，才有可能關心同事，也才有可能對旁人表現友好。因此，我們千萬不能忽視。男友曾問我為何會喜歡他，我回答：很簡單，因為他的素質，從小養成的好品德。孝順只是其一，因此而衍生的實在太多太多，一個連自己父母都不放在心上的人，很難想像還有什麼可以信任的。他愛護小動物，愛護花

草，害怕傷到任何一個人。難怪古人以「百善孝為先」來強調孝順的重要性。男友出類拔萃的素質令我眼前一亮，能夠獲得他的心，我亦是此生無憾了。

　　朋友們，你們呢？你們有孝敬父母的習慣嗎？你們會害怕他們擔心嗎？你們會時時問候，常回家看看嗎？要多體諒、多孝敬父母哦！不要等待某個時候才去做，子欲養而親不待的例子實在太多，不要空留遺憾。怎麼樣，讓我們從今天做起吧？

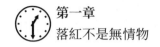
天秤座那個男孩

「有一種人，我們注定一輩子不能擁有；上帝給了機會讓我們相遇，卻沒留時間給我們相愛。」看到這句話時，心跳突然停止，呼吸突然遏止。我相信這也許是每個人的共鳴，每個人都有過的思想。花非花，雨非雨，非夢非醒，非痴非醉，幸福似乎很近，又似乎很遙遠，猶如流星瞬間劃過星空卻無法把它抓牢。

茫茫人海，我們尋尋覓覓，就在那不經意的一瞬間，就在那不起眼的一角落，就在那最平凡的一刻相遇了，相知了，相愛了。愛，沒有誰對誰錯，無須追究誰是誰非，愛只有緣深緣淺、緣來緣滅。愛，其實很容易，就是不論你是否已經允許，我已經輕輕地、悄悄地把你放進我的心裡；愛，其實不容易，就是無法抗拒，無法停止自己無所顧忌地想你！有一道門，我們永遠都打不開，因為我們拿錯了鑰匙；或者說，是我們走錯了門！如果只是想要取暖，如果只是想要關懷，其實並不一定要說愛，只要愛了就一定要擁有。我們在錯誤的時間裡相遇，我們在夜深人靜裡彼此懷念。我們害怕別人因此受到傷害，我們都希望彼此可以幸福，所以我們不得不忍痛捨棄，微笑著說再見。

初次報到，對投資一知半解的我不得不走進理財課堂。他就出現在課堂上，而且長時間占據著大腦一個重要位置不肯挪動。投資培訓的課堂上那許多無止盡的提問，他都要我回答。可是當時我的心情極度鬱悶沮喪，極力壓制自己、控制情緒，每每低著頭希望逃過一劫，可沒想到耳邊總是響起他不知有意還是無意的邀請，他說：「請低頭的那位女生回答！」環

顧四周，我想確認是否還有低頭的學生，卻沒有，抬頭直視他那張笑得如花盛放的臉，心想：「有沒有搞錯？這個白痴。」心裡這樣想，卻不得不表現得大大方方來回答他的問題，正是這樣的舉動讓我記住他。

加了他的 Line，原意是請教學習。事實上，我問我的，他答他的，毫無因果關係。但他總會用「因為所以」這樣的句式結構答得相當生動，東拉西扯的，只差沒被他扯到南極北極，繞著地球轉一圈了。典型的跳躍思考方式，我只得求饒。這人真的有點煩，起初我在 Line 上與他聊天時，對他的印象就定型了，他卻笑稱我是最可愛的那位。

剛到公司正式上班，以為他會大大方方地來教我一些什麼。他卻給了我一個真理般的回絕：希望愈大，失望也會愈大！有段時間幾天不見人，說是感冒、扁桃腺炎，這樣那樣的不舒服以致缺席。好不容易見到面，他又說他是獨來獨往的那種，不太跟別人交流，我真是氣到牙癢癢，還得陪笑臉。

「唉呀！你又不吃飯，減肥啊？其實，我也覺得你的確有點肥。」聽到他在後面一邊笑、一邊大叫，我真想過去踢他一腳。那段時間大病暴瘦後，一直以增肥為目標，飯早就吃過了，只是他東竄西竄沒見到罷了，難道每次吃飯都要當著他的面？

發覺與他沒有交集後，我採取不抵抗的「綏靖政策」。就是不惹他，看他除了慢慢熄火，無視我的存在，還能拿我怎麼辦？「唉呀，你又來啦！」一隻手突然在我頭上敲了一下，從背後閃出了他的身影。我的天！這哪像一直要在同事面前樹立管理形象的上司啊！深呼吸一下，隨口應一聲，他又沒下文了。如果說第一次是意外，那這後面的第二次、第三次我真覺得有些不可思議了。更不可思議的是，在我很需要一份客戶報告時，他扔給我一份很不錯的自製報告。意外之中讓我見證了他的實力，果然做事謹慎又很細心，也真正明白了他高傲背後的艱辛與付出。

　　偶爾也會回覆他在 Line 上有一句、沒一句的閒聊。剛開始，他都在套話問我「有沒有男友，如果有男友的話，非得扁他一頓不可」！不知不覺中和他談了許多，而他也樂此不疲似的。有一次，莫名其妙說要來我家玩，卻又沒來，真是騙人也不打草稿！第二天又像沒事一樣說笑。不知道是失憶比較嚴重呢，還是徹底傻了？有次，在 Line 上他的一句話讓我很驚訝，我應付式地隨口對他說了一句：「你和我相差三歲，就是有代溝，沒辦法溝通！」他回覆：「再說我就翻臉了！」我不禁啞然，這也值得翻臉嗎？我還真想看看他翻臉。從那一刻起，我也開始慢慢留意身邊那個天秤座男孩。

　　有意無意中會聽到一些關於他的事情，我會很用心得記錄下來。並不喜歡八卦的自己，偶爾也會向好友問起關於他的種種，但我發現她們也只了解那個天秤座男孩一點點，並不足以滿足我的好奇心。於是，我做出了人生中最恐怖的決定：想嘗試著更進一步了解他，約他出去。可是，不管我約他出遊、爬山，都被他亙古不變的「改天」徹底打敗。我的想法就只是想要像好朋友一樣多接觸、多了解，這麼簡單而已，有必要一直改天，等到我花兒都謝了嗎？

　　本來以為慢慢地我們都會淡忘彼此，淡忘那分誰也說不清，似是而非、不著邊際、摸不著頭緒的情愫。但春節期間，他的一通電話以及後來的訊息，讓我很意外。我不回家很正常，他不回家，按我的話來說簡直就是「白痴」。馬拉松都跑完了，他才告訴我：「之前拒絕我的約會，是因為他想主動約我會比較好！」「什麼跟什麼？搞那麼複雜，約會也可以是朋友，或是同事之間吧？何況彼此都只了解芝麻綠豆那麼一丁點！」我心裡一邊這樣想，一邊發麻。不是找藉口，但經常因為這樣或那樣的原因沒能接到他的電話，訊息中模模糊糊希望可以約我見面或是去他那邊玩。我本

來就喜歡簡簡單單、直來直往，被他弄得暈頭轉向，沒有頭緒。於是，我開門見山地選在大年初一晚上和他見面。

初一那晚，天早就黑了，細雨中只剩下路燈閃爍。在宜家門口等不多久，他便趕到。見了面他只是一直笑，但我總覺得他留下來過年一定是因為我，心裡不免有幾分感激（可能是自作多情吧！管他呢）。很快我便與他漫無目的走入細雨中，想到什麼就說什麼，海闊天空、毫無頭緒。我變得比平常更嘰嘰喳喳了，他幫我撐傘，一邊陪我走，一邊笑著隨聲附和，有始以來第一次的默契與配合。也許這就是《不良笑花》裡所謂的安靜的力量。回頭想想，都不知道自己當初吃了什麼興奮劑，像白痴似的不顧他感受一直說個不停。

穿過體育場，逛完購物中心，我指給他看我喜歡吃的麻辣鴨頭在哪可以買到，接著讓他陪我去喝東西。也許是我自作多情吧，我總是感覺那個超自信的他居然不敢正眼看我，我想說與他坐同一邊，他或許會感覺好一些（至少不用看我了嘛），但他卻紳士般地和我換位置，邊喝邊聊天，如愛因斯坦說的相對論，如果你覺得陪你的對方賞心悅目，相處的幾小時過得比平時幾分鐘還快，我就是那樣感覺。他也說了許多、許多我未知的事情，有辛酸、有痛苦、有懷疑、有自豪，也有平靜摻雜其間，我慢慢體會他走過來的這一路並不平凡，也著實不簡單……

快樂總是短暫的，時間很晚了，他要求送我回去睡覺。我收到他回去路上發給我的訊息說，那晚有我陪著他很開心。

在此之前，我無意之中從朋友那得知，他已經有一個心地善良的女朋友，縱使一百個不願意，第二天我還是主動提出：那一晚是我們的第一次約會，也是最後一次。後來在他的日記中，看到他說很珍惜一位朋友，總是小心翼翼與她相處，卻還是感覺累了！我不知道是不是因為我的那四個

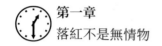
字「最後一次」而累？感同身受，我又何嘗不是？

接下來，他真的從我生活中消失了，很多訊息都不回覆，電話也不接。我的心情低落一整天，安慰著自己：「也許有其他原因，比如說沒帶手機。但是時間那麼長，這種可能性微乎其微。但我寧願相信，這樣讓我感到舒服。」第二天，我去了朋友家。第三天，我收到意料之外的訊息，他說他想我了，他在度假並希望我下次能陪他。他回來後，又約我去看夜景。對於他所有的邀請，我不置可否，表現得相當溫順。後來，他說睏了要取消計畫，看到訊息的那一刻，我感到前所未有的失落。

也許我更應該考慮他女友的感受，也許我更應該站在他的立場去思考，也許我應該慢慢學會接受、學會放棄。但為什麼偏偏又被我看到他的社群網站都與雨有關，一定與那晚連繫緊密吧。

有時我也會思考他在想什麼？他在做什麼？他是怎樣的一個人？然而那些都只是我根據一些零碎的記憶以及道聽塗說來想像的，並不是那個有血有肉的他，也不是生活中實實在在的他，也許，我今生都沒有機會證實自己的想像能力到底與現實有多接近？

天秤座那個男孩！謝謝你帶給我的一切：開心、快樂、鬱悶、煩惱與不解。

錯的時間裡遇到對的人，本身就是一種無奈，也許人生漫漫中，我們每個人都會遇到。是取是捨，是放是留，全看大家各自選擇。

感情在萌芽階段，我們的大腦都是清晰的。只要你不掩耳盜鈴、自欺欺人，在一些蛛絲馬跡中，我們往往可以看見自己的未來。有人說，上天在不同的時機掉下許多塊拼圖，與我們合得來能拼起來的不止一兩塊，何必拚命執著於那些不屬於自身的拼圖？相戀很美，美到令人迷失自我，但只有冷靜理智的人才配長期持有這分美麗。

　　有的時候，人不願放棄一些不適合自己的感情，只是因為無法忘懷自己曾經做出的努力。雖然你現有的東西一度也曾是你一直嚮往的，但不適合就是不適合，強求只會徒增煩惱。

　　如果遇到，請理智放棄，成就自己人生不遠處屬於自己的那分美。

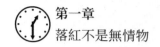
一生的模特兒

　　孩子到了十四、五歲，便進入了成熟的季節，可能在發育尚未完全成熟之前，便產生了霧裡看花、水中觀月的朦朧之戀。有人說這種初戀是人生的第一朵鮮花，是拒絕世俗、功利主義、不考慮婚姻的一段純美的感情經歷，它像夢一般的迷濛和短暫，但又讓人心充滿了特別的溫馨和嚮往。如果處理得當，一分青澀的朦朧愛戀，多年後也許還能繼續一個美的續集。下面是同學一個很美的故事：

　　她一如往常，一身白色的棉質 T 恤，綁著高高的馬尾，端著一杯茶，盤坐在電腦前瀏覽網頁，一幅熟悉的畫跳到她眼前：畫裡是一個女生的背影，身穿白色棉質 T 恤和高高綁起的馬尾。怎麼這麼像我？她喝一口茶，臉上掛著說不清道不明的表情，她點開了作者的所有作品，呈現在眼前的幾百張畫，全是這個女生的背影。抬頭看著牆壁上掛了兩年的背影，那是由許多碎片黏起來的，畫已經褪色，但撕裂的痕跡與淚漬還是那麼清晰可見。

　　兩年前，他們被分到同一班，那時他已是全校聞名的資優生，他的臉孔清秀俊朗。而他的畫從國中開始便有人陸續購買，每一幅都那麼唯妙唯肖、傳神逼真，他的畫乍看之下，你會誤以為是相機的結晶。一下課，幾乎全班女生都整齊地排隊，想請他畫一幅肖像。美其名是畫肖像，其實不過是為了多看他幾眼。只有她不屑一顧，直接走出教室，消失在走廊上。

　　她氣質俏麗的臉上總是綻放著雲彩一般無憂無慮的笑容，許多男生蠢蠢欲動，情書鋪天蓋地飛向她，當寫情書的男生偷偷躲著看她拆開時，無一例外可以看到一場雪花紛飛、天女散花的壯觀場面。大剌剌、我行我素

的怪癖令大家望而生畏，形單影隻的她如同一朵帶著刺的白玫瑰，放肆綻放自己的美麗，同時也替旁觀想採摘的人築起了高高的壁壘，不得靠近。

晚自習第一節下課，天還沒完全黑，皎潔的月亮像銀盤般倒扣在黑洞洞的天空中央，平時熙熙攘攘的偌大操場上居然人跡全無，無一不被老師逼著在教室裡埋頭苦讀，迎接大考，爭取所謂的「一舉成名天下知」。

「快讓開，看我的。」她一聲尖叫，武松打虎般撲向螢火蟲，沒想到動作幅度太大，正好撲到對面迎來的男生身上。

「喂，你眼睛長在頭頂上啦？還是長好玩的？」她一邊推開男生，一邊大聲嚷嚷。回過神來發現居然是他，「啊，原來是你啊！你那群粉絲呢？全被你做成泡麵裝起來啦？居然沒人跟著，奇怪！」

「哈哈，有意思。」他明顯被她逗樂了，她第一次看見那個酷酷又帥氣的臉上堆滿鮮花燦爛的笑容。

「快！要上課了！」她拉住他往教室衝，半路上，她突然意識到男女有別，不能授受不親，於是放開他的手，一個人飛奔起來。

接下來的晚自習，她回想著剛剛拉手的那一幕，細細品味著。雖說只是一瞬間，卻像觸電般令人興奮，令她心馳蕩漾，臉上洋溢著幸福，而幸福的代價便是整整笑了一節晚自習。

原以為這只是上帝安排在她生命裡的一顆流星，燦爛絢麗過後轉瞬即逝，她將這分美麗心情好好打包收藏在心底封存。沒想到，後來他居然找她當肖像模特兒。

「喂，我們的才子需要人物素描參加比賽啦！需要找一個女生當模特兒，要報名的，來我這裡登記。」美術小老師自己畫畫不怎麼樣，對本分工作卻很盡職盡責。人群蜂擁而來，將小老師團團圍住，女生的歡呼雀躍，踩到腳的尖叫聲不絕於耳，令她覺得一陣噁心，轉身走出教室。

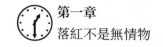

「喂，在看藍天白雲嗎？」

「嘿，你居然那麼沒風度，人家幫你挑模特兒，你倒是出來了。」

「呵呵，其實我想要你當我的模特兒，你覺得怎麼樣？」

「坐那幾小時的效果，我去照相館一兩分鐘就搞定，何必受那分苦呢？哈哈！」她原本想如平常一樣大笑，但看到他臉上那一絲抽搐，她的笑容僵住了，就此打住，「Sorry！」她咬咬嘴唇，對他報以尷尬一笑轉身向教室走去。

回教室的路突然好像變得很長，她拖著沉重的步伐，在心裡默默地一邊詛咒自己的愚蠢與虛榮，一邊深深懊悔居然將這與他單獨接觸的機會白白放棄了。在見不到人的時候，她猛用手敲了一下自己的頭，希望下次會清醒一些。

他放棄了那場比賽，跟他一起學畫畫的女生得了獎品與榮譽，那個女生並不像他畫得那般傳神。她覺得他的放棄多少與自己有關，一直不敢面對他，每次見到他，她總是繞道而走，好像做了虧心事。

後來她在家人的安排下轉學了，她靜靜地辦理轉學手續，直到臨走前也沒有讓任何人知道風聲，帶著那分朦朦朧朧的愧疚，她就這樣無聲無息地消失蒸發了。

在新的校園、新的班級裡，她一如既往的冷漠、孤芳自賞，轉眼便是一年，看著身邊的同學成雙成對，她開始瘋狂地思念他，傍晚倚坐在窗前，一身白色的棉質 T 恤，綁著高高的馬尾，淡淡的眼神因為思念他而專注。她寫了一封信給他：想買一幅肖像畫，指定模特兒 —— 我，指定畫者 —— 未來的畫家，你。交件有效期限：一年內有效。她以為寄出的信如泥牛入海，無處尋覓，又被該死的郵差弄丟了，根本就沒送到他手上。她寧願這樣相信，她害怕知道是他收到信，而不願意原諒那個曾經拒絕做模特兒的人。

半個月過去了，她依舊一個人靜靜地坐在操場的草地上用手遮著前額，仰望蔚藍的天空中飄浮朵朵白雲的流動。她嚮往著這分無法觸控的自由與美麗。

「你的信。」

「是我嗎？」班裡的服務股長明明是和她說話，但她還是懷疑，她從沒收過別人寫來的信。如果有，那一定是他。看著服務股長點頭，她惴惴不安起來，翻身從草地上爬起來，往教室飛奔過去，白白的 T 恤猶如天空流動的一朵雲。

信是他寫的，裡面有一幅背影畫，那是由許多碎片黏在一起的，畫裡的人分明就是她：白色的棉質 T 恤，綁著高高的馬尾。撕開的痕跡是代表憤怒，還是什麼？她把那幅畫翻來覆去地看，卻看不出任何端倪，找不到答案。一陣悶在心裡許久的心酸奪眶而出，一滴一滴滑落在那幅背影畫上。她將畫貼在自己臥室的牆壁上，端詳了好幾天，不下一萬次，但始終沒讀懂這幅畫的涵義。

她移動滑鼠，檢視每一幅畫的簡介，居然都是：唯一的模特兒。她喝一口茶，皺著眉頭想再找到一些蛛絲馬跡。她不明白為什麼每一幅畫都是背影？為什麼這個模特兒沒有一張正面？難道她見不得光，或者長得那樣對不起觀眾嗎？她的第六感告訴她不是，這畫一定與自己有著某種淵源。

在作者唯一一篇部落格裡，她找到了一直追尋的答案。「藝術需要靈感來創作，從她銀鈴般的笑聲裡，我找到了所有的感覺，遺憾的是我卻從未有機會仔細看她一眼，我甚至不敢正眼看她。鼓起一生的勇氣請她做我的肖像模特兒，但她拒絕了。我只能在她背後，偷偷欣賞她的美，傾聽她與大自然的呢喃。但上帝捉弄人，連我最後一絲靈感都抹殺了，她人間蒸發般消失了，音信全無。我努力憑著記憶留下了一幅她的背影畫，總覺得

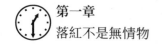

滿是遺憾與不足，生平第一次怨恨自己的手如此笨拙，居然畫不出我唯一想畫的她。一怒之下撕碎了那幅畫，然而不捨這唯一的紀念，又黏好了它，一直珍藏著這分回憶。從些停筆，不再作畫。一年後，我的靈感又回來了，我收到她的信，讓我幫她畫一幅肖像畫，我將那幅黏好的畫寄去給她。從此一發不可收拾，她的背影在我腦海裡清晰如昨日，一點一滴的浮現，靈感的衝動支配著我，一幅又一幅地畫著我唯一模特兒的背影。如果可以，我想為她畫一輩子。」

所有的不解與壓抑潰不成軍，淚水如洪水氾濫，模糊了她那明亮的雙眸，順著她秀麗的臉龐滑落，滴在鍵盤上，她在部落格底下留了一句：「我願做你一生的模特兒！

對於學生階段的朋友們，我想奉勸的是：不可盲目墜入愛河，大家年齡尚小，處理問題比較幼稚，還不識水性，也抵擋不住愛河中巨大漩渦的衝擊，一不小心還會被愛河淹沒。最好的解決辦法不是過早談戀愛，而是將初戀的純情珍藏在心底，使之成為一種激勵的力量，不要在行動和方式上變為戀愛的事實，以理性掌握好人生的走向，專心致志地求知求學，把主要精力集中在知識學習上，不斷提高自己的思想道德水準，用優異的成績、濃厚的學習興來減少求異心理引起的苦悶和折磨，補償心理上的某種失落。

雖然說，初戀是刻骨銘心、難以忘懷的，但並不是最好的。在初戀心醉神迷的時期，你很難分清楚這究竟是愛神真正光臨，或僅僅出於對異性的好奇。要一對青春少男少女做出有關終身大事的抉擇，是一次很大的冒險，日後有些人會為此付出昂貴的代價。一生的模特兒，僅僅代表一個開始，而非結束，誰都希望有情人終成眷屬。

兩段沒有結局的感情

愛情有時候會悄悄降臨，有時候也會偷偷溜走，下面我們就看看一個女孩兩段沒有結局的感情：

清，個性開朗，愛笑、愛打扮，不斷換髮型，形象不斷更新中，今天見她這樣，明天搞不好就換成別的模樣了。

談及感情，她感觸頗多，二十一歲，從未放開自己與人交往，但卻有兩段沒有結局的感情流淌在她的記憶長河之中。她說太激動，不知要如何表達，於是讓我幫她留下這記憶中濃墨重彩的一筆。

清有著良好的教養與素質，有著可愛女孩的嘴甜，有著我欣賞的少女矜持。但少女畢竟是少女，她還是無法避免地對懂得討女生歡心、懂得吊人胃口的 F，產生理智的免疫，明知道跟這樣的男生在一起不會幸福，更別說有結果，但還是掉進了他感情的陷阱，對他產生了朦朦朧朧的情愫。

情場春風得意的 F，也許早就一眼看穿清對他的感覺，轉學後，還有意、無意地出現在清的生日派對上幫她慶祝。聊天中，還會說笑或認真的說喜歡上了清，在清慢慢投入感情時，F 還會請第三者（一個朋友）證明他對清是認真的，也許誰也無法抗拒這若有若無、霧裡看花般的美妙追求吧！於是清聽了朋友們的勸說想更進一步，想揭開最後一層隔著他們的紗。誰知道 F 卻找藉口說不方便，也許是選擇太多，陪伴的女生太多，所以清還在排隊中吧，約會那天才會不方便。清覺得只是證實了自己以前的想法，於是瀟灑的選擇了離開，縱使懷念也不再糾纏……

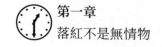
　　見過花花公子的清，在之後的感情路更是多了一分慎重、一分警惕，她渴望一個有責任心、有安全感且穩重的男生出現。這時清遇到了 H，他就是這樣的一個男生，儘管清不是很喜歡他，但因為他的種種表現與行為，令清覺得他是一個好男生，從而煞不住感情那輛失控的車，很想接近 H。在感情的路上，清依舊保持低調的的作風，她默默的為 H 付出。在他手受傷時，幫他洗衣、幫他買藥，H 甚至都不知道這些是清為他做的。H 轉學離別時，清滿是不捨，淚流不止。許久之後，H 出現在清的生日會上，或許 H 也看出了清的心思，或許 H 也對清有某種情愫，或許 H 也覺得清是一個好女生，因此不想傷害她。H 給清看了與女友的合照，並送一張給清。清知道這個男生已經離她遠去，已經不會再屬於她，於是只有保持冷靜！

　　我告訴清：屬於自己的就會是自己的，緣盡緣散，一切隨風，平常心看待，屬於你的那分精彩也許正在不遠處等著你。

己所不欲，勿施於人

晚上突然問起男友：「以後的時間很長，我想總會有小女生主動追你的，你太好了，我有點不放心，如果真的有女生追你，那你怎麼辦？」「哦，這樣子啊！」男友自鳴得意地說：「我先看看她漂不漂亮？」「再來呢？」我接著問。「再看看她是不是心地善良？身材好不好？對我好不好。」男友一口氣說了一大堆，雖然是玩笑，但我聽著覺得心裡有點不開心了。

今早，便有以前的同事打電話給我，說是公司有一個新來的男生想認識我。我故意將電話調很大聲，聽到我講完電話，他立即跑來輕聲問我會怎麼做。「那我先看看他長得帥不帥咯。」「然後呢？」本來對我一見鍾情的可以說是不少了，見他臉上也流露出些許的不安。「再看看他是不是心地善良。」男友愣了半天，突然醒悟似的，很不好意思地打著自己的頭說：「我錯了！我只是跟著別人瞎鬧而已，別跟我計較。」我這下徹底開心了。就應該給他一個教訓，讓他也知道什麼是：己所不欲，勿施於人，以己之心推及他人。

此話現在聽來依舊有道理，其實這句話來自 2500 年前孔子之口：「己所不欲，勿施於人。」一語道破待人處世的道理，與人交往的精髓所在。所謂「己所不欲，勿施於人」，就是用自己的心推及別人。自己希望怎樣生活，那別人也會希望怎樣生活；自己不願意被別人怎樣對待，首先就不要那樣對待別人；自己希望在社會上能站得住、能明白事理，也得幫助別人站得住，讓別人也變得明白事理。總之，從自己的內心出發，推及他

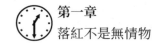
人、理解他人、對待他人。「己所不欲，勿施於人」簡單地說就是推己及人，它和平常說的將心比心、設身處地為別人想，都是同個意思。當遇到事情，你要實行的時候，也請站在別人的角度去思考，這樣做的結果是什麼？如果想過之後，覺得還是可行，那麼你就行動吧！

　　有社會閱歷的人大多都有體會、有感覺，大家都懂得種瓜得瓜，種豆得豆的道理。你種下什麼，收穫的就是什麼。為什麼有人會如此友善地考慮到其他人呢？播種一個行動，你會收到一個習慣；播種一個習慣，你會收到一個個性；播種一個個性，你會收到一個命運；播種一個善行，你會收到一個善果；播種一個惡行，你會收到一個惡果。你可以不公平地對待其他人，但你這種不公平的態度，將會使你自食其果，總有一天也會遭遇同等的、不公平的待遇。佛家說：不是不報，時候未到，大概就是這個道理。進一步說，你所釋放出來的每一種想法的後果，都會回報到自己身上。因為你對其他人的所有行為，以及你對其他人的念頭，都經由自我暗示的原則，而全部記錄在你的潛意識中，這些行為和思想的性質會改變你的個性，而你的個性相當於一個磁場，把和你個性相同的人或情況吸引到你身邊，所謂「近朱者赤，近墨者黑」。

　　「大禹治水的故事」就是「己所不欲，勿施於人」、「己立立人」和「己達達人」的崇高典範。大禹接受治水的任務時，剛和塗山氏的一個女孩結婚。當他想到有人被水淹死時，心裡就像自己的親人被淹死一樣痛苦不安，於是他告別了妻子，率領 27 萬治水群眾，夜以繼日地疏導洪水。在治水過程中，大禹三過家門而不入。經過 13 年的奮戰，疏通了九條大河，使洪水流入了大海，消除了水患，完成了流芳千古的偉大業績，在民間也流傳著這樣一首「大禹治水」的民謠：

大禹治水十三年，一心為民解災難。
實地觀測搞調查，團結勤快聽意見。
三過家門而不入，廢寢忘食瀝肝膽。
河道疏通水患滅，灌溉農田萬民歡。

據說後來，有個叫白圭的人，跟孟子談起這件事，他誇口說：「如果讓我來治水，一定能比禹做得更好。只要我把河道疏通，讓洪水流到鄰近的國家去就行了，那不是省事得多嗎？」孟子很不客氣地對他說：「你錯了！你把鄰國作為聚水的地方，結果將使洪水倒流回來，造成更大的災害。如果我們的鄰國都這麼做，我國就是一片汪洋了，有仁德的人是不會這樣做的。」這就是成語「以鄰為壑」的由來。

從大禹治水和白圭談治水這兩個故事來看，白圭只為自己著想，不為別人著想，這種「己所不欲，要施於人」的錯誤思想，難免要害人害己的。大禹把洪水引入大海，雖然費工費力，但這樣做既消除了本國人民的災害，又消除了鄰國人民的災害。這種推己及人的精神，多麼值得我們欽佩和效法。

一般情況下，自己不喜歡的東西，別人也不會喜歡；自己討厭的東西，別人也有可能討厭。自己喜歡的東西，別人也許接受不了，所以不能把我們自己的喜惡強加於別人，非要他人和我們一樣，可以說是強人所難。

別人罵你，你心中必定不開心，所以你就不要隨便罵人。你不願被人欺騙，那你最好不要去欺騙別人。你最討厭別人在背後對你指手畫腳，就不要在背後非議別人，對別人說長道短。這就是「己所不欲，勿施於人」。人們習慣從自身的觀點出發，站在自己的立場上來理解和看待別人，所以不同程度地存在著自我中心式思考，就像是把一顆石頭投進湖

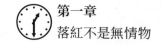
裡，一圈圈的漣漪無論多大、多遠，中心只有一個。人們習慣把交往中的摩擦歸罪於對方，雙方各執一詞，互不相讓，自然難以達成相互理解，因為人們習慣於「己所不欲，卻施於人」。

富勒（Fuller）說過：「向別人扔髒東西的人，把自己弄得最髒。」你可以將自己的喜好強加於別人的頭上，但不久你會發現，你自己也被別人強加了他們的喜好，儘管你覺得這很難受，你有什麼辦法呢？

其實，只要學會「角色互換」，就可以完美解決這個「己所不欲，卻施於人」的問題。所謂「角色互換」，就是站在對方的立場上，把作為主體的自我，當作客體的自我來審視和評價，只有這樣才能公正地理解別人，也能較客觀地對待自己，角色互換的作用正是可以克服以自我為中心的缺點。

人際交往中的角色互換，可包括以下兩個方面：一是設身處地地替對方著想。這樣可以通情達理地諒解對方的行為和態度。有些人常自以為聰明，喜歡議論他人的某些行為：「我要是他，絕不會這麼做。」說這些話的人，實際上有三種可能：

1. 他確實比別人有高明之處，但未必沒有不如人的地方。
2. 他喜歡當「事後諸葛亮」，屬於「馬後砲」，只有當別人的行為得到結果後，他才去做正確的選擇。
3. 他並未考慮對方的處境。換作自己，也許還不如別人。

只有意識到別人的難處，才能良好地理解別人，改善交往效果。

角色互換的第二個方面，就是用對待客體是我的態度，來對待他人。當你對別人做出某種行為或表示某種態度時，應當首先考慮到可能會造成對方心理上什麼樣的影響，如果會造成對方的痛苦，就要思考如何改變自

己的行為。角色互換中，可以使你體驗到對方在此情景下的感受，防止出現傷害對方感情的舉動。

你喜歡與什麼樣的人交往呢？工作中身先士卒、一絲不苟、兢兢業業；日常交往中，以禮待人、遵守諾言，若與他人產生衝突，首先檢討自己，處處為別人著想的人。如果你喜歡這樣的人，那麼你可以從自己做起，當一個別人喜歡與你交往的人。

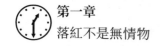
我喜歡的是你現在

相互吸引的是現在的氣質，各自擁有各自的美便足矣，無需折中求和。

「為了你，我一定要改。」情人之間大多會以這句話來表示愛對方的決心。江山易改，本性難移，三歲定終身，前人不是說著玩的。的確如此，要改變自己的性格何其難。為什麼要改來改去滿足對方的「口味」呢？退一萬步說，對方也不一定正確，再說她的口味天知道會不會改變？

愛說笑的我，很容易一面之緣便能留給人深刻印象，我的好朋友的確很多。而男友比我優秀，但由於偏內向的性格加上工作性質，令到他人氣大不如我。為此，男友很擔心，擔心哪天我會遇到更好的而離開他。他經常刻意勉強自己去改變以適應我。我多次告訴男友，我喜歡的是他現在，而他卻總是謹慎地說，他要為以後準備。

一個人的精力有限，花在一方面的多了，花在另一方面的自然就少了。我只希望男友可以用有限的精力去做有益的事。至於他現在的一切，我打心底認為是我見過，不說是最優秀，但卻是最適合我的。所以，我唯一的要求是：男友一定要開心、快樂。這樣我就滿足了。

其實，野草和玫瑰都是可愛的，沒有必要互相羨慕。盲目追求別人的路，到頭來還是得回到自己的起點，倒不如依照自己的方式做事，或許得到的一切會更穩固。每個人的性格都有紕漏，卻又各有所得。往往在大膽中蘊含了魯莽；在謹慎中伴著猶豫；在聰明中展現了狡猾；在固執中折映出堅強。羞怯會成為一種美好的溫柔；暴躁會表現一種力量。而男友屬於

謹慎型的，追求完美的同時，也多了幾分多疑。當然，多疑也源自不了解對方，我覺得完全沒有必要去改變。將此分謹慎用於工作、用於與人交往，收益往往大過於我自己。我又何須他為我而改變呢？

男友，我不需要你為我做出任何的改變，繼續你的性格，繼續做你想做的。我喜歡的是你現在！

沒談戀愛之前你是一個人，愛做什麼就做什麼。談戀愛了，就是兩個人的事了。是否應該為了愛而相互改變習慣及作風呢？這是個永恆討論著的話題。

我個人認為，沒必要過度一味適應、遷就對方，讓自己面目全非。只要能保持和睦相處，不斷培養共同語言、共同興趣愛好、共同生活觀及人生觀即可。保持自己的個性，保持自己的魅力。當然，對方深惡痛絕的缺點還是需要改變的，不然你們真的會過不下去了。

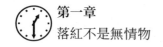
懷念他的那個擁抱

能觸動你心底的那根弦，能撥動你神經細胞的那些，便是你最珍惜的、最看重的。

在遇到男友之前，小鳥依人這個詞似乎從來不會出現在我的字典裡。大概是那個擁抱太誘惑人、不可抗拒，而我骨子裡早就渴望體驗那樣的溫暖，從他擁我入懷的那一刻開始，就注定我一生都懷念他的擁抱。

去年 5 月，單身貴族的生活照樣過得色香味俱全，夢裡也從未思考過哪天會結束。那天，我依舊調皮搗蛋得絲毫沒有一點女生的樣子。他陪我去海邊逛了一圈回來，大家都很累，我照樣大聲說話、嬉笑，樂呵呵地跟他東拉西扯，他也聽得津津有味。最後，實在是瘋得太晚了，他要回自己宿舍了。聽不到他回應自己，我轉過頭去看，看到他正把臉靠過來。「完了，不會是要親我吧？」我本能的將頭扭到一邊，心裡卻七上八下亂得不知所措。他識相地從坐著的陽臺上跳下來，我跟著下來，本來想目送他回宿舍，沒想他轉過身來，不讓我思考便將我擁入懷中。我似乎聽到自己的心在怦怦加速，身體卻失去了本能的反抗。其實他只是輕輕的摟著我，似乎怕把我弄痛了，然後將頭埋在我的肩膀以下，再慢慢抱緊。原以為我會抗拒這樣的場景，或至少會逃避。但我沒有，卻是下意識的去迎合他，伸出雙手，環著他的腰。他奸詐的笑著鬆開手，低頭看著我緋紅的臉，俯下身來，當他滾燙的雙唇貼到我臉上時，我嚇了一跳，立即反應過來，我抖了一下，尷尬地對他說：「哦，不早了，明天見吧！」送走了心滿意足的他，我卻在床上連續反覆回味那個擁抱，傻傻地笑了半小時。

　　從那一刻的那個擁抱開始，我便在心裡認可了他，我們便注定了以後會一起走。每次吵鬧，只要他擁我入懷，無須理由，我都會棄甲投降，一敗塗地，乖乖地躺在他懷裡，感受他的心跳、體溫和環繞。吵鬧多次之後，我鐵了心要分手，他也沒有過多的解釋，只是在幫我搬完東西以後，要求再抱抱我。我沒有抗拒，呆呆站立著，他將我拉入他懷中，將頭埋了下來，接著又像第一次一樣輕輕的吻了我的臉，轉身離去。

　　「便縱有千種風情，更與何人說？」眼淚不爭氣地流了下來，我知道自己心裡的酸、酸裡的痛，然而酸痛裡更多的是不捨！對那個擁抱的不捨，對那個擁抱的留戀。我要拿多少時間來忘卻他的那個擁抱呢？我不知道。但我知道，我願用這一生的時間來珍藏那個擁抱！

　　人生的路上我們不斷扔棄一些，拾取一些，一路向前。如果真是這樣，分手了，我們大可不必如此大方的扔棄所有記憶。不妨扔掉那些苦與痛，僅留美好與溫暖，珍藏在我們記憶之河的深處，放入我們記憶的背包裡，從回味中感受愛，感受溫馨與甜蜜。

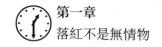

第一章
落紅不是無情物

等待我們的將是什麼？

如果不行動，那結局便是注定的；如果行動，結局隨你的行動而變。

「讀書時我什麼都沒想過，大學四年我不想談戀愛，現在和你接觸後，知道了在乎一個人的感覺！」同學 F 的這句話讓我整整思考了一天！

F 闖入我視野時，臉上總有彌勒佛一樣的微笑，永不消失，大大的耳垂則讓我想到佛祖。令自己都覺得不可思議的是：大家都是同道中人，一樣的愛打、愛鬧、愛說、愛笑，一樣的除了學習什麼都想嘗試，一樣的不受束縛，喜歡自由自在，這究竟是為什麼呢？太多的一樣，以他現在的一句話表達心情：「很想和你當好朋友！」

畢業後我沒交往，他也沒有！一直很想聯絡他，卻每次都失之交臂。過年回家、同學聚會，碰巧他媽生日，還是沒碰上。他畢業，我邀請他這高材生來工作，他卻未能如期坐上火車，去了別的城市。

F 說：「得知你和男朋友的事我也不知道怎麼做。」

對男友，F 一語道破了我的天機：「那天晚上我就知道你痛苦的原因，其實你心裡是很珍惜你男友的！」雖然我感覺自己扮演的角色越來越失去存在的意義，但我總抱有一絲幻想，我已經二十五歲了，經不起很多等待，他卻讓我一等再等！但不論怎樣我都向他許下承諾：在他人生最艱難的時候，我願意等，甚至願意犧牲自己的幸福來成全他！

對 F，我不知道自己應該怎樣處理，他說：「喜歡就意味著包容，我不會介意！你介意，我能理解，如果重新選擇讓你很不開心，請不要回頭，我不想要你整天不開心！」

「剪不斷，理還亂」。努力清醒，似有千言萬語，卻不知從何說起；似有千頭萬緒，不知從何梳理。明天，等待我們的將會是什麼？

無巧不成書，肯定是月老有意捉弄，丘比特的淘氣，幾乎每個人都會遇到這樣的事。當你虛懷以待，想找到另一半，甚至只是想尋找一位合適的，進一步交往的人時，苦覓不得。而如果愛神悄悄來臨，往往你會同時被多支箭射中，又陷入取捨的矛盾之中。不能魚與熊掌兼得，放棄一個就等於放走了一種未來生活的可能。那我們如何選擇呢？下面簡單說幾點：

1. 說話投機，理解、欣賞自己者，這是彼此培養感情的前提條件。

2. 身體健康，生活態度樂觀、積極者，和一個身體好、懂得生活情趣的人一起，是永遠不會覺得悶的。

3. 人格、品行、教養不錯者，這樣的人大家都喜歡，給予讚揚，你臉上也有光、有面子。人人都有虛榮心嘛！都希望另一半被人表揚。

4. 經濟條件一般者，不要選擇太好，也不要選擇太差。經濟條件太好者容易把你當傭人，頤指氣使，對你指手畫腳，你就頭痛了。經濟條件太差者，整天了為一些柴米油鹽爭來吵去，不鬱悶死也要抓狂了。

5. 根據你個人的喜好來選擇。

提醒一句：選的時候就睜大眼睛選，選擇了就閉著眼睛過。

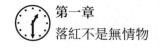

你還記得嗎？

回憶這東西往往喜歡刪掉不快樂，僅剩下幸福的畫面，有些虛假，但卻是很甜。

你還記得嗎？四樓頂上，我精心準備了各種水果，迎接你每晚的到來。我們相依著看星星、吃水果、講故事，你總是被我逗得樂呵呵的，那時我們真的好幸福。

你還記得嗎？每天下班，聽到你的電話，每次我都咚咚咚衝下樓去，送上一個香吻，然後拉著你的手，歡呼雀躍地走上樓去，那時我們真的好幸福。

你還記得嗎？我們手拉手走的每一條小路，夜很深了，也很靜了，我們還在路上輕聲細語，反反覆覆地走著。偶爾我大聲笑一下，你便摀住我的嘴說大家都聽到了！在別人眼中可能無聊，但在我們眼中卻是多麼意猶未盡呀！每次分別總是不捨，那時我們真的好幸福。

你還記得嗎？夜晚我們漫步在海邊。有次你坐在螞蟻堆上被螫了十幾口，疼痛難耐的你卻還一再堅持抓著我的手，不肯走回去，就這樣我們走了一圈又一圈，後來才發現你被螞蟻螫到的地方全都又紅又腫了，你還不停的傻笑說怕我沒玩夠，那時我們真的好幸福。

你還記得嗎？每次和朋友或是去房東家裡吃大餐，你都會嚷嚷要喝酒，可是你那小得可憐的酒量卻又讓我擔心得不知所措，怕你喝多，我總是幫你喝下酒杯裡剩下的，那時我們真的好幸福。

你還記得嗎？你幾乎有半年之久，堅持不在我面前抽菸。我說不怕，

你才會抽。但我又怕抽菸影響身體，立即買回一個電鍋，問菜市場那些老婆婆，學著煲冰糖燉雙雪給你喝，你每晚都喝三大碗，那時我們真的好幸福。

你還記得嗎？每天我們總是有說不完的話，不論抱怨也好，說笑也好，偶爾的爭執也好，我們最後總是言歸於好，開心的睡著，那時我們真的好幸福。

我們擁有如此多美好的記憶，可轉身離去的那一刻我們都不曾回首挽留。也許也只有這種方式，我們的回憶才能得到淨化，留下原始最純潔的美，有時候失去反而可以成就另一種美！

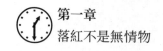
極少回憶往事

零落成泥碾作塵，只有香如故。傷痛恢復，曾經的戀人也許會是最貼心的朋友。

總是一路向前，告訴自己不要回首往事，因為害怕，害怕自己會不忍、會動搖。

總是控制盡量不去觸及那些曾經慢慢淡忘的，將他的名字放在不會留意到的位置，如琳所說，讓他慢慢發霉也不會知道。

電話中已經可以像普通朋友一樣說笑，一樣問候，一樣關心，也許這也是我一種灑脫的進步。

「你在哪裡？」電話中男友每次都問這個千古不變的問題。

「你呢？又加班！」我也確信他還是那個千古不變的答案。

「嗯。好累哦！你要不要過來？」

「不過，還沒吃飯嗎？你是豬啊？餓死你！」

「要你管啊！」

「打電話告訴你媽，看你吃不吃！」我一向這麼要脅就可以搞定他的一切。

「打吧，愛說什麼就說什麼……就是不吃。」出乎我意料之外的答案。也許他變了，也許我原本對他就夠了解。

「好好照顧自己，按時吃飯，如果沒時間就買一些餅乾放在包包裡，可以一邊吃一邊做事，不會占用你太多時間。」

「不吃就是不吃，沒時間啊！」他不止一百次重複這句答案。

「之前告訴你，要你運動，你說要睡覺，現在睡出個大肚腩了吧！現在又不吃，我告訴你，胃病可不是那麼好玩的，你要是病了，我捏死你！」

「切，叫你捏啊，你過來啊，給你捏！」

「你不要太囂張！會有機會的，如果我想的話。」

如同從前，每次說話，我們都會無所顧忌地一邊說笑、一邊拌嘴，琳卻說我們絲毫不像已經分手的男女朋友。

其實已經過去的，終究已經過去。我不知道他怎麼想，他也不會再知道我作何感想！

這裡有一個問題：分手後還能重來嗎？

我認為大部分情況下最好不要再重來，如果只是言語的認錯，對方向你說，我知道錯了，我很愛你，以後一定改等等，這些全是屁話，說完就忘了，千萬不可輕信。如果此時言歸於好，你們又會陷入下一輪的惡性循環之中。還有一種，你已經見到他痛改前非，而雙方又還有感情在，還是可以再走到一起的，但前提是你要有把握他已經改變、成熟了。記住，分手並非一時衝動。而是你們至少有一方已經無法再忍受對方，如不改變，再磨合也毫無益處。

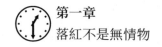
努力做好自己

努力是為了踏過人生發展過程中那段灰色地帶，從此走入一個光彩照人的世界。

男友大學畢業，剛進社會，最初的勃勃雄心壯志在與上司的角力中，終於變得淡泊。他開始想：因為我技不如人嗎？自己會有超過他的一天嗎？他徬徨了、猶豫了，不再如最初那樣充滿自信，一下失去方向感，既缺乏目標，又缺乏信心。他問我，原因何在。我的答案很簡單：你的努力夠嗎？量變引起質變。量變不夠，不足以服眾。

男友讀的書很多，談大道理也許只會令他更心不在焉，我對他說：「舉個很簡單的例子。就像我們堆稻穀，什麼時候才能稱之為穀堆呢？一顆肯定不算，兩顆也不算，幾十顆也算不上，直到你不斷地堆上去，慢慢有天你才會發現，已經有座穀堆存在了。但如果你非要知道是哪一顆堆上去，才能稱之為穀堆，恐怕用一輩子的時間來分也分不清楚。」男友似懂非懂地看著我。

「那我再說一個最簡單不過的。人老的時候，不斷掉頭髮，有的變成禿頭。什麼時候才開始變成禿頭呢？掉一根頭髮算不算？兩根呢？幾十根呢？從哪一根開始，你才可以明顯察覺，已經成了禿頭呢？」我又反過來說了一個例子。男友點點頭。

我接著說：「你剛進社會，做一點工作的時候，別人看不到你的成績，有可能否認你。因為量的累積還不夠。別人看不到你的能力！但只要你朝著正確的方向，沉住氣，不斷去累積、去努力。慢慢地，你的成績就出來了，總有一天，會產生質變。到時大家有目共睹，就都相信你是有能力的

了。」男友笑了：「我聽你的，從今天起就計劃好，朝著自己的目標不斷做量的累積，直到質變！有你真好！你就是我的動力！」他總是這德性，苦口婆心的大道理一點都聽不進去。但還好他喜歡聽故事。

不是每個人都渴望名垂青史，但至少沒有人不渴望成功；不是每個人都無往不利，但至少沒有人一無是處。不論你接受與否，不論在乎與否，時間依舊無情流逝。

從默默無聞到叱吒風雲，就像一座山峰慢慢長大，絕大多數人的起點都是山腳。當然，那些可以依託父母成就，踩在父母肩上繼續往上的，我們估且算他們是在山中央誕生的吧。儘管我們站在山腳或是山中央的位置各不一樣，但有一點是相同的，呈現在大家前面的都是未知的路，要達到頂峰，還需要我們的努力。

從我們誕生開始，我們便不斷的面臨人生路上的選擇。而不同的選擇道路上，透過我們的努力就注定了我們成為什麼樣的人。有的人腳踏實地、步步為營，有的人卻東張西望投機取巧；有的人深謀遠慮、高瞻遠矚；有的卻人鼠目寸光、唯利是圖；有的人處變不驚、指揮若定；有的卻人膽小怕事、毫無主見。我們會成為哪一種人呢？誰能肯定地說哪個人會成為哪一種人呢？不能，只有等到蓋棺才能定論！

既然「只有蓋棺才能定論」！那我們有生之年何必浪費時間去羨慕別人？也許不久的將來，你也會變成他人羨慕的對象。好好做自己，在自己選擇的道路上努力做量的累積，直至產生質變達到自己的目標。人性最可憐的就是：我們總是夢想著天邊的一座奇妙玫瑰園，而不去欣賞今天就開在我們窗口的玫瑰花。

我只希望在男友累積「量」的人生路上，我可以時時成為他所說的「動力」，我也在心裡祝福他離第一個「質變」的那天會越來越近！

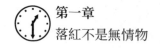
距離帶來什麼？

距離有時是淡化矛盾，增加美感的一劑良藥。

最近疲於應付面試，無暇和男友整天黏在一起了。以前坐在他身邊，他總是不聞不問，分明將我當透明人嘛，我也只好自娛自樂。

這幾天，總是在外面跑，看不到我身影的他，倒是會時不時打電話過來問長問短，不等我回到宿舍，便在半路攔截，請我吃大餐了。嘿嘿，開心！為什麼會有如此轉變？難道是因為我要離開，所以害怕失去？

「我一定要去你即將上班的那間公司調查一下，看看帥哥多不多？」男友似笑非笑望著我。

「哦，帥哥嘛，我目前只有看到一個，但的確挺不錯，人家還問我有沒有男友呢？」我強忍住笑，故作鎮靜地逗他。

「那你告訴他啊，說你有男友啦！我下次過去給他看！他長得什麼樣子啊？真的很帥嗎？」男友窮追不捨。

「哦，什麼樣子啊？」我撈起火鍋裡的雞頭對他說：「他的頭就是這個形狀吧，下面大大的，上面尖尖的，然後就是長頭髮的地方了。哈哈！」我東一句、西一句逗得他也快樂地笑著。

雖然只是瞎說一些日常話語，雖然只是電話中短短的幾句問候，但我看到了男友的那分緊張和關切之情，看到了他的那分真心，看到了他的那分愛。雖然離別是一件多麼傷感的事，但我卻感覺特別充實，心情特別舒暢。如果可以因為分開一陣子而換回從前的他，如果可以因為分開可以讓我們各自找到幸福，那一切將更值得我義無反顧地去做，無論是多大的犧牲。

　　男友很長時間都周旋在工作的難題中，將我當成了垃圾桶，整天扔給我的都是抱怨。但以前無憂無慮的美好時光，與近幾天相互理解、相互鼓勵的那分真摯情感，卻是令我久久無法忘懷。我只想對他說：一切都還來得及！

　　一直以來，我都想著可以不斷進步，從未思索退一步將會是怎樣的一番境界。

　　自以為是，也許是我一大弱點，工作上還有聽別人意見的時候，但卻在生活中表現出來。對父母長輩，我有的是尊敬，即便心裡不認同他們的觀點，也會百般尊重。對朋友同學，泛泛之交或是知己，因為不常在一起、不常見，我總希望能留下一個好心情，留下一張笑臉給他們，也不存在著什麼問題。但對身邊的人，每天見面的、關心自己的或自己關心的人，特別是對男友，近期這段時間卻淋漓盡致地表現了出來。對於什麼情況我都會自我猜測一番，然後就當真去處理，而事後常常發現並非如此。對於將來的不確定，我有著更多的揣測，現實那麼接近，我都無法看到真相，我還有必要花費那麼多的精力為將來的不確定而耗神嗎？

　　最近幾天，我嘗試著退一步與男友相處，即使他沒能顧慮我的感受，沒能及時關心我，我總是留出餘地，一笑置之。也許他今天心情不好呢？他遇到的情況更糟糕呢？他只是因為有其他事而偶爾忘記、忽視了呢？太多的也許，讓我有時感覺很無奈，但同時我收穫更多的是他的欣慰……

　　相信自己這樣做是對的！在這繁華背後，有太多的假假真真，有太多意料之外的事發生，我們又何必太過執著？多次的摩擦加上距離的輔助以後，他會離我越來越遠。事實反而證明，他在一步一步走近。

　　不求事事如人意，只求大部分過得去就是幸福的了！

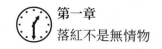
回首意味著什麼？

如果值得回頭，回首又何妨？

最不捨是離別時刻，最思念是在陌生的他鄉。

「你可以裝出喜歡一個人，但你沒辦法裝出不喜歡一個人！」這是韓劇裡一句很精典的對白，也是一個鮮活的現實寫照。發自內心的喜歡，來自心底深處的眷念，是任憑你怎樣掩飾，都會破綻百出的。離別與分開的時候表現猶為明顯，正像另一句對白說的：「不是我不捨得你走，是我的心不捨得你走，請你原諒我的心，它是無辜的。」

曾記得自己故作瀟灑離去時心中的那分不捨，我知道連旁人都已經讀懂我的眼神，而我卻還在裝白痴。離開後，分手的日子裡，我滿是期待，期待他的訊息、電話，他一切的主動。我會因為他的一條簡訊而興奮不已，也會因為他久久不來電而深深失落。也許經歷過才更明白，其實在我心裡根本放不下這段感情，車站裡依依不捨送別他的那一幕，離開了又回頭來敲車窗玻璃，只為多看我一眼，時不時在我眼中跳躍閃爍。於是我回首想抓住他，歸來時他的緊張與興奮也向我證實了我做對了！

回想起離開前那一幕的衝動：

「我宿舍不需要用電腦了，請了兩天假，你哪天方便，我把你的筆電還你？」在電話的一端，我冷靜地對男友說，只想斷絕與他之間最後一絲瓜葛。

「電腦可不可以你用啊？你拿著用啊！」男友滿懷焦急與疑慮。

「不用了，我已經不需要了！」我不知自己為何態度堅絕，但就是不肯讓步。

「告訴我，你是不是要走了？真的要分手嗎？要離開了嗎？是不是要去很遠的地方？以後還會聽我的電話嗎？你如果不回來了，怎麼辦？怎麼辦？」

驚喜 —— 他還是很愛我的；猶豫 —— 我到底該怎麼辦？徘徊 —— 為什麼我老是一次又一次的徘徊在分手邊緣？

這段時間，心情在動盪飄搖中度過，反反覆覆體會著傷與痛，在意著對與錯，計較著得與失，當感情重新占據心靈，這一切都不再重要，因此，我決定原諒你，重新接納你，畢竟你和我是一世的約定，此生我為你而來。

部落格留言裡，朋友就事論事勸我不要太情緒化；現實生活中，摯友一針見血指出我對感情的迷惑與掌握相當不夠。我真的太過極端嗎？難道我處理感情的方式已經出了問題？我還真的不夠成熟，我還需要更多的指導？不論你做得對與錯，我想至少我是真的做得還夠！於是我選擇了短暫的離別。

機緣巧合，肯定是上天安排給我們的考驗，我回來的第一天，便是他出差的第一天。他也要去遠方了，一去就是一週，而我們卻沒能見上一面，難道是上天再次考驗嗎？如果是，我想我至少也得拿六十分。

他不在，上班的時候，我努力掌握產品數據與客戶溝通技術來以此打發時間，不過我扁桃腺發炎還沒好，話不敢多說，都是客戶找我溝通，如果現在說多了，以後發聲都有問題了。

他不在，休閒時我在一個全球網站上開討論大會，還可以賺點外快。雖然剛開始，一次只賺了二十二美分，但我還是樂不可支。等著吧，一個月後給他驚喜，無論水準與金錢我都要搞個量變產生質變！哼，誰叫你要小看我！

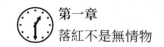

　　他不在，三餐我都在宿舍與另一個女性朋友一起煮，最幸運的是那傢伙終於病了，一直是她霸占著廚房自己做，現在沒得選了，我煮的東西不好吃也得吃，不好吃是因為你感冒沒食慾，敢說我煮的不好吃。這種小事情，幾天後我就應該會有一個質的提升吧，從煮不熟到煮熟！以後慢慢改進咯，急不來的，我就這水準，沒辦法！

　　他不在，我想好好鍛鍊一下身體了。以前浪費了，什麼都不玩，現在我什麼都想插一腳，上場了再說。我天生愛玩，一學就上手，多學幾樣，到時在他面前可以耍耍也不賴。

　　他不在，我就做準備工作咯，當然還有最最重要的，問候他母親與他本人是每天必不可少的功課。不過，可能進步速度太慢，老是忘記了，變成他們問候我了。

　　當然這一週裡也有許多他的訊息，滿是關懷，擔心我的身體，擔心我的勞累，擔心我太瘦。他有滿腹的擔心，但還是帶著許多擔心，不可避免地踏上了駛向另一個城市的車輛。

　　因為有朋友的陪伴，因為工作不像以往清閒，我很快地投入精力，不再只關注著手機螢幕上何時會有他的訊息與電話。致力於學習與工作的他，很長一段時間都還會像往常一樣，打電話和傳簡訊給我，但卻不會久聊。而昨天晚上的電話中，他卻問東問西，不肯掛斷。許久，我們說了再見，他又再次打電話給我。

　　我慶幸自己回來了，回首意味著我再次得到心中最具地位的他，也意味著他心中最具地位的我再一次屬於他的世界，感覺這刺眼的陽光原來也不是很刺眼，孤寂的夜也不是那麼孤寂，只因為我又回來了！

　　戀人之間的吵鬧爭執是難免的，但卻不能太過分。一旦「緊急」情況發生，我們就要用潛意識告訴自己，不要衝動，不要亂說話，不要一股腦

兒說著傷害對方自尊的話語，或是扔下他一走了之。我們可以問問自己的
心：你真的決定結束了嗎？裂痕是否會產生，裂痕到底會有多大？這需要
自己掌握。

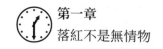
能停止你的抱怨嗎？

抱怨是向鞋子裡倒水，越抱怨自己越難受。

這段時間天氣時好時壞，一時大雨傾盆，隨地成河，一時卻豔陽高照，非要曝晒得人皮開肉綻。而我的心情也隨著天氣搖擺，時而興奮，時而苦悶，直到最近一個星期才漸漸平穩。

我只想做一些自己想做的事，談論一些積極的事情，我只想去憧憬未來，忘記從前種種不開心，只想快點重新開始。而我所結交的那些朋友為我帶來的全是鬱悶、壓抑：找不到工作、工作煩惱、感情煩惱，種種不幸的消息鋪天蓋地而來。內心蠢蠢欲動的情愫總是免不了被這些事騷擾著，不得安寧。

前段時間我也曾試圖透過抱怨，透過向別人傾訴來獲得內心的平衡，解開心中的疑惑。但結果呢？越陷越深，連我心中原有的積極、向上的那股勇氣，那分自信都差點消失殆盡。抱怨是毒藥，實在可怕。它並不能解決任何問題，只會令人越來越消極、越來越迷惑、越來越深陷其中而無法自拔，在苦惱中慢慢失去自我。

當局者迷，旁觀者清，我知道現在說什麼都對他們沒用。就像當初的我！我現在需要做的是保護好自己，抵制這些不良的情緒，繼續保持內心的那分平靜，而不是親自去壯大他們的抱怨隊伍……

我只希望，我親愛的朋友們，請盡快停止你們的抱怨，那樣只會讓你們「山重水複疑無路」，請用這些時間去冷靜的分析，因為只有這樣，才能讓你們「柳暗花明又一村」。懷揣一顆感恩的心看世界，你們會發現不

一樣的人生。談到此，我很欣賞男友那顆感恩敏銳的心。

男友經常會為鳥媽媽不辭勞苦地來回捉蟲餵養小鳥而駐足感嘆；男友經常會為風吹路邊小花送來的芳香而舒展笑容；男友經常會為暴風雨過後，樹葉上滿是雨水的樹苗而鼓掌叫好。男友經常會為那些微風吹拂，此起彼伏的綠油油麥苗而替農民們開心。男友熱愛大自然，有著一顆感恩的心。他為大自然的美好而陶醉，我為他而陶醉。

大自然給了我們陽光，我們才有了溫暖的日子；大自然給了我們土地，我們才有了五穀的豐登；大自然給了我們礦產，我們才有了便利的生活；大自然給了我們水源，我們才能生生不息、代代相傳！感恩大自然，他給了我們這樣和諧美妙的生存環境！

大自然慷慨地賜給我們青翠的山、清澈的水、豔麗的花、嫩綠的草、挺拔的樹、明媚的陽光、美麗的家園。

感恩吧！為我們有一個和諧美妙的生存環境，為我們的眼睛看到五彩繽紛的世界，為我們的鼻子嗅到的新鮮空氣。如果你現在處於抱怨的環境中，請用感恩來取代無休止的抱怨試試。

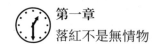
他還會回來嗎？

在這曖昧不清的感情世界裡是很難分清楚誰對誰錯的。

兩個月了，強離開兩個月了，在這兩個月裡，我們一直沒有聯絡。今天，我頂著烈日出差，又睏又累，在車上都快睡著的時候，他打電話給我了。我連手機都不想看，繼續睡覺。回到公司，看到三通未接電話，居然都是他的。很意外，真的很意外。與強相處三年，他的個性向來都是：響一次手機如果沒接，幾天內便不會再有他的電話。如果不是這樣，我們大概也不會有兩個月的不理不睬 —— 可怕的冷戰。

我坐在自己的辦公椅上，呆了好一會。我打從心裡不想知道他的消息，但過去他是那樣無微不至的照顧我，如今，我連通電話都不回。一陣心寒！此時，手機又響了，是他！是強打來的電話。我接通了。

「小獻，你怎麼啦，沒事吧？怎麼打了幾次都沒人接呢？」電話那邊充滿著對我的關切。

「我有點忙，你身體怎麼樣？最近忙昏頭了吧？」不知為何，我心情非常平靜，不再像以前那麼激動。

「我真的忙昏頭了，連兩天都加班到半夜，每次最累、最不開心的時候，我都想打電話給你。忍了又忍，最終還是想聽聽你的聲音。」強有些開心起來。

「呵呵，那是不是要回來啦？」我試著問他。強在那邊工作四年多了，做得挺不錯，一路升職。只是他不太喜歡那份工作，因為很累。無論出於怎樣的考量，我希望他能回來好好調養身體。

沉默好一會，我很認真地勸他：「強，回來吧，換份工作。」

「但回去，我所努力的一切都沒有了，又要從零開始，而你也不再屬於我。」強的語氣裡透露出幾分無奈。

「在轉換行業時，就像另選樹幹，會有一個倒退的過程，在這過程中，收入減少和職位降低很難避免。但只要選的方向正確，這個現象只是暫時的，超越原有職位與薪水只是時間問題。所謂退一進二，就是這個意思。」我為勸他回來做最後一搏。

「你說我能做到嗎？我沒信心！」強問我。「可以的，我相信你！當然，在舊的樹幹上爬得越高的人，後退轉爬新樹幹的難度也就越大，一個人不管在舊樹幹上爬得多高或多低，只要他認為轉換方向是必然的，就千萬不能猶豫。等待、觀望的時間越長，付出的代價也就越大。相反地，越是及時做出反應，更容易控制其相應的代價。」我極力勸說。

「好，我回去！」強被我說服了。而我卻是別有一番滋味上心頭。

我已經有了男友，如果我再次確定地告訴強，我們只能做好朋友，他還會回來嗎？

看著自己喜歡的人和別人成雙成對，也許可以換來心死而重生，失去了愛情卻獲得了友誼。前提是，兩人一直保留著界限。男女雙方不論多麼喜歡，也要保持交往的距離，如果，我是說如果哪天你們發現不合適，還能退回朋友的立場上繼續交往。可是，一旦越過了界限，想由情人退回到朋友，似乎就不大可能了。為了以後不要說：「如果當初怎樣怎樣就好了！」那麼我們就要先做好當初！

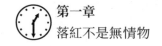
請去尋找屬於你的幸福

落花有意，流水無情。大可不必苦苦等待那分意外，我們可以虛懷以待自己的幸福。

你一邊支持我與男友重歸言好，一邊卻在為無法爭取心愛的女生而苦惱。

你默默鼓勵我、為我打氣，陪我走過人生的低谷，你壓抑著自己的感情，卻放飛著自己的心語、心願。噓寒問暖，又隨著我的情緒波動，因我開心而開心，因我苦惱而苦惱，這會是朋友範圍之內的事嗎，為何苦苦為難自己？

真的很感謝你一路上的支持、理解與照顧，你盡一切可能為我做你所能做到的事，盡一切可能為我爭取開心與幸福的生活。看到你的笑臉，聽到你勵志的話語，無人的時候你還會偽裝堅強嗎？無人的時候你還會強作笑顏嗎？什麼時候你才會累？什麼時候你才會停止你傻傻的舉動？什麼時候你才會去尋找屬於你的那片天，屬於你的那分幸福呢？

我不忍心，也不捨放棄你這個朋友，但我不知道這樣會害了你！我承認，我從不依賴人，而此時我變得全世界只想連繫你一個。是我的脆弱，還是你努力的結果呢？你知道嗎，曾經有個女生告訴我，怕我男友不高興，要我跟你徹底斷絕連繫！我給她的回答是：絕不可能！以後怎樣我不知道，至少現在，如果說只能讓我留下一個朋友陪我，我會毫不猶豫選擇留下你！不過，我不會將這些話告訴你，這是我內心最真實的感受，但我想你不知道會更幸福！

　　朋友，答應我，好好愛自己，努力去尋找屬於你的那分幸福，好嗎？努力去找個更值得你愛的好女孩！衷心願你幸福！

　　遇到愛你的，而你又不愛或無法走到一起的人，你應該如何做呢？我個人認為不妨做得絕情一些。實很多人都覺得對人絕情就是一種傷害。其實我不是這樣看的。對，當下如果語氣很絕的話，對方確實會受到傷害，不過俗語說，長痛不如短痛嘛，當下的傷害只是一時的，頂多就是一段時間不開心，可是當他找到其他人的時候，很自然就會忘了你。而且我覺得現在的男孩並不是我們想像的那麼痴情啊，搞不好人家第二天已經沒事啦。可是如果你說得不清不楚，又或者表達得不好的話，搞不好人家誤以為自己還有希望，會浪費時間去追求或者是等你。到頭來，你卻說不喜歡人家。你想想，哪一個傷害會比較大一點？當然是後者啦，因為後者已付出了時間，花費了心思。所以，不要以為這就是對人家好，其實是害了人家。我就建議要絕情一點，最好不要給對方任何希望！

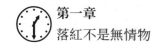
網路那端

物以類聚，人以群分，在網路上真誠以待，你也會找到與你志同道合者，互相勉勵，共同進步。

網路，在我印象中無疑與虛幻畫上等號，儘管網路另一端的人是真實的，但對於真人手指敲擊鍵盤留下的字元，卻情難自禁大打折扣，甚至像看小說一般，看完就結束了。後來，有一群朋友確確實實、真真切切改變了我一竿子打翻一條船的想法。

拚命寫部落格，不是為了點擊率，也不是為了博取網友同情或是得到思想共鳴，不為什麼，就是想寫便寫，一直我行我素。

幾乎是同一時間，也許是在我突然墮落的那瞬間，有了一大群每天陪著我的網友。蘇蘇，燕子、不離、辛雲、矗風、冰吻、小傢伙……（省略N多）

我不知道是應該為自己當初一時傻瓜而慶幸呢？還是為當初這樣胡亂揮霍時間而後悔？我只知道網路的那端有一個個真真實實的人在認真讀著我的文字，感受著我的變化、我的心情，我的快樂與傷悲。

蘇蘇就如同自己的影子，燕子是個心理專家，不離是個複雜派，辛雲是樂觀上進一族，矗風是十足稱職的大哥哥，冰吻個性派，小傢伙是顆開心果。其實還有很多，在我的大腦中都有他們的影子，有他們的位置，語中人，秋逝了無痕，當然還有管理員等等，在此不想一一列舉。

時時刻刻，網路那端都會有一群理解我心聲的讀者在，身在何地，身處何時，我都覺得很欣慰。從前的等號早已在事實面前不攻自破，網路也

有真情在，不是嗎？記得聶風常說網路要看什麼人用，人和人的用法是不一樣的，其實也是，你如果以一個虛假的身分對待網路，那麼，網路會還你以虛假。很感謝大家令我明白更多、理解更多。也許這就是生活，經歷了，才知道，無論苦與甜，酸與辣，各有各的味道，各有各的特色。

感謝你們的存在，是你們令我覺得生活更加多姿多彩！生活節奏越來越快，有了電話和網路，我們現實中的生活圈反而越來越小，在網上有一群自己的朋友，已經成為時代的必需品。選擇令自己心情舒適的，激勵自己成長的，幫自己打氣加油的，與自己志同道合的網路朋友來作為自己的舒適圈，不失為人生一大痛快的事。

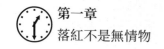
很懷念從前

剛開始的好，起點的美總是令人經久懷念。

和石從小一起長大，十幾年讀書生涯，他轉學四次，但我們總在一起，討論學習、生活、運動各方面的問題。放學、上學也形影不離，有時看影片也一起，去好友家玩也一起。經常異口同聲說話。那段時光，永生難忘。

自從我莫名其妙消失，兩年後，我回家過年，才得已相見。他永遠也搞不懂我當初的決定，就像我也搞不懂自己一樣。但我們還是那麼無話不說，一起出去同學家裡玩，一起參加同學聚會，一起去以前的學校，一起喝酒，討論各自發生的變化與經歷。

再次分開，又是兩年不見，沒見面之前一直在想，他是否還可以像從前一樣一眼就認出我？他會比以前成熟嗎？我們還會像以前那樣毫無距離、有默契的溝通嗎？

「喂，你還真的認出我啦？我以為戴墨鏡你認不出呢？！」我樂呵呵地。

「一眼就認出來啦！」他邊笑邊向我走來。

本來就帥，結果還那麼帥，跟從前一樣，如果不是時間已經過了五年，還真的有點難以置信。

時間沒有拉遠距離，不存在絲毫陌生，我們交流得非常愉快。在我的地盤上，路痴的我只好硬著頭皮當一次導遊了，帶著他東逛西逛。去吃特色小吃，去體育場，讓運動細胞特別發達的他感受感受；再去琳經常帶

我走過的、氣氛特別悠閒的小巷子散步；也去了有特色辣味的小吃大飽口福。

逛街幾乎逛到抽筋，不管怎樣也得撐著，因為只有一天的時間。快樂是短暫的，告別以後又不知何時還能重逢。

偶爾我也喜歡唸那首歌詞〈往事只能回味〉：

時光已逝永不回
往事只能回味
憶童年時竹馬青梅
兩小無猜日夜相隨
時光已逝永不回
往事只能回味
憶童年時竹馬青梅
兩小無猜日夜相隨
春風又吹紅了花蕊
你已經也添了新歲
你就要變心
像時光難倒回
我只有在夢裡相依偎
時光已逝永不回
往事只能回味
憶童年時竹馬青梅
兩小無猜日夜相隨
春風又吹紅了花蕊
你已經也添了新歲

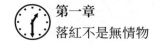

第一章
落紅不是無情物

你就要變心

像時光難倒回

我只有在夢裡相依偎

春風又吹紅了花蕊

你已經也添了新歲

你就要變心

像時光難倒回

我只有在夢裡相依偎

品讀字裡行間表面的意思，情真意切，年少懵懂，那些毫無雜質，青澀的、淡淡的感情，有點酸，也有點甜。慶幸的是，往事還能回味。

寶貝，你還好吧？

知己難求，失之全失。

「寶貝」是唯一對你的稱呼，也是唯一我發自內心叫得不那麼彆扭的。儘管每天去你的部落格都依舊是原來的樣子，毫無更新，但我還是會留下我想你的足跡；儘管每次發出去的簡訊，都會收到傳送失敗的回信，但我還是會時不時傳送一則，也許老天會將我的思念傳達給你；儘管你的電話老是關機，但我還是會時不時想打一下試試看，也許哪天你偶爾也會開機呢！寶貝，想你了。

你離開以後，每一天都像一個月那麼難過，每一天都在丟失什麼東西，就像自己的心被人掏空的無助。誰叫你說我是你的影子呢？

一個星期，我不知道是怎麼過來的，極少發生過一週沒有你的任何消息，還記得你答應過我的嗎？你說你不會消失，你會上線找我，我們的友誼會是一生一世，是真的嗎？

一個月太長，感覺你離我愈來愈遠，很無助也很無奈。寶貝，你可以告訴我，要怎樣你才會再出現嗎？每天都和朋友們一起瘋，每天都讓自己忙碌在沒有計劃的事情中，每一天都還會想你，思念在心頭像草一般瘋長。

我想你會知道我的感受，我想你也會感同身受，我想你一定有你的苦衷，可是，可是，寶貝，你能告訴我，你一切都還好嗎？我不得不想，你不開心呢，你回家的計畫也多了許多變數，你還是自我消化，你已經忘記我隨時可以傾聽你的心聲嗎？

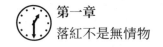
不論怎樣，我只想告訴你：等你回來！希望這個等待不會是永遠！

習慣了你的存在，習慣了你的鼓勵，習慣了你的傾訴，習慣了有你在的每一個日子。在我生活中，你已經成為我的習慣，昨天我還在迷惘的等待中，現在好了，也許你聽到了我的召喚，你又回來了，一切可以步入正軌，我又有了動力繼續努力、前進。

蘇，今天你對我說，不知道自己這樣努力是否值得？這個問題，我也曾在心底，在夜深人靜的時候，在自己心情鬱悶的時候悄悄地問過自己。每個人的追求都不一樣，也許別人吃喝玩樂，全在外在，可以一眼望穿，也許很多人會羨慕，也許大家會將此定義為幸福。但你不是這樣的，對嗎？在我眼中，你永遠都是最超脫世俗的那位人間仙女。活得從容瀟灑，一杯咖啡或是一盞茶，伴著一本好書，清淡但卻特別充實，不是嗎？

多少世俗的凡人之中，我遇到了你；多少渾渾噩噩、混時度日的眾人中，我尋覓到你；在這物質享受當道而精神極度空虛的年代，我們可以相識相知，我一直很珍惜這分來之不易的友情。如你所說，如果要加一個期限，我會用我這一生來珍藏……

我們一起經歷，一起成長，一起談天說地，一起進步，一起透過文字傾聽彼此的心聲，一起慢慢了解對方。這分看似遙遠其實卻近在身邊的感覺，這分不慍不火恰到好處的情感，生活中有你，就是上帝對我的垂青與恩賜。

回來就好，寶貝！

期望

....

你在期待別人，別人也在期待你。如果別人無法滿足令你驚喜的期待，那你至少可以嘗試將驚喜送給他。

有時候，我會莫名其妙地期望某些人會在某些時候做某些事，而如果對方真的如意料之中那樣去做了，我會因此而歡呼雀躍；如果沒有，就會覺得失魂落魄。總是為了滿足我心中那點虛榮，期望著朋友們能感受到並有所行動，可每個人都有自己的事要做，他們不會因為我而停頓。我自己做不來這樣的朋友，又怎能要求別人做到呢？儘管這不現實，但還是期望，因此開心和失落著。

感冒了，期望不用我說出來，朋友可以在電話裡聽出我的異常，但往往由於工作太忙，朋友機械式說完電話就掛斷，留下電話這端無奈的我。想逛街了，只輕輕地問一聲朋友是否有空，朋友告訴我這一週都沒空，心裡又泛起一陣莫名的失落。想約會了，臨時打電話給朋友，她說她已經有約了，我在想為什麼約她的人就不是我呢，她應該想到我也會約她的？不過，我沒有出聲，只期待她能讀懂我的心聲。

不欣賞高調的人，但佩服可以持續高調的人。他們總能堅定自己的選擇、自己的目標，以百分百的熱情去努力。曾經，我也很熱情、積極、樂觀，我也在對待所有事情的時候百分之百投入，為了博取哪怕只有百分之一的希望。現實畢太殘酷，慢慢地，稜角也在一次次傷痛和失望中逐漸磨平。因此，不再擁有一百分的熱情，也不會付出百分百打拚。但我欣賞一

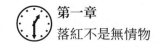
句話：如果對方踏出一步，我會走完剩下的九十九步。然而，對方不也正期待我踏出這第一步嗎？

快到週末了，儘管我是多麼希望瑛姐可以陪我出去戶外運動，但她要忙著交往，我約了也是白約，不過我還是試了一下。

「瑛姐，週末你男朋友在嗎？」

「哦，你找他嗎？我給你他的電話。」

「不是，我是想約你出去戶外打球，不知道……」我的語氣變得不確定起來。

「好啊，好啊，太好了！我每天待在家裡悶到發霉了。多想跟你出去玩啊！但又怕你太忙，一直在等你約我。」

她在期待我約她，我在期待她什麼時候有空，原來我們都在相互期待中由失望到失落。再舉個例子，那天我路過海邊，看到有個新娘在拍婚紗照。這一天，如果換作我是她，一定非常期望得到所有人的祝福。

「哇，新娘子好漂亮！我不會吹口哨，快、快，誰幫我吹一個口哨。」在海邊撞見一對新人在幸福拍照，一襲白色婚紗的新娘顯得過分緊張，在專業攝影師的鏡頭下，非常拘束，笑得非常不自然，而我偏偏又在一邊鬼喊鬼叫。

「噓，噓……」身後一個男生幫了我。

「沒見過人家拍婚紗照啊？火星人來地球啊你？」一同遊玩的朋友在我旁邊起鬨。

「嗨，新娘子真的好漂亮！我敢打賭，笑起來會更漂亮哦！希望你們幸福，白頭到老。」走了幾步，不理朋友的嘲笑，我轉身再高呼一句。

「呀呀呀，不得了！新娘也不怎麼樣嘛，一般般哦。」朋友低聲抗議。

「嘿嘿，每個女人這一天都是她生命中最漂亮的一天，也是最重要的一天。親人朋友都會誇她漂亮，祝她幸福。但那些是難辨真假的客套之辭，沒有孫悟空的火眼金睛是沒辦法識別水分多寡的。而路人的誇獎與祝福卻不同了，那是由衷的！如果拉新娘去做實話實說現場採訪，我敢說我的這句比任何親朋好友的祝福與讚美來得更令她開心。」我一邊走，一邊向朋友們解釋。

「哈哈，也對。你結婚那天，我帶隊去噓你。一會排個一字，一會排個人字，幫你用個排場超大的陌生人大祝福。」那群沒心沒肺的傢伙又在取笑我。

「哈，討厭鬼一大群！要麼不開竅，一開竅就讓我氣得要死。」我一邊笑，一邊轉身再看新娘一眼，新娘正笑容如花燦爛，我向她揮一揮手，送上深深的祝福。

生活中，我們往往不會吝嗇給路邊乞討者一枚硬幣，卻常常漠視給陌生人一分衷心的祝福。也正因為心裡的期望，那分對精神的渴望並不是每一個人都看得透、讀得懂，所以經常被人忽視。我決定：以後的日子裡，我為我期待的結果主動出擊，也為別人期待我所做的事主動出擊。

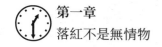
星劇之星導演的悲劇

娛樂圈是是非非，變幻莫測，盲目追星跟風者也應該醒醒了。

曾經因為喜歡周星馳電影的無厘頭搞笑，也喜歡他有事沒事假惺惺地仰天大笑。他的幽默，他的招牌笑聲伴我走過了讀書的痛苦年代。每次去學校都讓極度厭惡讀書的自己感覺生不如死，但一想到可以蹺課出去搜尋周星馳的影片，在電影院裡美美地享受一番就樂開懷。一直以來，周星馳都是我的開心果，生命裡的陽光。

走出社會後，慢慢地比較少接觸周星馳的影片，但心底還是會有那分淡淡的依戀，每每看到他的電影，儘管看過幾十次，還是會為他駐足停留。很多人說周潤發、李連杰、劉德華之類的大牌明星電影不論拍得多好，看一次就夠了，而只有周星馳的電影屬於百看不厭型，看一百次笑一百次，你沒辦法不笑。

我只知道在銀幕上的周星馳。畢竟我不是粉絲，所以對他的個人生活完全一片空白。後來突然看到一則新聞，實在嚇得我呆了好一會。

周星馳的老東家向姐說他最難應付，拍片片酬一抬再抬，經常遲到或不到，甚至發生過製片下跪請他去首映的情況，發誓再也不會合作。周星馳的導演王晶也說他不是省油的燈，經常臨時要求改戲、改臺詞，並且給予惡評。武術指導洪金寶說周星馳在拍《功夫》時，不聽使喚，自我意識太強，也不善於溝通。與周星馳共事拍戲的老搭檔羅家英、吳孟達說周星馳太大牌，眼中只有錢，應該要給予否定。

當然，我並不是人云亦云的人，但我相信這麼多人數落周星馳的不是，也並非空穴來風。周星馳的美好形象在許多人力證下，灰飛煙滅的過程，就好比看了一部這位喜劇之王導演的悲劇。面對這些明星的好與壞，如何平衡自己的心理呢？

比如說現在有很多追星族，不僅羨慕那些歌星的錢財，甚至是羨慕那些歌星的人氣，羨慕歌星的外貌。有的追星族開始了追求之路，不僅不錯過每場演唱會，還要求自己也學著某個歌星一樣開始向演藝圈發展。全然不顧自身條件允不允許，也全然不顧自己正在做的事情。到最後，不是失敗就是碰得一鼻子灰。當然也有一些跟我的經歷一樣，見到欣賞已久明星本來面目時，非常失望。

怎樣平衡自己的心理，保持好心情呢？好心情要求的不是一句話，而是一種心態，不是一味的羨慕別人的擁有，不滿足現狀，做一些無謂的追求，也不僅僅是一種平和的心態，而是一種能笑看雲卷雲舒的恬淡與悠閒，

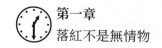
寬容對待生命中的匆匆過客

人世間有幾人可以陪伴你從頭至尾？幾乎沒有。如果我們這樣想，大概對待我們生命中出現的每個人便不會太苛刻。

傷心時，看世間萬物皆灰暗；開心時，看世間萬物皆燦爛。我們會痛恨一些人，也會喜歡一些人。然而，年復一年，日曆一頁頁被撕扯，是否還能記起當時的傷心、開心、痛恨、喜歡？

那些心情，那些事，那些人其實都只是生命中的匆匆過客，又何必太過執拗呢？

時間淡化一切，時間抹平一切，一切我們耿耿於懷的事和人都會在特定的時間離去，走出你的視野，淡出你的記憶。

很多人一味經歷，一味奔波，卻沒有時間回頭反省，到老時唯有空留遺憾與悔恨。人生，無非是事業與家庭。我們正走在這條道路上，你想得到什麼呢？難道人生就是為了跟那些匆匆過客較勁嗎？

你內心深處喜歡一個女孩，你可以給予對方什麼，你拿什麼來愛她，給她幸福呢？你又希望對方可以給予你什麼，她又拿什麼來愛你？

成就一番事業是一輩子的事，無分年齡，對嗎？你想達到什麼樣的目標呢？你計劃幾步來達到目標？準備工作可曾做好，達不到會怎樣，有另外的目標可以代替嗎？

生活不是為了工作，而工作卻是為了更好的生活！

笑笑面對一切，大方、從容、高姿態面對那些有教養、無教養的過客吧！事過境遷，很快他們都將走過你生命中的那段路……

　　人生苦長，如果面對人生的種種，我們還斤斤計較，時不時將自己的痛苦拿出來如數家珍，那麼你只會每天生活得更痛苦。你恨其他人，其他人就會因為你的恨而受到一絲一毫的損傷嗎？如果你這樣認為，未免太天真了。其實寬容才是治療人生不如意的良藥。面對我們無法改變的現狀，和不可補救的事情，與其斤斤計較、尖酸刻薄、痛苦悲傷、怨天尤人，不如一笑了之，來點寬容和幽默。寬容自己的局限，寬容別人的偏見，寬容父母的嘮叨，寬容丈夫的懶散，寬容孩子的頑皮，寬容朋友的欺騙，將生活過得輕鬆愜意，讓胸襟自然豁達。我們應該記住的，應該清點的是幸福，是快樂，而那些不如意的，那些痛苦的，我們就應該用寬容來化解，來淡忘。

　　聰明的人更懂得用寬容來化解人生苦難，每個人，每個痛苦的事件或時段都只是人生中的一個插曲、一個片段，對整個人生來說，它們並不足以影響全部。擁有寬容豁達境界的人，將擁有更多享受生命快樂的情趣。但願我們這些宇宙中的匆匆過客，擁有像大海一樣寬闊的心胸。以豁達的人生態度，寬容的人生視角，健康的心理狀態，將平凡的日子過得美好些，讓生命染上更多的色彩。

　　寬容是一種博大，它能容忍世間的喜怒哀樂；寬容是一種境界，它能使人躍上大方磊落的臺階。只有寬容才能癒合不愉快的創傷，只有寬容才能消除人為的緊張。人的煩惱很多源自於對自己所做的事後悔。有時別人對你的錯誤並不在意，或者已經原諒了你，而你還是不放過自己，一直陷入無所謂的自責之中。這是何苦呢？別人原諒你又有什麼用呢？寬容地對待自己就是心平氣和地工作、生活。不過在我們寬容對待自己的時候，也應該反省自己，對自己的錯誤加以改正，不要在寬容自己的同時再犯同樣的錯誤。當然寬容也不是沒有界線的，寬容不是妥協，雖然寬容有時需要

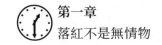
妥協；寬容不是忍讓，雖然寬容有時需要忍讓；寬容不是遷就，雖然寬容
有時需要遷就，寬容更多是愛。適當給予自己一個寬容的界限，找到最
佳方法，才可以讓寬容的力量發揮得淋漓盡致，學會使用的方法就常常
使用。

　　我們總是感嘆歲月在不知不覺中流逝，總是將時光比作是金。那麼寬
容就是經過時間的沙漏輕輕沉澱的細沙，積聚了那些曾經的傷痛與深深的
思索，於是將苦澀的回憶與一切仇怨掩埋，換回了靈魂的解放，這是無價
的。寬容就是浩瀚汪洋中的一片綠洲，無須廣大，卻足以令感動的熱淚充
滿了迷途航人的雙眼，使他痛悔自己曾經的貪婪或是魯莽，倍加珍惜他的
生命，正確而心存感謝地面對人生。寬容別人，你的心中必定流淌愉悅；
被別人寬容，你的心中必定綻放感激。大家都只不過是對方生命裡的匆匆
過客，我們又何須太執著？放下成見，放下敵意，給他人一個微笑、一個
祝福，可以嗎？這樣，你得到的遠遠多過你之前的。如果你執迷不悟，那
前方的路是肯定的，無疑是將生活陷入算計來、算計去的痛苦漩渦之中。
如果你從現在開始，不論面對什麼，時刻提醒自己一定要寬容面對，那你
前方的路和從前相比，必定驚喜不斷。不信，你試試，只要你開始了，收
穫便會來得很快，很快。

向最高境界靠近一點

積沙成塔。

風來了，竹子的枝幹被風吹彎，隨風而彎；風走了，竹子又站得直直的，好像風沒來過一樣。雲來了，在潭底留下一道道影子，裝滿了雲；雲走了，潭底又乾乾淨淨的，好像雲沒來過一樣。竹子不會因為被風吹過，就永遠直不起腰來；清澈的潭水，也不會因為雲飄過，就永遠留住雲的影子。同樣的，心胸寬大的人不會因為別人兩句不禮貌的話，就颳起永遠的狂風巨浪；也不會因為別人不禮貌的行為，就在心底刻下無法磨滅的傷痕。像清澈的潭水一樣，雲過了，不留痕跡。像堅韌的竹子一樣，風過了，不留痕跡。

潭水或是竹子，可能是我們的最高境界，我們未必可以做到，但我相信任何時候，當你還不具備成功的條件時，還無法完全做到時，倒是可以盡量向它靠近的。如果你知道方向是正確的，你便可以努力朝著那個方向近一點，再近一點。

「隨意」、「隨便」、「隨心所欲」一直是我生活的主流。遇到任何事、任何人，我都是不強求、不在乎、無所謂的態度。沒有追求的人，或是標準太低像我的人，也許相當程度限制了自己潛能的發揮，堵塞自己創作靈感的源泉，一切都在不經意間慢慢退化、減弱，以至於消磨了自己與生俱來的銳氣與個性。

「要求太低」甚至「沒有要求」，對於一切都可以接受，儘管可以做到更好，卻從不動手，也不願提及。之前一度於此，也不曾感慨。最近走入我生

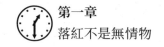
活圈的朋友，大多都個性鮮明、有著自己的個性與主見、立場與態度。她們追求完美、探索進步，在生活經歷中各自領悟出的一套看法，而我呢？

博而不精並非好事，雜家有時候並不足以在生活中占據一席之地。且不談如今社會的日新月異，也不論朋友們如何向高處邁進。至少我不應該再如此浪費自己的頭腦，所有的事情都插一腳，卻絲毫沒有自己的專長與建樹，是否是時候做出一點屬於自己的東西？是否是時候學習一些知識，磨練出屬於自己的特長？已經是時候甦醒，去探索將來屬於自己的那小塊領地，也為自己曾經來到人世留下一些什麼了；已經是時候抬高自己的要求，提升自己的生命層次了。

不能再低標準下去了，但我從何處著手改進呢？想想自己的時間安排：

在朋友們抱怨時間總是不夠用時，在朋友們總是訴說睡眠如何不夠時，我能鎮靜地蒙頭大睡；當朋友還在飯桌上吃喝聊天時，當朋友們伏在案頭拚命加班工作時，當朋友們利用休息時候拚命為自己充電時，我還是外甥打燈籠──照舊，睡得天昏地暗。別人的積極、別人的行動，對我總是影響甚微，遠遠不及周公的召喚來得有力。

「睡神」、「車」之類的評價，不論惡意或好意，搞笑或真心，反正我是聽多不怪，也不反駁，也不感嘆了。從小便如此，每天的睡眠時間都達十小時以上，十二小時是家常便飯，不足為奇。而多次看到所謂的科學數據顯示為：人類正常健康的睡眠時間為八小時。我總是從鼻子裡哼一句：「切，難道我不是人類？也沒發現自己任何不正常。」也曾試過減少睡覺的時間至八小時，想想別人四、五小時也可以過日子，當然我不欣賞也不提倡，我應該睡滿正常時間就可以了。遺憾的是，每次睡醒都感覺對不起自己，虐待自己，對自己太殘忍了，明明起床盥洗完畢了，又爬進被子裡睡夠十小時才極不情願的起床。

　　要怎樣才能做到合理減少自己的睡眠時間呢？最近實在有太多、太多的事物值得我去學習、去嘗試、去探索，如果能用那多睡的兩個小時去努力，多少個月後、多少年後，我將為自己的堅持而感到欣慰……

　　少睡一點，多努力一點，將來可以少後悔一點。

　　我要怎樣開始向我的目標邁進呢？我算是個性比較硬的女生，如果不開心，我管你上司還是董事長，照樣罵。但我發現，現在的我改變了，我總是相信，善能止惡，惡不能止惡，只要關鍵時刻不卑不亢，挺身而出，其餘都可以一笑置之。何苦明明知道這樣做，會讓大家不愉快很久，還為了一口氣而大發脾氣呢？出了一口氣，要生多久的氣啊？又是一筆虧本買賣。條件不成熟的時候，無法一步成功的時候，至少我可以向成功邁進一小步！而很多的一小步之後，結果也是不言而喻的。任何一個大的目標都可以分成許多小的目標來實現，即使你不能一下子達到最高目標，你只要一步一步向前走，最終就能實現，因為每一個目標的實現，都是為了你下一個更大的目標做準備的。

　　沒有遠大目標的人注定無法成功，但是有了遠大的目標卻不善於將其細分化，這樣的人也很難獲得成功。金字塔如果拆開了，只不過是一堆散亂的石頭；日子如果過得沒有目標，就只是幾段散亂的歲月。但如果把一種努力凝聚到每一日，去實現一個夢想，散亂的日子就整合了生命的永恆。如果將終極目標比作金字塔的話，那麼到達終極目標的路程就是一個建造金字塔的艱難過程。巍峨雄偉的金字塔，人類智慧完美展現的偉大結晶，事實上也是從一塊石頭、一塊石頭疊造出來的。這一塊塊的石頭就是一個個被細化了的目標，沒有它們，作為終極目標的金字塔就不可能豎立起來。

　　在努力的路上，有必要問自己兩個問題：

1. 做這件事情的目標是什麼？因為盲目做事情就像撿了一堆磚頭而不知道做什麼一樣，會浪費生命。

2. 需要多少努力才能把這件事情完成？也就是需要撿多少塊磚頭才能把房子造好？之後就要有足夠的耐心，因為磚頭不是一天就能撿夠的。

古今中外，將大目標分成小目標而獲得成功的大有人在。比如，著名的國際馬拉松兩屆冠軍、日本選手山田本一就是這樣一個人。

1984 年，之前默默無聞的山田本一獲得了在東京舉行的國際馬拉松比賽的冠軍，成為當時最受注目的「黑馬」。許多人都認為這是山田本一的運氣好，所以當山田本一回答記者說他是憑著智慧獲得了勝利時，大家都不以為然。然而，讓人們意想不到的是，在兩年後的義大利國際馬拉松比賽上，山田本一再次戰勝了眾多「重量級」選手，獲得了冠軍，並且再次以「我憑著智慧戰勝了對手。」這句話讓想找到答案的人們如墮五里霧中。直到 10 年後他出版自傳，這個謎底才公諸於世，他說：「每次比賽前，我都先把比賽的路線仔細勘察清楚，並將沿途比較醒目的標誌畫下來。比如，第一個標誌是銀行，第二個標誌是一幢紅房子，這樣一直畫到終點。比賽過程中，我以最快的速度奮力向銀行衝去，因為它就是我的第一個目標，接著我以同樣的速度衝向紅房子，因為它是我的第二個目標。四十幾公里的賽程，就這樣被我分成了幾個小目標，並一一攻破，全程就這樣輕鬆地跑下來了。」這個道理是山田本一慢慢思索出來的，剛開始時，他也和其他比賽選手一樣，將終點設為自己的唯一目標，結果他發現跑了十幾公里就已經疲憊不堪了，他被前面那遙遠的路程嚇倒了。

要想擁有竹子、潭水的最高境界，我們不可期望一蹴而就，但我們卻可以一步一步向它邁進，最終成為無人可及的「巨無霸」！

第二章
淌滿月光的幸福

　　我們總喜歡從記憶的大海裡挑選出璀璨亮麗的幸福珍
珠，在一遍又一遍玩味中收穫甜蜜與幸福、對未來的憧
憬與嚮往、人生前進路上的信心與動力。

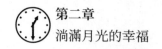

與老爸鬥，奇樂無窮

不知不覺，童年已經離我遠去，回首童年，那絲絲親情交織了回憶裡淡淡的幸福。所有經歷的往事都在記憶的匣子裡漸漸塵封。驀然回首，唯恐忘卻，只想簡簡單單以隨筆形式記下：

（一）

小時候，算命先生說我怕水，家人一直像寶貝一樣管著，不讓我靠近水邊。不幸的是，他們所管的小寶貝偏偏是我，三天兩頭跑去玩水弄溼一身，聽媽媽說，那時的我每天最少洗三次澡。有次老爸終於火大了，直接將我扔進了家門前的水塘裡。過了好一會兒，老爸見我沉入了水底，又縱身跳水入塘裡把我撈上來。我的媽呀，到現在我都不明白，老爸當時怎麼那麼狠心，居然捨得！當時的我都沒有哭，只是吐了很多水出來。老爸問：「喝了幾口水？」我沒表情地回答：「還好，就兩三口。」

此後我是一個月不靠近水邊，那之後又舊病復發，不亦樂乎，老爸很無奈：「我認輸了！」（我贏）

（二）

別人家的女兒都在家裡乖乖溫習功課時，我卻經常偷鳥蛋玩，從這棵樹跳到那棵樹，許多新買的衣服都這樣敗在我手裡。有一次我正在桑椹樹上玩得開心，老爸又火大了，拿了一根竹竿過來要捅我下來。我心裡跟老爸一樣清楚：下去我的屁股就得開花了，才不要呢！於是我往上爬，讓他捅不著。老爸跑回家換了根更長的竹竿來，我再往上爬，就是要讓他捅不

著。老爸看我已經坐到樹梢上，稍不留神就有可能當一回風箏，於是便好聲好氣地和我說話，讓我下來，不打我。我溜到離地面還有兩公尺多的位置，便縱身跳進了水裡，老爸也跟著跳進了水裡。（哈，那時候我的水性可是相當不錯了哦，不過老爸水性也不是吹牛的）我游著游著，回頭一瞄，眼看就要被老爸逮到，索性潛到水底游回岸邊，等浮出水面時，老爸卻已經到了另一邊。我爬上岸扮個鬼臉，接著就去玩了，留下水裡一臉無奈的老爸。（我贏）

（三）

「老爸，看看你們房間的燈會不會亮？」我直奔老爸房間。「你給我住手，哪裡都不要碰 —— 敗家女！」老爸恨恨地瞪著。我讓已經伸到半空中的手停下來，然後放下來不敢開燈。「你怎麼那麼厲害！一讀書回來，廚房、客廳、你自己房間的燈都被你搞定了，全都燒壞了！敗家子見多了，沒見過你這麼厲害的……」老爸還在嘮叨，我沒好氣地大吼：「但你這裡是唯一的希望了，不然沒燈啦，看不見東西……」我也不知道自己怎麼就這麼衰，居然開一個燈就壞一個，好委屈！最後還是老爸親自開了他房間的燈。（老爸贏）

（四）

小學的時候，有一次在返校回家的路上，天氣好冷哦，我穿得圓滾滾地，與好友一起走著。路過魚場時，偏偏被我看到一座池塘裡有好多小魚。撈魚可是我的拿手好戲，於是就想弄幾條上來玩玩。我讓那個重量級的好友拉住我的手，計劃著能斜著身體下去撈魚。但還沒開始，好友便滑下來直壓在我身上，把我深深的壓進泥土裡。我用了吃奶的力氣，把頭從泥土裡抬起來問：「喂，你好了沒？我快不行了！」（好重……）再次與好

友走在路上時，回頭率前所未有的高。回到家，老爸見到我的樣子也不驚訝：「你又做什麼好事了？路上很多人看熱鬧吧？還不快去洗澡！」「哦！」我乖乖回答一聲，便趕緊跑去洗澡，我知道如果動作慢了，屁股難保又要開花了。（老爸贏）

（五）

家附近有座戲院，經常會有電影或大戲看，有一次看到通告說有新戲上演，第二天一大早就央求老爸帶我晚上去看。老爸沒好氣地對我說：「沒看到那條小路被稻草擋住了嗎？」「哦！」我應了一聲，早早吃完飯就不見人影了，也沒去上課。中午我到家了，身上一身泥，渾身都是汗，滿臉泥水直流，只有兩隻眼睛在眨，看得出還是一個活人，好像是個做苦力的。老爸一見，愣了：「你怎麼啦？」「沒怎麼了！今天我自己洗髒衣服！」那天我表現得出奇的乖。洗完澡了，我與家人一起吃飯，突然我樂呵呵對老爸說：「爸，今晚可以去看戲了耶！」「為什麼呢？」老爸不解。「那些草都不見了，我們可以去了。」後來我們去看戲了。到第二天就聽到老爸質問我：「鄰居家小路上的稻草，全都被踩進泥溝裡了，你做的好事吧？」我無話可說，只得點頭承認，於是屁股開花了。（老爸贏）

（六）

讀書時，我總是喜歡與一大群同伴們經過魚場去上課。有次路過魚塘，見到好多的絲毛草，有些同伴想放火鬧著玩，我表示反對：「天氣那麼乾，著火就完蛋了。我回去自己玩。」走著走著，沒想同伴已經放火了，看到小樹苗著火了，本想去撲滅，誰知這一撲就被人逮住了。接著還關小房間，聽說別人家的電線全在我們火中搞壞了。「只要你們說是誰放的火，其他人就可以走。」魚場的人對我們說。「大家一起放的，要走我

們一起走。」不知道哪來的勇氣，我這樣回答，大家都挺我。於是我們全被抓了，老爸只好拿錢來帶我回家。後來知道我是為了挺朋友，老爸說：「嗯。還算是個好人！今天不打你。」還好，老爸受《水滸》影響比較深，夠義氣。（平手）

（七）

讀高三時，電視裡剛熱播《少年包青天》，雖然那時學業已經很繁重了，但我總是喜歡和老爸一起看。每當劇情演到精彩的時候，老爸就會要我和他PK，看誰猜對真正作案的凶手。可愛的老爸喲，幾乎每次揭曉謎底時，他都用不服氣的表情回應我無比燦爛的笑容。到了演大結局這天，我得去上晚自習，這可是老爸鹹魚翻身的最後機會了，他怎麼捨得放過。於是老爸和我密謀許久之後，達成協議：老爸寫請假條簽名說我生病了，休息一晚，我則留在家裡與老爸做最後的PK。但老爸的想像力確實大不如我啊，結果絲毫沒有懸念，我依然掛著無比燦爛的笑容，而老爸用不服氣的表情繼續和我PK。唉，老爸當成這樣，還真算是天下無敵了。（平手）

（八）

「喂，是爸爸嗎？」晚上十點了打老爸手機明知故問，因為通常這個時候，我們都已經睡了。

「是啦，現在幾點啦？」聽得出老爸睡得很香被我吵醒了。

「嗯，現在十點多啊，我吃了田螺又吃了冰，有點睡不著哦！」

「睡不著關我什麼事啊？我都睡著好一會了！」老爸有些不耐煩。

「睡不著，就要吵下你嘛！大家都不用睡，這樣才公平。」我終於說出了本意。

「嗯，你說吧，說到你想睡再睡。」老爸讓步。

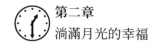

過了許多天晚上，我已經睡了卻聽到手機鈴聲響起。

「喂，是誰啊？」接通電話，有點想發火。

「是爸爸啊，睡不著，想吵你一下，你以前不也是這樣嗎？」老爸得意地邊笑邊說。

「報應也來得太快了吧！我好睏啦，爸。」我一邊打哈欠，一邊說。

「但我一點都不想睡呢，剛看完電視。」老爸還是笑。

「嗯。我聽你說，說到你想睡為止……」我一邊睡一邊隨便回答老爸。真是小氣，這也要扯平。（老爸贏）

（九）

「爸，寄給你們的照片收到了沒？」

「收到了。」

「怎麼樣？」本來以為老爸會說幾句的。

「人都看不清楚，不夠大。」老爸這樣回答，我也記住了。

後來幫朋友們照相的時候，總是以為把人照進去，並且人像夠大就是好照片。好友阿琳斜著眼對我說：「就那品味？都不知道在照什麼，不好看。」

唉，被老爸害了，其實這是老爸的品味啊。暈倒……（老爸贏）

童年裡獨有的單純，童年家庭生活的快樂畫面，童年我們與第一任老師 —— 父母之間的較量，慢慢隨著閱歷的堆積而在記憶裡湮沒。如果可以整理出來，時而與父母一起品味，不失為人生一大樂趣。我們長大了，我們懂事了，我們閱歷增加了。曾經被我們視為無所不能的父母，在生活中慢慢地被我們淘汰。你可曾想過，你之所以有今天，是因為在他們努力的基石上。珍藏與父母之間的美好回憶，與他們一起回味，時刻銘記父母給你帶來的一切，讓他們在記憶長河裡永不過時，是我們的責任與義務。

三伯，生日快樂

在特別的日子裡為老人家送上一分祝福與驚喜，你會感同身受。

3 月 24 日，星期二是三伯的生日，我怕忘記，所以從去年開始計時。

那天是 3 月 20 日，快遞三天左右，剛好趕在生日時，讓三伯收到我的禮物。從郵局出來，心裡特別舒坦，開心地在路上跳起來，完全忘記了在街上亂逛選購禮物時的疲憊與狼狽。

「喂，三伯，終於聽到你的聲音啦，好開心哦！」回到宿舍我趕快打電話給三伯。

「哼，很長時間沒聽到你的聲音咯。」三伯好像很不滿，甚至有些生氣，弄得我一頭霧水。

「有這回事啊？我每次打電話給你，你都關機，已經跟老爸投訴了，那就是他的問題了，難道連一次都沒有轉告你？」我劈里啪啦說了一大串。我當初買手機給三伯，就是為了當作我的專線，常常打過去三伯都關機，我鬱悶得發狂，他還說我不打電話。唉⋯⋯

「晚上三更半夜的，誰接你電話啊？天一黑我就關機了，要打就白天打。」三伯還滿屬害的，打電話還要限定時間，還說天黑就關機，唉喲，太酷了。

「嗯。好啦，我記住啦，以後都白天打，經常打，變成熱線，好不好？」我退步了，在三伯面前，我從來都是無條件投降。「對了，下週二是你生日哦，有沒有忘記呢！咯咯⋯⋯」

「我記得啊。」三伯簡短的回答我。

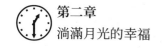

「嘿嘿，我有禮物準備給你的，今天已經寄出去了。到時你會收到一個錢包，真皮的可以用很久……」

「哦。」三伯淡淡地回答。早就知道普通的東西不足以引起三伯的興趣，果然不出我所料。

「還有一個腰包，也是皮的，天氣熱了，你的菸、打火機、手機都可以放進去，有好幾層的。這個喜歡吧？嘿嘿……」我以為三伯要稱讚我一下了。

「哦。」三伯還是淡淡地回答。我完蛋了，居然沒有令他開心的。

「還有一個，我最得意的！聽好了，是一塊磨刀的石頭！」我故意提高嗓門。因為太了解三伯，他就簡簡單單，什麼也不缺，什麼也不想要，但卻對新鮮玩意感興趣。

「磨刀的石頭？哈哈，怎麼用的？好用嗎？可以用來磨菜刀嗎？」三伯果然有興趣了，一邊說一邊笑。他總喜歡拿出那些鄰居沒有的東東，便覺得是最大的幸福。都年紀一大把了，虛榮心比我還強。

「嗯。那是當然的。你把菜刀放在石頭上滾動幾下就很鋒利了，既方便又安全。呵呵……」

「哦，那太好了，這個東西好玩。那我去哪裡拿呢？」從言語中聽得出三伯很期待，語氣一下子開心了許多。

「放心，我安排老爸去拿，你等著就好了。現在你想想生日想吃什麼，我請老爸做給你吃，那天我會早早打電話給你，跟你說生日快樂的。要開心哦！你只准做一件事：必須得開心，知道嗎？」

「嗯，嗯，好！」三伯心滿意足，開心的掛斷電話。

我知道三伯最想要我親自陪他過生日，這比任何禮物都來得貼心。從小，他就視我為掌上明珠，總是讓我騎在他肩膀上，帶我出去玩，都捨不

得把我還給我媽了。而我也樂呵呵地跟著三伯玩，經常跑去他家，把他茶壺裡的茶喝光，摘他家的大蒜，要他為我炒臘肉……等等，很多、很多開心的回憶，很多、很多幸福的片段都是三伯給我的。而今年他的生日我又不能陪他過，我特地將自己的幾十張照片放進信封裡，特地寫一封信給三伯，告訴他我對他的承諾，也許不需要他等太久就能兌現。三伯，生日快樂！

生日，對於當事人意義重大，也念念不忘，如果你能感同身受，也替他念念不忘，他的那分感動，值得你這樣做十次，不是嗎？

從現在起，將你的家人、親人、好友生日一一記下，在特別的日子，送上自己的那一分祝福，讓他們感動吧！他們的生活，將會因為你而變得更加美好！我們又何樂而不為之呢？

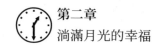
第一次去他家

第一次去戀人家裡總是令人難忘的，至少是一個他從心裡認定你的強烈訊號。每人自有各自的遭遇，初次接觸，需要學的地方很多，這裡略說一二。

首次去男友家，我不知道是應該說寂靜得我不知道效果，還是首戰告捷？如果不是明顯失敗就算贏的話，那我先算自己小贏一筆。

他家住很遠，我轉好幾趟車才到，不過一路上出奇順利，難得不用等車。但車在路上不停地接乘客，導致本來一小時路程，卻花了一個半小時。我覺得主要是我給他們帶來了無限運氣，司機一路上說了三次，這趟車是個奇蹟，從來沒見過這麼多人。退一步說，我明顯睡眠不足，有時間可以讓我能在車上小睡一會，也算是美事一椿了。小睡的時候，大腦突然開竅，我總不能空手去男友家裡吧？手指在手機上飛舞著，我向四面八方的朋友求救，到底送什麼好呢？

朋友們的資訊如雪片般飛來。我整理了一下，將好的羅列如下，以過來人的身分教教其他想知道的朋友們：

1. 投其所好，如果你對男友家人夠了解的話，可以選他父母喜歡的東西。但記住，不能對男友偏心哦，到時把關係搞砸了吃力不討好，可別怪我。母親如果愛化妝，可以送化妝品。愛首飾，可以送項鍊、耳環、頭飾之類的；父親呢，可以買衣服或者錢包之類的，也可以送茶葉或保健品。

2. 如果不是太了解，可以送一些樸實實用的，老一輩的大多都比較節儉，他們可不希望未來的媳婦沒有節制亂花錢。水果、補品都可以送，要選比較好的哦。

3. 老人家比較看重回憶，如果你心思夠細膩，也可以用他們的照片做一本冊子。如果你的手夠巧就自己做，如果不行，就花點小錢請別人做吧。

4. 最後還有一點最最最值錢，也是最重要的，帶上你的笑容，帶上你的甜嘴巴。

我很懶，所以帶了幾樣水果。男友來接我，我本來以為我們可以直接回他家，但他把我帶到菜市場。所謂的規定菜色全部備齊，我們才提菜回家。

門鈴響一下，我的心就劇烈跳動一下，好歹我也是見過大風大浪的人，以前不都在海邊住了一年嗎，現在怎麼還這樣？我對自己開始有幾分不滿，偷偷深呼吸幾次，以求舒展臉上的紅暈，平衡自己的心跳。說時遲那時快，門輕輕地開了，一位滿頭銀髮，穿著優雅得體的女士用銳利的眼光上下打量著我。「伯母，您好！」我向她問候。

「嗯，好！進來坐吧。」伯母臉上擠出的笑容顯得比我還不自然，我把那顆緊張的心悄悄放下來。別人說，人怕鬼三分，鬼還怕人七分呢！相同的道理，說不定他們比我更害怕、更緊張。我開始大膽地衝進大廳，我頓時傻眼了，沙發上迎面坐著四位姨媽，還有一些男士相陪。我的大腦高速運作，轉呀轉的，然後馬上回過神，臉上堆滿我對著鏡子練習了兩天的笑容，正正經經地轉過身，向他們打招呼：「今天好熱鬧哦，這麼多位，大家好！」人太多了，一個一個唸，不見得一分鐘可以唸完，我一定會冷

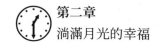

場，搞壞氣氛，接下來的時間就不好過了。所以，我一口氣解決。大家冷漠的臉上瞬間換上了笑容，開始跟我寒暄起來。

「阿獻，你來了？」熟悉的聲音傳到我的耳朵裡，聽得一陣溫馨舒服，原來是久病的伯父從房間走了出來，伯父一直是男友家裡最欣賞我的那位。

「伯父，您好。」我馬上起身讓位，伯父看起來比上次去我們那邊玩時更瘦弱了，心裡酸酸的，但不敢有絲毫流露。大家你一言我一語地聊起工作、生活來，平時我嘰嘰喳喳的，那天，我做了個沉默寶寶，只是靜靜聽著大家閒聊。言多必失嘛，不了解狀況，還是多笑、少說，才是上上之策。

煮飯時間到了，我眉頭都皺成一團，手藝不怎麼樣，心臟撲通撲通地跳，害怕伯母會讓我露一手，那就什麼事情都露出來了。不過，見到男友三姨丈那一刻便踏實多了，一看就知道是個愛表現的傢伙，所有機會我都心甘情願讓給他。男友與他媽各自表現了一番。伯母畢竟很熟練了，魚煎得色香味俱全。男友呢，就不必說了，一看就知道是個半路出家的，還好只給些柳葉魚讓他小試身手，那些魚可就慘了，煎成豆腐渣了，一半鍋上、一半碗裡，還帶著最原始的腥味，真特別啊！他三姨丈的表演更精彩，這麼冷的天居然在做涼拌菜，可能是表演規定菜色吧，但不知為什麼好像全都惜鹽如金，味道全無。大家一致怨聲載道，一心想努力表現的三姨丈無辜地將目光投向我。我只得埋頭苦幹，也管不了什麼味道了。新來的嘛，我不敢發表太多意見。

「男友一家還真是有趣，各種怪人齊聚。」我一邊吃一邊在心裡默默想。後來聽男友說，大家一致給了我一個大大的好評，說我一點漏洞都沒有，鐵定是個聰明的傢伙。殊不知在他們各位面前，我一直捏著一把汗，

小心翼翼的。一直到現在我們分手了，還沒弄清楚，他們總共給我出了多少道考題呢！

　　最後，我總結一下，第一次去男友家裡的相關禮儀，和應注意一些什麼：

1. 穿著一定要大方、得體，不能太正式，簡簡單單、樸樸素素就好了，除非你男友是很有錢的人家，否則太過正式的衣服，會讓他們覺得你是千金小姐或是有錢人家的女兒，而產生一些排斥心理，大家都知道有錢人家的女兒難伺候，放心，對方家長的想法也跟你一樣，都想娶勤勞能幹的，而不是好吃懶做，只會發號司令的媳婦。

2. 言行舉止，多笑少說，多聽少問，言語要得體，偶爾可以裝裝可愛，令老人家更願意疼愛你，但不可以顯得太幼稚哦！有一點值得注意的，不要為了顯示你與男友關係不錯而黏在一起，你們還沒結婚呢！就在他父母面前如膠似漆，他們看到的想法不是你們感情好，而是我兒子以後眼中還會有我們嗎？小心兩頭空哦！和男友之間盡可能不要太親密了，但也不能拘謹到連話都不敢說。自己斟酌斟酌，適度就好。

3. 有需求時，千萬不要小聲在男友耳邊說悄悄話，指使他做這做那的。比如說你口渴了，不知道用哪裡的杯子喝水，你可以到廚房對伯母說：「伯母，我想喝點水，請問杯子在哪裡呢？」如果伯母要幫你盛飯什麼的，你可以說：「謝謝伯母，您坐著就好了，我可以自己來的。」這樣一來，你會給家長留下大方懂事的印象哦。

4. 地方習俗，去之前你可以向男友打聽要注意哪些，哪些可以做，哪些不能做就 OK。

　　好了，我是勉強成功通過男友家第一輪面試。就看你們自己了！

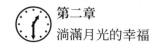
我是他的那顆麥穗

選擇最合適的，選擇了就不要後悔。

晚上，男友要我講故事，我講了如下：

在一個地方，有三大塊麥田，老師出給三個學生同一道題，讓他們分別穿過麥田，只能一直往前走，不准回頭，老師會在盡頭等他們的選擇結果。即：穿過麥地的時候，要選擇一顆自己認為最大的麥穗帶給老師。講完問男友：「如果是你，你會怎麼選擇！」

男友想了一會，說：「我想我會先給自己了解和摸索的時間，走到差不多中間位置，選擇自己認為最大的那顆，然後就不看其他的了。沒有回頭路的選擇，選擇了之後就珍惜，相信自己選的是最好的。」我點點頭，看著他。男友摸摸我的頭，對我說：「今生，你就是我選擇的那顆麥穗。」他的話語激起我心中一片暖流，頃刻間流遍全身。

接著，我說了那三個學生的選擇：「學生 A 走到第一塊田裡，看到一顆他認為很大的麥穗，他高興極了，便迫不及待地摘了下來。再走下去時，他發現後面還有很多更大的，於是他懷悔不已。學生 B 走到地裡，當他往前走時，不斷發現有更大的，他心裡期盼著下一顆會更大，一路走，這時他發現很快就要到第三塊田的盡頭了，但已經錯過那些大的麥穗了，他更是懷悔不已。學生 C 先觀察了一下田大概有多大，接著才走到田裡，走到第一塊田時，他看了看那些麥穗，覺得挺大的，但他並沒有馬上摘下來，而是繼續走。走到第二塊田的時候，他發現麥穗更大了。於是，他選擇了一顆自己認為最大的。這之後，他便不再看其他麥穗，拿著他摘的那顆，

唱著歌兒快樂的走到過了第三塊麥田，來到老師面前。他得到了老師的誇獎。而你的選擇也就是最優秀的那個 C。所以，你該得到我的誇獎啦！」

男友一陣爽朗的笑聲：「我只是說出自己的選擇，也是人生的一種選擇吧！面對未知事物，不必急著肯定或否定，不妨先穩定情緒，留一點時間來了解對方。在最可能成功的範圍內選擇自己的了解對象，選擇之後，就欣賞自己的成果，成功永無止境，只有懂得欣賞自己成果，才會感到快樂，而快樂本身就是一種成功！」

我呆呆地看著他，大道理一句也沒聽進去，只是傻傻地回味著他說的那句：「今生，你就是我選擇的那顆麥穗！」

人生猶如乘坐一趟單程車，從出生一直駛往死亡。我們不可以抗拒出生，也無法拒絕死亡。然而我們可以選擇怎樣享受沿途的風景，我們可以選擇得到什麼、放棄什麼，我們可以選擇在哪裡播種，在何處收穫……

我看到有的朋友說人生是道選擇題，一落地便是決定，是父母要不要這個孩子做的抉擇。人生是道選擇題，一路成長便意味著一路的選擇。什麼時候上學，選擇文理分科，報考什麼大學，選擇哪個專業……人生是條路，每個選擇就是一個十字路口，左轉、右轉，還是筆直地走下去？

也許，左轉遇到的是狂風，右轉遇到的是暴雨，堅持筆直走下去可以看到鮮花和彩虹。但也可能事實完全不是這樣。我想，人生的難處就在於此，難在未來的不可預測，難在十字路口的抉擇。

人生是道選擇題，有些選擇可以憑直覺，有些選擇卻需要邏輯推斷；有些需要果斷，有些則須長遠計；有些關乎心情，有些卻關乎一生。

人生是道選擇題，像考卷上的選擇題一樣，我們在一開始總能排除一些選項，最後要選的往往是 A or B？50%的可能性，卻是一個害怕輕易開口的決定。

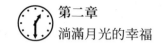
人生是道選擇題，一念天堂，一念地獄。

人生是道選擇題，不論多難，我們還是得勇敢地做下去！

如同走入麥穗田裡的孩子們，我們要如何做好人生的這道選擇題呢？

我認為：選你所選，愛你所選，才是幸福的出路。

幫他成長，與他一起成長

共同成長，方能天長地久。

男友對電腦軟體程式設計的愛好，有著狂熱的執著。找遍他的工作檯、抽屜、宿舍，我發現全都是軟體程式設計的書。某種程度上來說，我是支持他的。但，我更希望他可以嘗試領略其他領域的快樂

我們有個專案出了點問題，男友忙著做測試，一天下來連喝水的時間都沒有。我看在眼裡，疼在心裡。於是，我取消了晚上的學習計畫，向男友請假一晚，讓他陪我。實際上，我是想讓他好好放鬆一下。不知道他喜歡吃什麼水果，我每樣都買一些，提一大堆回去，但他只拿了幾個最小的。我知道他還在煩工作的事，我很快地切入主題：「我有一個問題，除了程式設計方面，你還有興趣了解哪些專業？」男友一下被我問倒了。也許他從來沒有思考過這樣的問題，也許他真的想不到還有其他的興趣。

我從自己的書裡面抽出一本勵志書遞給他，希望他能找到感覺。男友，笑了笑，表示沒興趣。我早知道會這樣。「不要緊，我讀給你聽。」我仍不放棄，非得讓他了解一下其他方面不可。剛開始，我整篇整篇地讀，看到男友一臉的茫然。後來，我改成讀完一個主題內容，就向他提問，而此時他也能跟上。就這樣，我讀了差不多一個小時。男友從剛開始的不屑一顧，到我去洗手間時，主動拿起書看。

「今天讀這麼多已經夠了，不如你訂一個計畫吧，每晚從陪我的時間裡抽出半小時來讀。」我很認真地對男友說。「啊！」男友又驚訝又疑惑，

他怎麼也想不到會有女生這樣。「我只是想讓你每天累積一點點其他方面的知識，不要除了電腦，還是電腦。說不定哪天你不想做電腦方面了，也不至於一無是處啊？這樣可以減輕你將來的壓力，對吧？」我笑得很甜。男友問我：「從什麼時候開始啊？」「今天啊！難道要等個最好的機會才開始你的計畫啊？世界上最好的機會都是人創造出來的，如果你只是要等待一個最恰當的機會，那麼你做到的必然不及你的能力所能做到的千分之一。開始計劃吧！」我堅持讓他訂個計畫。我知道有了計畫，男友一定會去堅持。

曾經在書上看到，一直很欣賞這樣一句話：愛他，就幫他成長，與他一起成長！很多戀人之間歪曲了愛的定義，一心想著霸占對方的時間，黏著對方，才能顯示愛得如膠似漆。人與人之間最遠的距離是什麼？你一定也會告訴我，是心與心之間的距離。你守著個軀體又有什麼用呢？不妨換個角度，幫他成長，與他一起成長！在生命層次不斷提升的過程中，不斷錘鍊你們的感情，讓你們的感情得到昇華，心與心可以貼得更近一些，令你與他在人生的大道上可以攜手走得更遠、更久⋯⋯

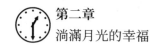
幸福很簡單

幸福在不同時刻對不同人來說都有著不同的詮釋，只要你善於發現，幸福無時不在、無處不在，原本幸福就是一件簡單的事。

男友對我呵護備至的同時，總是信誓旦旦地說要努力工作、要賺很多的錢，令我過幸福的生活。

幸福是什麼？就像一千個讀者眼中有一千個《哈姆雷特》一樣，每個人對幸福的詮釋和看法也是各有不同的。有人說幸福是鈔票、房子、車子、孩子，也有人說幸福是事業、地位、家庭、感情……由此可見，幸福沒有定義，也沒有統一的標準。畫一條界限衡量一個人幸福與否，是愚蠢可笑的。幸福，不是一定要擁有汽車、別墅、空調、地毯，不是一定要掌聲雷動、花團錦簇，也不一定要一呼百應、威風八面。幸福其實只是一種自己最真切的感受，一分心靈深處最真實的感動。

我總是與書本為伍，不斷充實自己的內心世界。總是不斷用書本中好的例子作為榜樣，作為塑造自己的參考。每取得一點點進步，我便為此而歡舞。那一刻，我會覺得自己無比幸福。

我總是愛與不同的人打交道，總是希望與我接觸過的人都能開開心心。很多人都叫我開心果。那一刻，我覺得自己無比幸福。

我渴望上進，但從不與別人相比，只希望每天在自己的基礎上有所進步，我就覺得自己是世界上最幸福的人了。試想，長相一般的與貌若天仙的一比，便無法不自慚形穢；家境貧寒的如果耿耿於懷別人的財大氣粗，便不免英雄氣短；一個平民百姓若羨慕權勢顯赫，便難逃鬱悶、煩躁……

於我而言，幸福是一件很簡單的事。

首先，我們每個人都擁有著許多，像是父母、兄弟姐妹、兒時玩伴、同學、同事、朋友，高興的時候，我們可以和他們之中的一些人分享；難過的時候，我們可以選一些人和我們分憂，快樂加倍，痛苦減半。

其次，大自然賜予我們許多、許多，有山、有水、有藍天、有白雲、有花、有草、有空氣等等，我們可以選擇它們中的一樣或兩樣與我們為伍，置身其中，縱情享受。

再者，我們可以人為選擇一些自己的興趣所致，愛好所達。書本 —— 永遠忠實於你的朋友，暢遊其間，博古論今，人與人之間靈魂的共舞與交流。寵物 —— 休息娛樂逗趣之用，打發寂寞與暫時無聊的最佳夥伴，你給牠吃的、玩的，牠的任務就是取寵於你，逗你開心。

最後，我們有手有腳，有大腦，我們可以思考，可以創造，可以選擇自己喜歡的，去做自己開心的事。

我們擁有許多，不是嗎？我們還有什麼理由感嘆自己不幸福呢？

我們還可以追求許多，高的學歷、更高薪水的工作、更有趣、有意思的事情與生活，選擇新的生活方式、生活地點、學習自己喜歡的風俗習慣、風土人情等等。

那麼多擁有的，享受都享用不完，那麼多唾手可得的，舉手便可以得到，我們還有理由為那一點點偶爾的失去而患得患失嗎？

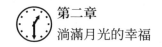
適當的時機，遇到適當的人

前進的方向，對生活的嚮往，有個志同道合的伴，你會走得更高更遠。

茶餘飯後，漫步黃昏。經常與男友談起職場上，人們大多身不由己，互相算計。說到底就是看誰能先算一步、多算一步，所謂你方唱罷我登場，算來算去總受傷，何苦呢？

考試時，看到學校裡有這樣一句話，我覺得很經典：人們大多喜歡用青春的幸福去換取成功。的確如此，他們用實際詮釋了「少壯不努力，老大徒傷悲」的實惠；他們在年輕時拚命賺錢，比誰有車、有房，誰錢多，誰就最有本事，而其他學識、內涵全都擺一邊了，甚至道德、倫理在金錢、利益面前都拋到九霄雲外去了。導致什麼都得到了，人也筋疲力盡、疾病纏身、朋友全無。還談什麼享受，談什麼成功？我對男友說出了自己的一番感慨，看得出男友聽得很激動，也很開心。

又走了一會，男友問我對未來的打算。我很認真地看著他說：「努力工作，同時我會用學習升級自己的裝備，用進取尋找機會的垂青，不為名利，只求在職場上大幹一番也不枉此生！如果有違我的人生原則，突破我的道德底線，我則打算永久『隱居深山』，享受人生。」男友抱緊我，對我說：「要是，要是沒有你，我就再也找不到一個有你這種生活態度的女生了。我一直這樣想，但看到其他人又覺得迷茫。不知道是不是自己錯了？是不是跟不上時代了？」「哇，萬歲！你當然沒錯！你已經榮獲第二個具有這種觀點之人的大獎！」我高聲歡呼！男友表示不解地看著我。「哦，答案就是：我是第一咯！」海邊留下我們一串串歡樂的笑聲。

　　「眾裡尋他千百度，驀然回首，那人卻在，燈火闌珊處。」很慶幸，茫茫人海中，在適當的時機我可以遇到跟我「志同道合」、「不思進取」適當的他。

　　我想沒有什麼事情比遇到懂得欣賞自己，與自己想法一致的人更令人興奮了，如果那人偏偏又是你的另一半，那我得說，你是這世上最幸福的人了。請憑著你的直覺與理智去判斷，如果遇到，走過、路過，千萬不要錯過哦！當然如果抓錯了，就趕快扔了，期待下一位。

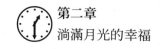
一個特別的動作

　　心愛的人為你所做的那些特殊事情都是最高的待遇，身體與精神的至尊享受。

　　「小傢伙，要不要洗頭啊？」男友的聲音從洗手間傳來。

　　「Of course（當然）！」我在電腦桌前附和。

　　「來吧，水溫剛好！把你的人頭送上！」

　　從有印象以來，自己能做的事都是自己完成，更別說洗頭了。出社會後，修剪頭髮時，多數因為匆忙都是自己洗頭了事，照樣付錢，讓髮廊助理都為之咋舌（這樣的事，我沒少做啊）。

　　他要幫我洗頭？帶著滿腦子問號，男友的話才剛講完，我就站在他跟前，歪著頭，莫名其妙地看著他。男友抽出一把小椅子讓我坐下，輕輕將我的頭按下，開始淋水。

　　「喂，我來！我要自己來！我不喜歡別人弄我的頭，我很快！」我一邊掙扎，一邊嚷嚷。

　　「你乖乖的啦，我也是第一次幫人家洗頭啊！很舒服的……閉上眼睛，不要亂動！」

　　我聽了是第一次，覺得還對得起我，於是便小鳥依人般乖乖就範了。

　　男友淋了些許水，先將我的頭髮打溼，然後倒了洗髮精在手心拌勻，再和著我的頭髮輕揉起來。滿頭泡泡時，他還會連帶按摩。他按摩的方式很奇怪，拿起我的頭髮，輕輕往上扯了扯，再用拇指按住我的頭頂由下至上，其他四指便配合的緊貼在我的後腦杓。

「喂。頭髮被你扯掉大半啦！」我痛得呱呱叫。

「那怕什麼，人家三毛就三根頭髮，還打算扯掉一根呢！」

「幹嘛要扯掉一根？」

「小笨蛋，扯掉一根就可以留中分了呀！」

洗手間裡笑聲飄蕩，我不享受這種洗頭的方式，卻在虔誠品味著這分溫暖的情，感動著這分溫馨的愛。小小的舉動，卻是對感情錦上添花的畫龍點睛。

其實生活中很多時候，細節更能讓一個人體會到幸福的存在。

不知道是不是因為同事們一直抱怨，一直抱怨怎麼沒有冬天的感覺。氣溫一下子降了十幾度，大家各自用厚厚的外套把自己包得緊緊的，但還是覺得很冷，硬是將能掛在身上的都掛了上去，希望能爭取多一點熱量。幾乎把頭都埋進了外套裡，在凜冽的寒風夾雜著細雨的路上行走，被不時打在臉上的雨點，弄得很痛……

「哇，中午不能睡覺了。這哪睡得著啊？腳都要結冰了，放在被子裡還沒熱又得起床了，這個冬天的感覺真不爽呀！」我邊吃飯邊跟同事們說笑。

「就是說啊，如果是兩個人就不一樣了，有一個環保型暖爐！哈哈……」同事們笑成一團，我知道他們在開我玩笑，對我耍嘴皮子。

想了想，我回公司，玩了一會，再冷也沒辦法抵過我的濃濃睡意呀！過一會我就趴下了。好像很快就進入夢鄉，還隱約感覺有人在對我笑。不管他，現在就算天上掉黃金，也別想叫我起來。繼續──睡！

「上班啦，快要遲到了！」聽到同事們的聲音，我驚醒了。奇怪，身體一點都不冷！我站起來，發現身上變重了，摸了一下才知道原來是男友幫我蓋上一件厚厚的外套。我心裡一陣暖和，他老是那麼細心，中午我還

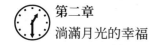

在想自己的事情，不理人家呢。唉，我這大小姐脾氣，什麼時候才可以改改呀！

　　有個人關心，這種感覺真的很好！

　　嗨，說到這裡，我突然有了一個很好的想法，如果某年某月某日，你惹某某生氣了，也不妨來一招我男友的，選一個特別的動作，關懷舉動，比如說，像我男友一樣，洗洗頭啊，適時遞上一件衣服呀什麼的，用行動告訴對方：我其實很在乎、很關心你。用火來化解冰的冷漠。

你會永遠這樣守護我嗎？

懂得感恩的人更具備審美的眼光，更懂得欣賞美。

隨著日曆的更新，轉眼間我在公司已經半年多了。

我一直住在公司附近，一個人、四層樓。家裡空蕩蕩的，講個電話還能聽到回音。還好我天生不迷信，也就不會輕易想入非非。

每次朋友或是同事問我，對住的地方是否滿意，我都只是笑笑說：「很安靜！」我一直都很享受這種安靜。直到有一天，我在外面玩得很累，回家洗了澡就趴下睡著了。「砰！」一聲開門的聲音，我幾乎被嚇暈，眼睛都還沒來得及睜開，就本能地坐起來了。當時我的第一反應就是：「完了，是不是有人進來啦？」接著就是想像著一大堆電視、報紙上看到的那些女生慘遭不幸的恐怖畫面。我都幾乎想大聲叫起來了，用盡所有的精力豎起耳朵聽聽，又是那麼的安靜。我小心翼翼地開燈一看，才知道原來是虛驚一場。原來只是洗手間的門被風吹開了……

從那以後，我就時不時做惡夢。有時一個晚上被嚇醒好幾次。只有那晚，男友陪我在樓頂看星星的那晚，我睡得很香、很香。

那天，男友忙著幫別人裝電腦程式，10點多才回來。而我出去瘋了一天，累得只想睡，又感覺有點怕，但想想他那麼累，就不敢說些小孩子氣的話去煩他。我對男友說，希望他可以來我這裡陪我一會。儘管男友自己也很累，還是馬上就到了。他摸著我的頭，讓我乖乖睡覺，他說等我睡著了才走。我則像個小寶寶一樣，眨眨眼對他說：「在你面前，我感覺自己

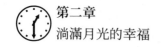
就只有一歲！」他笑了，笑得很甜。看著他的笑，慢慢地我就什麼都不知道了……又是一個熟睡的夜晚。

也許是受過傷的人更懂得珍惜與疼愛他人，男友告訴我，他從未體會過被人疼愛。

我卻清楚地記得：

⊙ 每次他陪我散步，總是走在馬路左邊，下雨天則幫我撐著傘走在路的右邊，難道他就不怕危險嗎，就不怕路邊的水漬嗎？

⊙ 每次陪我吃飯時，他總是仔細地點我喜歡吃的菜，難道他就沒有喜歡吃的菜嗎？

⊙ 每次玩累了想找地方坐下，不論乾淨與否，他總是先坐下，然後移過去旁邊，讓我坐在他坐過的地方，難道他就不怕髒嗎？

⊙ 上週末回來，他帶了一大盒牛奶與香梨給我。叮嚀我要按時吃飯、睡覺。睡前喝小瓶牛奶，可以安神助眠，也可補充營養。香梨是他媽媽給他的，他捨不得吃，因為他記得我最喜歡吃的水果是香梨，他全部留給我，讓我每天午餐後可以吃一個。難道他就不需要補充營養，就不想吃梨嗎？

我明白了，這就是他對我的疼愛呀！
男友告訴我，很少有人理解他。
我卻清楚地記得：

⊙ 陪我一起住的女生搬走了，他時不時會問我需不需要他陪我聊聊天。我知道他明白我此時需要朋友。

⊙ 我訂下計畫要每天學習至少一小時，儘管他很想留我陪他多玩一下，但還是時不時提醒我時間。我知道他不想我打亂自己的學習計畫。

⊙ 我考完試，每個朋友都追著問我，關心我的成績。而他卻只是淡淡的
一句：加油！我知道你可以的！我知道他怕給我太大壓力。

我明白了，這就是他對我的理解呀！

面對這個疼愛我、理解我的人，我將嘗試盡我所能給他快樂，成為疼
愛他、理解他的人！今晚，明晚，以後的晚上，我多麼希望他會永遠這樣
守護我。

男友所做的一切，我都看在眼裡、記在心裡。受之以桃，報之以李。
只要是有良知的人都懂得如此禮尚往來。所以，多投資出去才有機會收
穫。對朋友、對情人、對家人，對同事都可以哦，千萬不要限制了自己的
行動，多多投資自己想收穫的。只有多多播種了，更能加大收穫的希望
嘛，難道不是嗎？

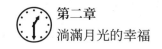
餘生能有你陪伴嗎？

人各有所長所短，懂得欣賞他人的長處，彌補自己之短才能開心生活。

男友傳了一條訊息給我：「我一直在想，追你的那位，那麼優秀，我得更加努力，至少不能比他差，否則我會有危機感。」他的訊息讓我想了很多。

我們大多都喜歡把自己所愛的人偶像化，喜歡拿他們與別人作比較，要求他們盡善盡美，非絕對而不接受。事實上，他們跟其他人一樣都是普通人，他們不可能做到總是完美。所以，如果我們為他們訂一個連自己也無法達到的水準，只會令到他們壓力倍增，而無其他。愛他，就不要給他壓力，人不是在壓力中爆發，就是在壓力中沉寂，你想得到這種結果嗎？

對男友，這個標準是他為自己而訂，也許他認為我會拿他與別人比較，會要求他比別人優秀、比別人完美，無形之中，令他壓力倍增。當然，出現這樣的情況，只能說我們彼此還不夠了解。我對男友說：「適合自己的才是最好的，開心就夠了。跟你在一起，我擁有了從未有過的幸福感覺。我希望能將這分感覺繼續。你當我是你的那顆麥穗，對我來說，你也是我的選擇！我希望人生的路上有你陪我共同走過。」

回想與男友一起走過的路，雖然很短，但他的那分感恩的心；對我的那分理解與體貼；他那分執著的求知慾；他對父母的那分孝敬；他對同事的那分友善……所有他的一切，一切，我都看在眼裡，記在心裡。我很清楚，今後無數個平凡的日子裡，我們或許會因意見不一致又無法說服對方

而不開心；或許我們會因誤會卻錯怪對方而鬧彆扭；或許會因為發現對方一直未暴露出來的缺點而傷感……但我不會害怕，也不會要求他盡善盡美，有缺點、有改進的餘地，方能更顯他的可愛之處。

「嚴以律己，寬以待人」這條法則是保護一切關係的尚方寶劍。找一個優秀的競爭對手，也是不斷提升自己、增強自己的有效方式，特別是對女生而言。曾經看過一個故事，大致上是講一個女人，自認為非常優秀，結婚生子後，以為國泰民安，可以安心地過著太平的日子了，沒想到小三入侵，她奮起抵抗，不斷告訴自己，最好的競爭方式不是去詆毀別人，而是武裝自己。我很欣賞這樣的女人，自信、自強，利用競爭對手來為自己做增值服務。

當初男友那分居安思危的精神，我覺得還是值得學習的，凡事以防萬一，不斷加強自己，增強競爭力，讓對方知難而退，不失為大家可以借鑑的妙招之一。

越在乎的越害怕失去，內心的恐懼與不安會渴望有神靈的幫助來平息，殊不知這原本需要自身修行，自助者天助。

幸福不知日子過，我還真覺得是這麼回事。與男友在一起的每一天總是開開心心、無憂無慮的，感覺一眨眼的工夫，兩個月便像白駒過隙般飛走了。

回想這兩個月裡，有他的每一天，我都感到幸福，總是在有意無意之間，細細咀嚼我們在一起的每一個片段，他說的每一個字，想著想著就傻笑起來。當然，有時也會害怕，害怕這樣的日子會有期限，茫茫世界風雲變幻，漠漠人生沉浮不定，未來與男友的感情路就像隱在迷霧之中，向哪裡前進？往哪裡去？有坎坷的山路，也有陰晦的沼澤，走起來不平穩，雖然有危險，但只要男友能陪在我身邊，我便擁有了戰勝一切意外的勇氣。

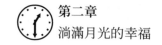

　　遇到男友之前，我一直以為不會有人能打動我的心，而他卻讓我義無反顧地想與他一起走過餘生。曾經的我一度對感情迷茫，還跑去天后宮祈求媽祖娘娘能賜福於我，讓我早一些遇到屬於我生命中的愛情鳥。也許男友便是媽祖安排給我的，在我最不開心的時候，男友靜靜地出現在我的生命裡。像春風，雖然沒有秋風掃落葉的速度，也沒有冬風刺骨的滲透力，但他給我的感覺卻是那樣的溫和平緩，他吹綠了我心中的荒原，使得百花盛開，萬木勃發，每與他在一起多待一會，每多看他一眼，都會讓我增加一分對他的不捨。

　　我們能繼續這樣多久？男友真的是媽祖賜給我的嗎？如果是，我奢求再多一次：希望這樣的日子能永遠！永遠！

　　「年輕的時候，熱情和希望滿溢，要停止對某人的愛情幾乎難如登天。」夏威夷大學的心理學教授伊萊恩‧哈特費爾德（Elaine Hatfield）說。「然而，隨著生活的打磨，面對一個英俊的男人，你可能會出現兩種反應：『哇噢！』和『唉！』無論是誰，由於互相吸引，剛剛開始談戀愛，必定是難捨難分，千萬別以為你們真的可以像現在這樣永遠保持激情，保持相互的吸引力直到最後。智慧不是來自於意志而是來自於痛苦的經歷。」自己的經歷與身邊朋友的經歷告訴我，除非雙方都努力，否則那看似順其自然的事，也將是最不可能發生的事。

　　「愛情的衝動可以發生在任何年齡層，無論是 20 歲還是 70 歲。」哈特費爾德說。所不同之處是，隨著年齡的增長，人們擁有了更多回憶，無論是喜悅和信任，還是拒絕和失望。既然人們從經驗中學習，頭腦的邏輯和理智也就隨著年齡的增長更具說服力。

　　根據個人經歷，我僅提幾點意見：

1. 不論你們多麼喜歡對方，多麼不捨，請保持必要的審美距離。痛苦的事，我們都希望長痛不如短痛，但幸福的事，我們都希望細水長流。如果你不想斷水就請務必保持距離。

2. 如果對方身上有你無法接受之處，請趁早要求其改之，否則越往後，你的魅力越小，說什麼都等同於做無用功。

3. 熱戀時，必須找到雙方可以長此以往的共同發展方向及目標，休閒時共同的興趣愛好。待激情退去，你們還有共同的事要做、要奮鬥，也為你們關係的進一步發展奠定基礎。

4. 個人最介意的一些嗜好與忌諱事先說清楚，不要等到對方觸犯了，才大發雷霆吵鬧一番。

　　一路走來，總結了一些相關經驗，我希望可以藉此延續讀者的幸福。

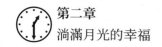
到處都是歡樂，到處都是微笑

　　微笑永遠都是那幅最美的風景。沒事多笑笑，有事也多笑笑，沒什麼大不了的。

　　漣漪，是湖水的微笑；霞光，是清晨的微笑；春風，是大地的微笑。微笑，是自然的太陽。微笑，使陌生人感到親切；使朋友感到安慰；使親人感到愉悅。而男友的微笑，簡直可以讓我咀嚼到半夜！還有他那微笑時兩個淺淺的酒窩，更是高深莫測，意味深長。

　　所謂相由心生，只要播種就會有收穫。那麼播種微笑呢？你微笑面對生活，生活就會向你微笑。微笑是生活給予最好的禮物，它價值豐盛，卻不費一文錢。

　　微笑是彼此心靈溝通的鑰匙，全世界的人都知道用微笑能開啟人們心靈的窗戶。微笑，能使人臉上透著安詳、慈善。微笑是一劑鎮定劑，使暴怒的人瞬間平靜下來；使驚慌失措、緊張不安的人立刻鬆弛下來。而男友的微笑，使我那顆游離不定的心想為此而駐足停留。

　　微笑是一種態度：愛生命，愛生活，愛自己！它有一種魔力，它可以使強者變得溫柔；使困難變得容易，它也是人際交往的潤滑劑。而男友的微笑和淺淺的酒窩，則具有令我無法抵擋的殺傷力。

　　朋友們，就在今天，找個時間，暫時放下手上的一切，拿出一面小鏡子，對著它微笑，試著用不同的表情微笑，記住最能打動你的那一個，然後勤加練習，直到熟練為止。

　　希望在我們的每天，在每一個地方，都能見到迷人的微笑！陽光和鮮

花在達觀的微笑裡，淒涼與痛苦在悲觀的嘆息中。

希望每天，每個與我見面的人都能輕易在我的臉上找到微笑。剛開始的時候，真的有點煩，想想怎麼樣也不可以影響同事的心情，只是強裝微笑。說來奇怪，到了現在，我心裡居然莫名其妙的平靜了，也舒服了起來。真的可以舒坦的微笑。這方面，我的老闆成了我活生生的榜樣。

不知從何時起，我開始愛笑，但我知道，那刻是我懂得笑的重要性的開始。特別是工作中，我的老闆就做得非常令我佩服，面對困難遇險不驚、從容鎮定，用微笑這個表情來驅散他人陰鬱、沮喪、恐懼、苦惱等不良情緒，任何時候都顯得何等自信。而能與他一起工作，我們也心情舒暢。

眾所周知，微笑同時也是化解矛盾與尷尬的有效方法。多次與老闆一同外出，看他待人接物，不論對方語氣是多麼咄咄逼人，或是遭到嚴詞拒絕，老闆都能以微笑面對，最終慢慢平息對方的怒火。而打破僵局，老闆也很有一套，記得公司的展示廳要求兩個月完工，眼見只剩半個月了，還有一大半沒做。老闆對管理施工的專案經理微笑著說：「哦，到時候我帶客人進來，可以跟他說，啊，這裡先不要看啦，沒有東西看；那裡也暫時不用看了，也沒什麼好看的。哦，參觀完了，可以走啦！」大家一陣歡笑之餘，那個專案經理很感謝老闆沒有暴跳如雷地當眾指責他。為此，他加快工程進度，真的在半個月內完成所有工程。

微笑也是尊重他人的感情需求，一個微笑可以流露出溫馨、親切的表情，創造出交流和溝通的良好氛圍，並能給對方留下美好的心理感受。長這麼大，看到最溫馨的微笑當屬男友的了。每次不論我心情怎樣煩、怎樣差，他總是微笑著靜靜地聽我訴說，根本不用再用什麼話語來安慰我，所有的煩惱便已煙消雲散了。只留下他微笑的餘溫在心中蕩漾。

我願這個世界，到處都是歡樂，到處都是微笑！

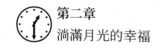
他終於回來了

距離太近反而削弱美感，神祕盡失，但期間的甜蜜如同吸食嗎啡，欲罷不能。如膠似漆的愛戀很難走得久遠。

一個人的天空很藍，藍得有點憂鬱；一個人的時候很輕鬆，輕鬆得有點孤寂；一個人的日子很自由，自由得常常發呆；想念一個人的感覺很幸福，幸福得有點心酸。說過太多的我想你，似乎並沒有讓你真正的聽到，無奈到不讓自己再說我想你！

當男友對我說他要去香港出差時，我極力支持。男友走了，我瀟灑地說了聲拜拜。但男友離開的當天晚上，我就覺得不自在。當手機簡訊聲響起時，總會心慌意亂。看著來電顯示，卻只有失落！總是呆坐在電腦前，對著螢幕發呆，腦海裡卻想，此時此刻，你是在逛街呢，還是在做其他什麼事，是不是也感應到了我的思念？

四天不見男友，我卻感覺像是等了四年。在一起的時候總是期盼時間慢一點，只要我們在一起就是最幸福的了，就像男友說的，哪怕是牽著手閒逛，從黃昏逛到天黑；或是靜靜地擁在一起，看天上的星星。沒有男友的日子，我卻想要時間過得快一點，恨不得用手去撥弄一下，跳過這幾天。

炎炎烈日，男友怕我晒太陽，只讓我在宿舍等。他一回來，放下包包，就拿著一大堆買給我的東西，馬上來見我。

「快看，我帶了好多好吃的給你。」男友一邊說，一邊一樣樣拿出來擺在我面前。而我只是傻傻地盯著他看。「哦，這個，情人之間是否更應該加些甜蜜呢？當然缺不了巧克力。」男友拿著一盒巧克力在我眼前晃來

晃去，我這才回過神來：「哦，知道了，放下吧！」

「對了，這個是給你爸的！」男友拿出一支香港買回來的手機，「他老是在外面，又接不到你的來電，想你的時候，或是你想他的時候，都不方便。以後好啦，你還可以照幾張照片存在裡面隨時給爸爸看，無聊還能聽歌，聽收音機。」我一陣感激。媽媽很早就過世了，爸爸很疼我，我也時不時打電話回家，男友對此很高興，要求每月提供電話補助費給我以茲鼓勵。我以爸爸經常在外面，接不到電話為由拒絕了男友。沒想到，他卻特地在香港逛了很多條街，精心選了這支手機回來。我收下手機，擺在一邊，只是靜靜地抱著男友。半晌，男友問我：「你不喜歡啊？我真的有認真選，怎麼看都不看一眼？」我沒有說話，此時我只想就這樣抱著他，心裡不止一百次地對他說謝謝，也告訴自己無論如何都不能辜負眼前這個男人。

在這裡，我不得不以過來人的身分賣個小廣告，熱戀期的時候，戀人眼中只有對方，可以做到盡善盡美，一旦感情趨於平淡，往往我們就能感覺到對方已經不如從前那般體貼熱情了，這也是很多情侶分手的原因，包括我在內。

我搜尋了許多資料，下面就如何處理熱戀期的情侶關係做一個總結：

練習自我肯定

金無足赤，人無完人，我們一定要肯定自己。透過戀人這面鏡子認識自己的優點，也接受自己的缺點。

關注自己的本質

我們戀愛是因為我們愛上了對方的本質。所謂本質，是一種不存在於這個世界的無形東西。它具有強大的力量，並且其核心總是美麗的，它是你的靈魂。

115

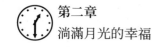
　　一旦你開始關注自己的本質，你就會發現，其實你不必顯得與眾不同、也不必精心打扮，甚至也不必成為屋子裡最有吸引力的人。一旦你開始關注自己的本質，那麼你在愛上某個人的時候，就不太可能像我們一樣忘記自己是誰。這會使愛情變得更有趣、更積極，你不會迷失自己。

考慮放手或者敞開心扉

　　簡單來說：不要試圖控制你的伴侶或關係的走向。這是棘手的問題，因為我們對某些事情都有一些「假定」的藍圖，一旦事情與它們不同，情況就會變得相當糟糕並且不再牢固。

　　控制慾對很多關係來說都是個大問題。對一段關係投入感情時，你會很害怕放開手中的方向盤，但是卻必須這樣做，試圖控制關係往往會帶來相反的結果，我們不僅要認知這一點，而且無論如何要做到這一點。我們似乎總是忍不住，但是我們必須做到，這是我的經驗之談，我曾因此受過很重的傷。

　　當我發現自己陷入了這種狀況時，我告訴自己去試著「放手或者敞開心扉」。這意味著無論是感情上還是生理上都不再緊抓不放。

　　我想像關係的本質就是一間屋子，這個屋子有一扇門和很多窗戶。在不健康的關係中，門和窗都緊緊關閉著，沒有空氣循環，而關在屋子裡的人要麼死了不再愛，要麼打破窗戶，重獲自由，移情別戀。健康的關係則會保持門窗敞開，會有充足的空氣流通，沒有人會覺得自己被困在裡面，關係能夠在這種環境下成長。

　　開啟你的門窗，如果你的生命中注定有這個人存在，那麼即使門窗敞開，他也不會離去。相信吧，這是真理。

除了他／她還有其他愛好

沒有什麼會比除了伴侶就沒其他興趣愛好，更容易使生活喪失浪漫的感覺。

培養一種愛好！做你愛做的事，在豐富自己的過程中可以給另一半帶來更多的欣喜。比如學著打高爾夫，練習最喜歡的運動，寫本書，學打乒乓球，回學校繼續學習或者讀本新書。只要不是只關注與你們的感情，隨便做點什麼就行。換句話說就是振作起來！

和愛人做朋友 ── 看清他的靈魂

激情是一種令人驚訝的現象，至少對我而言是這樣。它很美好，如同神話一般，並且異乎尋常的重要，和所有相類似的事物一樣，但是它卻無法永遠維持人們之間的關係。

愛情會隨著時間而改變。在剛剛愛上一個人時所感覺到的火熱激情，將會隨著時間變得平和，並且被其他更美好的事情取代。

和愛人做朋友，會使你們關係中的各個方面變得豐富，包括性。看他時不要只看他身體上的特徵，而要關注他的靈魂。如果能夠做到心靈相通，你就會發現溝通變得更加流暢，彼此間的信任感會增強。最重要的是，這樣做，就是將你們之間的關係，建立在了現今這個世界中最牢固的基礎上 ── 友誼。

要用心愛對方！不是出自內心的不會讓你感到幸福

你，也只有你要對自己的幸福負責。很多時候我們會不自覺地尋找一段浪漫的戀情，來填補空虛的生活和心靈，但是這絕對沒用。實際上，我們在填補這片空白的同時，會產生更大的失望。

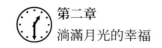

　　沒有人，不管他們多麼美妙，能夠滿足我們每時每刻的期望。這是不可能的事情。那麼，我們該怎麼辦呢？

　　不要在錯誤的地方尋找愛情！如果你能夠依靠自己排遣無聊的生活，那麼你的配偶身上的壓力會少很多，而這會對你們的關係造成加強的作用。

　　填補心靈的空白，愛自己，接受自己，安慰自己，成為你想成為的人，保持自己的完整，然後與你的伴侶分享這種完整性。

享受當前的生活

　　對你們之間的關係有所設想，但是要靈活。當你和伴侶在一起時就要關注他。很多時候我們會對未來胡思亂想，想著這段感情在半年後會怎麼樣，一年後會怎麼樣，五年後又會怎麼樣，而不是享受當前的生活。這種心情會讓我們心神不定，在我最喜歡的法蘭克辛納屈（Frank Sinatra）的歌裡有一首叫〈All the Way〉，他在裡面唱道：「誰知道這條路會將我們帶往何處，只有傻子才說知道。」相信這句話吧，不要擔心這條路會將我們帶往何方，只要準備好旅費就好了。

　　我們要相信一切都在往好的方向發展。享受我們的旅程吧！無論在哪裡停下，對我們來說都是理想的場所。

傷痛浮現時，正視它們的存在

　　除非關係親密，否則沒有人會去碰觸你的敏感問題。毫無疑問，真正的伴侶會和你討論這些問題，雖然這讓人感覺很不舒服，但實際上卻是一件好事。實際上，如果你和某人相處，卻沒有隨著時間的推移將你心底的不安說出來，就會讓人擔心了，因為這不自然。很多人說相愛是件容易的事情，但是事實卻是不管怎麼想，它都不是件容易的事情。

受傷時 —— 肯定會有這種情況發生，要試著把這當作一次機會，將過去所有困擾你的事情說出來。傷痛浮現時，說出你的感覺，比如害怕脆弱，害怕親密，害怕拒絕，害怕被遺棄，這些情緒對我們大多數人來說總是時有發生。這是我們身為人類的一部分特質，沒必要逃避，逃避會使它們永遠纏著我們。

一旦你知道傷在何處，就要正視它們。不要再害怕跟某個人分享，只要承認它的存在並勇敢向前就行了，不要因為感覺不舒服就退縮不前。一旦你正視了這些問題，就會發現自己有足夠的力量承受它們，就不會再受其所苦。

執行這一金科玉律

在我們長大過程中，多少次聽到父母背誦這一金科玉律 ——「己所不欲，勿施於人」？這句話很有道理不是嗎？但是在實際生活中，我們並非總是按照這條原則做事，特別是跟愛人有關的事情上。

為別人想想，想想他們的感情，他們的過去，他們的傷痛，他們的夢想，不要總想著自己。憑著愛、寬容與理解的原則做事。

每天補充精神食糧

以前，跟男友談戀愛，我把自己的精神價值拋到腦後。以為愛他就要響應他的價值模式，儘管，他的方式也許意味著這段感情並不符合我想像的模式。

但是最近，我學會了按照不同的方式處理問題：精神生命第一。這可以幫助上面提到的所有祕訣同步發揮作用。相信在你之外有更強大力量，並且不管這個世界有實時看上去是多麼的糟糕，都要相信它是完美的，這

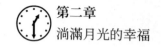

有助於你將內心的平和作為日常經歷一部分。平和而不是恐懼，會在生活和人際關係中取勝。一定要去爭取那些能讓你高興的東西。總之：

噢！愛情肯定是具有挑戰性的。實際上很多人有時候會想，它到底值不值得，特別是當我們經歷了某次分手或者離婚後。要駕馭自己的感情和經驗相當困難，要駕馭別人的就更不用提了。但是俗話說「好事多磨」，而愛情就是最美好的事物。

與其他人相處，特別是最親密的人，是生活的真正本質。最後，這也是最重要的。我不相信我們出生只是為了對愛情戰戰兢兢，穿漂亮衣服或者及時繳帳單。我們活著有更多的目標。

我們的目的是要充分的體驗生活，包括愛情，我們生來就有這種能力。要相信自己能夠駕馭充滿挑戰的愛情。只要我們有勇氣，就能夠探索愛情的奧祕，能夠輕輕鬆鬆，能夠真的去愛。

久違了，我與男友之間的默契

彼此熟悉的情人之間，曾經的默契一直都在，只是看看彼此怎樣挖掘罷了。

打好的訊息剛傳出去便收到一則，甚至經常同步收到訊息，這是我之前與男友的不謀而合。讀著訊息，我嘴角的弧度會為這種巧合而加深、再加深。

我一度停下來思考：他現在是否跟我一樣清閒，也掛念著我呢？一忍再忍、忍無可忍之後，我還是撥通了那個熟悉的號碼，誰知道我卻見到這個號碼以撥號的形式閃現在手機螢幕上，那分感動、喜悅、心跳的感覺令我眉飛色舞，再也找不到更好的言語來形容，甚至失控笑出聲來，引來路人回頭詫異的觀望。管他的，開心我就笑！

很多次的不謀而合，我知道那是因為雙方都已走進彼此心靈的深處，閒下來、停下來、靜下來的時候，成為彼此第一個湧上心頭的主角。曾經為這分默契而感動，為這分感動而陶醉，為這分陶醉而回味，為這分回味而又 N 次沉醉。

一段時間，因為我太自以為是、太主觀，因此很想挽回危局，很想抓緊曾經屬於自己的幸福，但我越想牢牢不放手，他卻離我越來越遠。多次的無理取鬧後，他離我更遠了，再堅固的默契，再牢靠的感情也經不起一次又一次的無風起浪，只好破碎。而我一直沉迷其中無法自拔，循環咀嚼著痛苦，品嘗著自己眼淚的苦澀。突然，我茅塞頓開，一下子領悟到幸福的真諦，幸福需要自己付出、包容與理解，更需要給予彼此的更大空間。

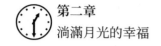
　　心動不如行動，我雷厲風行，睿智地融化了與男友之間的薄冰，因為我知道他有我難以體會的苦楚、酸痛，這特別的時候，更需要我對他的關愛與理解，而不是苛求與蠻橫。

　　與同學遊玩回來，我像往常一樣報告自己的情況，然後問候男友，希望他有空的時候告訴我近況，告訴他有個人在時刻關心他、心疼他。訊息打好剛準備傳去，男友突然打電話來，霎時，一股暖流湧遍我全身！

　　「似曾相識燕歸來」。久違了，那曾經屬於我們之間的默契！

　　說到這裡，我不得不提一句：佛學裡講究的平常心，的確是一條放之四海而皆準的真理，在戀愛中尤其顯得真實。我們順其自然，平常心對待，不必每天思考著怎樣留住愛神，該工作便努力工作，該玩便玩，愛神反而會在你身旁久久停留。

那個叫我姐姐的人

有些人如同上帝賜給你，是來幫你的貴人。如果遇到，我們一定要好好珍惜。我們生命裡的貴人很多很多，親人、朋友、同事，哪怕只是擦肩而過的過客，或許只是因為他們的一個眼神、一個動作，或是一句話，都或深或淺的影響了我們，給了我們對生活的感悟，給了我們向前進的力量，那就是我們生命裡的貴人。

那年我找了一個房間住，他住在我對面。上下班，偶爾我們也會在窗戶裡看見彼此，我知道他叫周飛，他也知道我叫劉文獻。

我大他兩歲，但他的外表明顯比我成熟穩重。每天早上我起床去上班時，他早就去公司了。早起的鳥兒有蟲吃，他的小名叫蟲子，我一直不敢問他為什麼起那麼早，是不是想餵鳥兒？畢竟大家不是很熟，玩笑也不能隨便開。

下了班，我們偶爾會隔著窗戶打個招呼，他熱情開朗，大聲叫我姐姐，因為是樓與樓之間，搞不清楚的是，他有時叫我劉姐，有時叫我文姐，有時又叫我獻姐，在公司得知我屬豬後，居然叫我「文豬」姐姐。我不明白是不是稱呼也講究新鮮感，講究新潮？他不去說相聲還真的有些浪費，這麼有創意，簡直就是天生的語言天才嘛！

那一年，我失業了要找工作，那時我還沒有電腦，要去網咖投履歷。他也知道我失業了，但不知道是從哪裡知道我天天要去網咖上網投履歷。有一天我走到他窗下，猛然一串鑰匙丟在我的前面，嚇了我一大跳。正想說一句：老子今天真是碰到鬼呢。便見他站在陽臺上一副得意的嘴臉。

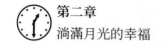
「你這是？」我不知道他葫蘆裡賣的到底是什麼藥。

「我白天會去上班，那是我特地配給你的鑰匙，你可以用我的電腦，不用老是往網咖跑。」他滿臉真誠。

我接受他的好意，同時也覺得有點玄，我們平時說話都沒幾句。我的額頭雖然寬，但一直光溜溜的，並沒有寫著「好人」二字，就算有，也被我厚厚的瀏海蓋住了吧。

在網路上找了幾天的工作，投了幾十份履歷都如石沉大海、杳無音信。後來，看到網路上很多都是教英文，我覺得自己英文還不錯，可以開個華語教學班，召集一些想學中文的外國人來學習，另一方面我也可以賺到一些生活費，過著一人吃飽全家不餓的逍遙生活，而且還可以進一步鍛鍊自己的英語口說。周飛聽了馬上眉飛色舞舉手支持，並表示可以用他的房間來讓我教學。可是後來，因為一些急事回家住了一段時間；再回來，這件事便擱淺了。

總不能無所事事，於是有朋友讓我去一家黃金投資公司上班，周飛對此一竅不通，但他還是給我極大的鼓勵。他說可以嘗試，又說什麼是一個賺錢很快的行業，多學些東西來武裝自己也不賴。上一個月的班，什麼也沒拿到，我覺得那不是自己發展的方向，便又調頭去一間電商公司做銷售。周飛對此行也是一知半解，沒有過多問我具體的情況，只是默默為我提供了一大批客戶的資料，提供了一些銷售的技巧，並說我口才好，是天生的銷售人才，不做這行就是浪費，居然讓我信以為真，一路激流勇進，成為公司殺出的一匹黑馬，業績穩居公司第一。

與周飛接觸的時間越來越多，發現他很好客，時不時便帶回一大群同學、同事、朋友來吃飯，而每次吃飯時他都會提前打電話叫我一起吃。因為陪他出席飯局的場合次數有點多，我開始胡思亂想起來，這傢伙一直對

我那麼好，該不是看上我了吧？難不成這天下真的有白吃的午餐，怎麼可能有人平白無故對我這麼好？

剛好有一次，周飛不在，我問一個一起吃過飯的朋友：「你會不會以為我是周飛的女朋友？」

那個男生一頭霧水，過了一會皺著眉頭答道：「不會啊。」

「啊？為什麼不會？」答案出乎我的意料之外，我感覺違背常情。

「哎呀，你沒來之前，他就說了要請一位關係很好很好的朋友一起吃飯，但不是女朋友，應該是打打預防針，怕我們說錯話讓你尷尬。」

「哦，這樣。」我的臉一直紅到了脖子，原來是心思縝密的周飛在飯局之前早就做好安排，吃飯只是把我當作是他的一個朋友，並無非分之想，而我卻想入非非，真有點狗咬呂洞賓，不識好人心。

因為工作的關係，用電腦和網路的時間逐漸變多，我在想總不能一直往別人家跑吧，再說本大小姐怎麼可能天天待在一個男生家裡，諸多不便。於是決定買回一臺屬於自己的筆電，他聽我說明緣由後（我自然隱瞞了天天去他家不方便的原因），決定陪我去挑。原本決定放假去買，他應該有時間的。不過在四月的某天，我一時心血來潮，一個人就到了電子市場。那天周飛上班，收到我的訊息後，他讓我等等他，居然利用中午午休的時間，連午飯都沒吃，匆匆忙忙的趕來幫我挑選電腦，我不禁羞愧難當。

從認識周飛到現在，他都像個天使般叫我姐姐，分享我的快樂與憂愁，為我的幸福而開心，為我的煩惱細心安慰、打氣加油。然而他展現在我面前的永遠只有陽光燦爛，背後巨大的壓力他都在一個人默默承受。他一直叫我姐姐，做的卻是一個哥哥的事。

我經常聽別人抱怨，為什麼某人的貴人比較多？為什麼他認識的人都

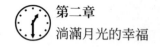
對他那麼好？為什麼他能認識某個知名企業家而獲得更多的機會？為什麼他總能簽到大單，結識更多的人物而獲得晉升？

殊不知，生命中的貴人到處都是，很多情況下都是我們不善於識別或是自己放棄。

許多人不知道貴人也需要經營，用心去追，而且更重要的是堅持。

總結一下結交人脈和收穫貴人的方法：

1. 不放棄你生命的貴人，帶著付出的心態尋找。

2. 主動出擊，用心準備。

3. 為他提供和創造價值。

4. 長期堅持打持久戰。

5. 堅守尊嚴同時又要放下所謂的面子。

6. 把挫折當飯吃，屢敗屢戰，愈戰愈勇。堅守核心原則：別怪別人冰冷，只怪自己不夠火熱。

以上幾點大家可以試試，天下沒有白吃的午餐，一定要記住：想收穫便要捨得付出，要想得到貴人幫助，自己也要多出手幫人。成就別人的同時，你也在成就自己。

非常「姐弟」

　　有那麼一種感情，介於愛與友誼之間的曖昧，如果把握得當，人生有如錦上添花。戀人只能有一個，而朋友可以有許多。朋友說得好，從朋友到戀人容易，一步跨過去便到了目的地；而從戀人到朋友卻是個高難度的動作，我們需要翻越一座山。

　　遇到落花有意，流水無情之事，苦苦強求並無法得到你想要的結局。與其滿足一時的感官享受或一時的衝動，不如靜下心來，退一步，保持不要跨越那條界限。如果玫瑰不能採摘，我們至少還能享受遙望的視覺美感。採摘後，也許很快便會面臨凋謝之痛，而遠觀，我們眼中的美麗也許可以更長久。

　　曾經也有一個這樣的朋友走過我的生命……

　　「飛飛，還在外面鬼混？」

　　「姐姐，我沒在外面。」

　　「家裡沒人？」

　　「我不在家，在別人家裡。」

　　「幹嘛不回來？」

　　「朋友的老婆來了，我要晚一點回去。」

　　「朋友老婆關你什麼事啊？你要演卓別林默劇慶祝他們小別重聚嗎？」

　　「你……我要掛電話了。嘿嘿。」說完，小飛飛把電話掛了。這端的姐姐沒了遊戲的夥伴，只好繼續看她的書。

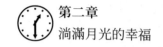
他們姐弟倆相識於遊戲。兩人住同一棟樓，剛開始極少見面，只在遊戲裡碰頭。搶車位、奴隸買賣、棋牌無所不玩，一玩起來，惺惺相惜、臭味相投，爸媽都不認了，更別說朋友。

「飛飛，我今天要買一輛寶馬，還欠好幾萬。你看著辦。」姐姐一開口，小飛飛馬上把自家的車派出去拉客賺錢，讓姐姐去買回一輛寶馬。當然這是遊戲裡的車輛買賣。

「飛飛，別人派我去裸奔了，你快把我買回來放在家裡。」姐姐一開口，小飛飛馬上去將她買回來擺著作花瓶。當然這是遊戲裡的奴隸買賣。

閒暇時，他們會在遊戲裡暢遊，小飛飛總是像僕人一樣供姐姐差遣，誰叫他積分多呢？姐姐以請教為名，實則占盡便宜。

週末，兩姐弟時不時會聚在一起。剛好碰上天氣熱，一個西瓜從中間一刀下去，一人一支湯匙，抱著西瓜，坐在電視機前，一邊用湯匙挖西瓜，一邊看電影聊天。

「喂，姐姐，我說你怎麼這麼厲害，每次買西瓜裡面都是白色的，好會挑。」

「嗯。這需要眼光和等級。」

「難怪你皮膚一直都那麼好，吃了白色的西瓜，皮膚會變白吧？沾你的光，我覺得自己最近也白了一些。」

「或許吧，等下我吃完，你還可以頂著西瓜皮去打游擊呢。」

「哈哈！好主意。」

平常她心情好，還會做一頓豐盛的餐，吃完自己的那份，坐著等他回來，再看著他吃光所有剩下的飯菜。

「姐姐，你幹嘛每次都先吃，不等我？」

「我是餓死鬼投胎，前世餓慘了，這輩子絕對不能餓著，到時間就吃飯，你無法準時趕到還怪我嗎？」

「哦，哦，好深奧！吃個飯也能吃出前世今生來。」

無聊的時候，她瀏覽網頁，恰好看到小飛飛的一篇文章在寫關於自己的生日，記錄了成長的點滴，藉此感謝父母的養育。

「小飛飛的生日呢，我都不知道，還有那寫的是什麼呀？看得累死了。字那麼小，就像一群螞蟻死在白紙上，密密麻麻、文理不通的，真的比魯迅的棗子樹還狠。」

「關魯迅什麼事呀？」

「他說他家院子裡有兩棵樹，一棵是棗子樹，另一棵也是棗子樹，被視為經典呀。我還看了你小時候成為放火大俠啦，專門燒人家東西。我也會這樣做，還幫好友頂罪，被人家關了。後來你怎麼又要故意傷人呢？砸傷人家美女眼睛，八成是看上人家了。」

「那條河太寬了，我每天扔石子，鍥而不捨，日復一日，月復一月，終於有一天，我扔過對岸去，好開心噢。扔出去同時聽到一聲慘叫，原來不幸打到我同學，後來那個女同學家長帶著她來我家白吃白喝，直到她的眼睛完全康復還不捨得離開。」

「嗯。原來個性是需要一個家來作堅強後盾的，你以為還像古代呀，比完武，死完人就拍拍屁股走了。現在有 110 可以打，鑽進地洞都得拖出來關。」

「哈，姐你太有才了，哪有那麼嚴重？我生日你都忘記，一點不關心我。」

「我連老爸生日都沒記住過呢，他總是主動打電話過來凶我，就像狂風暴雨，世界末日。你嘛，我錯了，什麼時候高興，你就什麼時候生日，

我高興多少次，你就過多少個生日，吃多少個蛋糕，好不好？」

「嗯。好開心。我有了十個代幣，送你吧。」

「好！」

小飛飛給她那十個代幣後，又變得傾家蕩產，一貧如洗了。

「你的部落格真漂亮，我想說幫你付錢，我的部落格都沒開通，還是空空蕩蕩的，一片荒蕪。」

「我都多用好幾個月了，加上你剛剛的，可以延續好久了呢。」

「啊，我一有代幣就想著你。你都多好幾個月，就沒想過我嗎？唉，我做人好失敗啊！」

「我管你死活啊，我玩我的。況且，你沒裝飾打扮的天賦，拿著也浪費。」

小飛飛走過她的身邊，像往常一樣在她手臂上掐上一下，然後嘿嘿笑著當是報復，以獲得心理平衡。

日子無聲無息，無風無浪平靜地過著，突然有一天，她提出要搬走。

「飛飛，我想離開這裡了。」她一邊玩遊戲，一邊說，明顯在極力壓抑自己的情緒。

「哦……那是什麼時候走？」小飛飛還是像往常一樣，雖然比她小兩歲，卻一副經歷過大風大浪的沉著冷靜。可她清楚地看到，他握著滑鼠的右手，很輕微地顫抖了一下，雖然只是一下，但還是被她敏銳的眼光捕捉到了。

「只是想想，還沒決定。你工作最近順利嗎？有沒有心煩的事情跟我說。」每次玩遊戲，她都會順便問問小飛飛的工作與生活，總能為他的煩惱提供一些建議，即使毫無對策也會製造一些開心的祕方，逗得她的小開

心果嘿嘿的笑個不停，而她最欣賞此時傻笑的他。

「姐，我出了一個大單，好開心。」平時說起開心的事，即使是芝麻綠豆，小飛飛也總是手舞足蹈，可這次沒了那劇烈的反應，反而令她感覺不適。

「不錯，讚一個。喂，該你出牌了。」姐姐提醒小飛飛。

「今晚不玩了吧，你寫你的東西，我坐你旁邊。」

「哦，突然改當善良老百姓，我會不習慣的。」

小飛飛沒有笑，只是把遊戲停下來，靜靜地坐在她的身邊，讓她感覺前所未有的尷尬。

「姐……」小飛飛一邊叫著她，一邊輕輕攬著她的腰。這突如其來的動作讓她微微抖了一下。

「有點晚了，我先回自己房間了，看會書就想睡。」為了離開這莫名的氛圍，她找藉口回去，她不知道除了遊戲，他們還可以做些什麼。

「讓我親你一下！」小飛飛調皮的不由分說，眨眨眼睛，嘿嘿笑著，便在她臉上留下一抹輕吻。

躺在床上，她靜靜地想著，心中五味翻騰，與男友分手後，整個人墜入無底深淵，讓她再一次確信愛情的華麗面紗掉落，男女主角短暫歡愉後，留下的是一輩子疼痛的後遺症。她內心接近麻木不仁，甚至抗拒男性。她每天都在不同的遊戲中尋找刺激，其實她並不喜歡遊戲，只是這樣殺時間的方式會比較快。自從小飛飛出現後，她幾乎每天都是笑容滿面，花枝亂顫，她不忍心重蹈覆轍，再一次失去小飛飛。她趴在床上寫了起來。

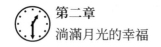
小飛飛：

你好！

原本不想這麼嚴肅的跟你交流，這一點都不符合我們的風格，但有些走火入魔的苗頭產生。我想以大你兩歲，吃多兩年米飯、油鹽的身分，有必要提前提出來研究討論了。

於你，我相信你是在用大腦做事、行動。我不想妄加揣測，豐富的想像力是用來寫作的，不是用來猜朋友心思的，對嗎？我就談我自己的想法吧。

於我，是一個未準備好者，如果真要交往，不論對象是誰，我都沒心情堅持與守候，注定成為懺悔者。也許經歷過才明白，我酷愛自由比什麼都重要。交往過的那個男生，我很喜歡，他也對我很好，一直到現在都是。所謂的誤會、矛盾，如果我有心調解，什麼事都可以煙消雲散。原以為自己可以像別的女生，嫁給自己喜歡的人，別人羨慕的、對我好的人，但後來我才發現，這些對我來說真的不重要。我不想在朋友、親人希望的路線上掙扎，也不想在世俗的道路上走太久而失去自我。

我很想搬去別的地方住一段時間，也想回家寫東西，可以陪陪家人。但我一直留在這裡，雖然不會待很久，但我知道是捨不得離開你。在與你相識的日子裡，你帶給我的笑聲是最多的。有很多人對我很好，而我享受得最多的是你的好。喜歡看見你笑，看見你煞有介事的對我說工作或一些小聰明、得意的事。我一直像弟弟一樣看你，不論有多不捨都只停留在喜歡，你能理解嗎？我對感情沒抱希望，也對談戀愛沒有絲毫的熱情，但我很珍惜你這分感情。我可以這樣繼續裝聾作啞混下去，但我不想要你深陷到無法自拔。

飛飛，相信我！停留在好友的關係上，可以打鬧、說笑，像兄弟一樣，會是你我之間永遠快樂的天秤。

姐

後來，姐姐收到小飛飛的回覆：姐，我錯了，最近出了一個大單，被勝利沖昏了頭腦。興奮攻占了理智的領域。飛。

後來，他們還是姐弟，還過著以前的非常開心的日子。我就是那個姐姐。

有人害怕，不懂得如何處理，會逃避，會徹底放棄，會選擇遺忘。相知相惜，一路走來的朋友，不是隨時都可以擁有的，也許這也是對友誼的另一種考驗，我們就應該選擇勇敢面對，冷靜解決。在此，我僅代表個人觀點，對於如何處理此類關係提幾點見解：

1. 澄清立場與觀點，攤牌說清楚。
2. 盡量避免單獨相處。
3. 讓時間與空間幫你的忙。如果不能相戀，就不要天真的以為近距離可以保護那分美麗。時間與空間這時需要你好好指點它們上場為你作戰。當一切如風如煙，慢慢淡化，你們將會是永遠的朋友，甚至也許是一生的朋友。
4. 當對方的另一半出現時，也成為他們的朋友，衷心祝福他們。

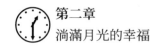

友情的玫瑰

愛情需要細心經營，友情也需要精心澆灌。

「你什麼時候過來？」

「哇，我不是少年痴呆吧？還是記憶過早衰弱？我有說過去你那裡嗎？怎麼一點印象都沒有。」

在外出差忙了一天的我，收到好友琳的訊息顯得特別親切。也為自己忘記與她的約會而深深自責。

「你是沒說過，是我用腦波留言給你，以為你會有感應查收的嘛！」

「我忙到連老媽都不認識了，就算有天線寶寶的訊號接收功能也會失靈的。」總感覺琳的高帽不像是高帽，倒像是麻袋從頭罩下，總把我糊弄得找不到東南西北。感覺雖如此，但話還得要說：

「還好，還好！還以為我放你鴿子呢！馬上到，火速前往。嘿嘿……」儘管一身疼痛，但還是以我小白羊的速度，火速準備，趕去琳那邊喝她為我準備的湯。

車走在熙熙攘攘的大街，小雨吻著車窗，一點一滴地匯成細流慢慢滑落，新的雨滴再次滴落在原來的位置，抑或是從未滴落的地方，猶如一群可愛的精靈在為未來的人生之路譜寫一首歌曲。你永遠不知道下一個精靈會滴落車窗的哪個位置，就如同你永遠不知道等候在你前方的是什麼人。甚至你也無法知道會不會像這滑落的精靈一樣，步入舊人踩踏而成的老路？本來還可以走自己的路，可是一旦步入別人的後塵，自己的個性與特長便漸漸消失殆盡，一如車窗上滑落的雨滴，匯入細流中，再也找不到自己。

　　路上我猛然看到很多女孩都拿著玫瑰花，掐指一算，今天居然是情人節！因為已經沒有情人，所以也漠視了這天的存在。難怪白天無緣無故下起了雨，老天看我可憐。還好，我有阿琳。嘿嘿！想著想著，竟然收到琳問我有沒帶雨傘的短訊，在這沒有情人的情人節裡，也足以讓我溫暖情人節這一整天了！

　　下了車，細雨中我一直跑，在人流中穿梭，我還真的沒帶傘，阿琳真不愧是好姐妹，她怎麼就能想到我沒帶傘？死阿琳，為什麼不早說！罵歸罵，我還是心裡喜孜孜的，阿琳真的很細心。街上都是撐著傘向路人賣鮮花的，情人節裡好像什麼都缺一樣，想清清靜靜的吃個飯好難。如今的情人節早已變成商業的炒作，俗人的無聊了。那我何不也俗一回，送阿琳一束；嘿嘿，如果阿琳收到我送的花會是什麼表情？於是也拿了一束火紅的玫瑰急急的往阿琳家跑去。

　　開門看到琳，我把花遞上：「情人節快樂，我覺得你就是值得人疼，值得人愛，值得用一生呵護的那個女孩，所以在這個特別的日子裡，我一定要將最美的玫瑰送給你，希望你永遠開心、快……！」

　　我話沒說完，阿琳已經把花搶了過去，好像等了八百年似的；驚訝寫在臉上自是不言而喻，而且還激動得用變調的聲音說：「你搞什麼飛機呀？送花給我啊？賣花的肯定以為你要倒追哪位男生呢！今天買花很貴的，哈哈……」看著阿琳眼中放出那能點亮蠟燭的光，嘴裡還裝模作樣的和我客氣，我心嘀咕：哪是我送你的，我話還沒說完呢！是你搶去的，還跟我客氣；心裡雖在說，但看到阿琳的臉上開心的樣子，也暗自慶幸自己的小錢沒白花。

　　琳的臉映著火紅的玫瑰泛起了一絲絲幸福，誰能說友情的玫瑰會比情人的玫瑰遜色呢？

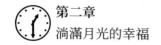
　　生活中，我們往往費盡心思在想如何為情人送上你的祝福與問候，如何讓情人喜笑顏開，我們往往漠視了朋友的存在。情人節難道是只屬於情人的節日嗎？我們也許沒有情人，但我們一定會有朋友，對不對？玫瑰可以屬於情人，也可以開在友誼的天空裡，對不對？請你記住：情人只是組成我們幸福生活土壤的因素之一，而友情與它同在，也是另一個重要因素之一。在你處心積慮思考愛情的同時，也請為你的友情之花淋些水。

琳帶來的生日意外驚喜

生活的忙碌與壓力已經讓我們無暇顧及很多東西，特別的日子給好友一個提示，大多會收穫一分意外的驚喜與幸福。

電話的聲音吵醒了正在和周公下棋的我，一看顯示是阿琳，極不情願而又有氣無力的說：「喂，琳大美女，在幹嘛呢？」

「做瑜伽！要不要一起？」

「我怕痛，不玩那玩意，我睡啦！」

「睡、睡、睡、睡什麼睡！」

「搞什麼嘛！人家生日都不讓我好好睡覺？」

完啦！只感覺一股涼氣從腳趾的第一關節直達頭頂的百會穴，防空警報又要響了，但不知道今天會響多久。平常阿琳的聲音是很含蓄的，特有女人味的那種，可千萬別把她惹毛了，真的會失控！果不其然：

「劉！文！獻！……」一聲長長的警報過後，電話那端靜得可怕。我知道下來就是挨罵了。可是還想找一個臺階給自己下，於是我用幾十年來最最溫柔的聲音說：

「我在睡覺了啦！可能我在說夢話，你就當沒聽到好了啦！都說了我從來不過生日的咯，再說我很忙啦！昨天洗的衣服今天還沒拿出去晒，外面晒的衣服還沒有收，還有……」

「給你半小時的時間，馬上給我過來！」琳打斷我語無論次的嘀咕，終於狠狠地一語擲地。

「五十分鐘可以嗎？滿遠的……」

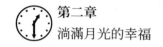

「不管你用什麼方式，計程車二十四小時都有，你看著辦。」

我知道是無價可講，沒情理可言了，我不管三七二十一，隨便塞了幾件衣服在包包裡，差點來不及把睡衣換掉便踩了一雙鞋子跑了出來攔車。

「你現在到哪了？」琳傳訊息給我跟蹤狀況。

「我剛出來攔計程車啊，老大，現在飛都來不及了！完蛋了，完蛋了……」

「那你用飛的啊，不管你。」

「飛也要換件衣服吧，難道穿睡衣飛啊？！」

坐上計程車，我就對司機說：「老大，你用最快的速度吧，我朋友發飆了，我趕時間！」

「到底什麼事啊？！」司機大哥緊張地看著我。

「趕時間啦，朋友讓我用飛的！」

「什麼飛的啊？」

「哈哈……」我笑到暈。想不到連司機都信了琳的鬼話。

「你叫你朋友開間航空公司啊！」司機知道自己理解錯了，一臉無奈與尷尬，也跟著我笑。

三十多分鐘後，我到了琳家的門口。還沒把包包放下，阿琳劈頭蓋臉的說：「什麼人？」

「女人！」

「懶女人！」

「絕對是！」

「生日也不通知我是不是？到裡面房間裡跳三百五十下，不許停，這是你自找的懲罰！」

138

我極不情願的說：「求求你，別罰了，我這不就來了嗎！再說我走這麼遠，頭沒洗、臉沒洗，只戴了一隻隱形眼睛，不要再說我了！」

琳的嘴角微微上揚，冷冰冰的從嘴巴裡迸出一句話：「跳三百下！」

我也知道沒理可講了，嘴裡嘟嚷著：「三百就三百，誰怕誰啊？我還有過五百呢！切！」

琳正窩在沙發上看電視，「喂，快出來吧！不用跳了。」琳的弟弟桃子悄悄開了房門叫我。

我得意的對桃說：「三十五下都沒有，還三百五？我還鬥不過她嗎？」

桃子也笑著說：「我姐誰都不怕，就是怕你！」邊說邊走向燈的總開關。

突然間眼前一片漆黑，我問桃子：「你幹嘛呢？」

而後，一簇亮光從廚房慢慢地移到了餐桌上，我才看清楚是 26 支蠟燭！「哇……怎麼會有蛋糕？怎麼可能有蛋糕呢？哈哈……」我實在很意外，興奮不已。而琳與桃子兄妹倆則站在蛋糕的一邊，示意我過去，燭光映著琳真摯的眼睛，有如秋水中的明月，而桃子這個大男生傻呼呼的在等我吹蠟燭！

「快過來！許願，吹蠟燭……」

雙手合十、許願、吹蠟燭，一氣呵成！

桃子已經把餐廳的大燈打開，而我還沉浸在這片刻的溫馨之中，還沒有回過神來，便看見琳的一隻手沾了蛋糕往我臉上掃過來，嘿嘿，我立即本能地伸出兩手抓住她大叫：「不要弄我啦，我穿睡衣啊！哈哈……」一邊叫，一邊覺得臉上一陣溼溼的感覺。回頭一看，原來是桃子在旁邊還是弄了我一鼻子蛋糕。我伸手想抹去，琳又一個巴掌掃過來，弄得我滿臉都是……「你是壽星嘛，當然要掛點彩，哈哈……」我不再在意了，反正滿臉都是蛋糕了，我也不擦了：「不理你們了，我開動了！」

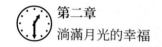
　　蛋糕很甜、很美味，儘管我生來不愛甜食，但卻吃了大大的一塊，這是我這輩子吃過最多的一次，也是我覺得最好吃的蛋糕了！

　　生日快樂！也希望比土匪還野蠻的那個琳和她的家人永遠安康、快樂！

　　如果你想快樂，你一定會給自己一個快樂的理由，對嗎？如果你沒有理由快樂，那麼請找一個！或者提示你的朋友，讓他們給你一個快樂的理由。當然，形成這種氛圍最簡單的方法，你可以告訴你的朋友，想讓你幫什麼忙，想讓你陪的時候盡快說，如果哪天你忘記，請他們給你一個提示。朋友之間，原本就應該坦蕩蕩的，生活的節奏越來越緊張，我們只能力求生活越來越簡單。簡單的生活著，簡單的相處著，簡單的幸福著。

一句話的溫暖

我們聽過太多太多的話語，真正讓你感動的一定是觸動你心弦的那些最平凡、最真誠的。溫暖之下，鼓勵之下，情況越來越好。

每次提到琳都是一筆帶過，不是無話可說，也不是沒有感覺，只是如我同阿琳說，我不知道怎樣去寫她，每一次見面都有新發現，甚至她經常會有顛覆從前印象的本事。所以，只能不發言、不表態、不出聲，這樣就不會搞錯，不會胡亂堆砌一些文字來描繪一個並不真實的阿琳。不過，今天我想寫下一些什麼，不為什麼，就為那一句話的溫暖。

因為貪玩感冒了，而每次我感冒吃藥就像把鈔票扔進了水裡，有冒個泡泡就已經不錯了，並無法換回一個健康的身體。這幾天都頭暈腦脹的，一直鼻塞。但我的計畫已經做好了，所以我一直在為工作的事忙碌著，沒有多少時間跟阿琳聊天。當然，我知道她也一直很忙，忙於她的行情，忙於她對生活的高水準追求，忙於她對最新日劇與韓劇的細嚼，也許一個懂得生活、懂得品味的女人理應如此吧。這幾天我們的交流並不多，但一句話足以給我所有的溫暖。

「在忙什麼？」阿琳在 Line 上問我。

「感冒了！」我傳訊息給阿琳。

「如果你搞不定就過來吧！」

「什麼意思？」

「怕你生病沒人照顧啊！」阿琳脫口而出，言語中有嗔怪、有責備，而我更多的感覺是溫暖。

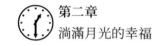
「怕你病了沒人照顧！」如此簡單的八個字，如此平凡的八個字，對我而言卻很重要、很重要，很溫暖、很溫暖……從小就獨立的我，從離家以來，每次生病幾乎都是自己搞定，偶爾不舒服，躺在床上也會想，為什麼那麼多的朋友，就沒有人關心我呢？為什麼那麼多死黨，就沒人能親切的問候我一句呢？為什麼短短一句溫暖的話都不肯給我呢？很多的為什麼，但我卻從未在朋友們面前提起過。也許有禮貌性的問候，也許有客套的寒喧，聽過就忘了，我也從來不會為之動容，而阿琳這句「怕你病了沒人照顧！」我知道是發自她的內心深處對我的關心。

很害怕，害怕自己太多複雜的心思、太多的想法，會讓這分溫暖從記憶的長河中沖走，沖到一個無人問及的角落。很害怕，害怕太多的虛偽，太多的應付會將這分真誠、這分善良埋沒在許多無聊且無用的文字堆裡。於是，當看到阿琳傳來的訊息時，我馬上用筆抄在自己的靈感簿上。而今天，我想寫下來，留作我人生歷史的見證。

謝謝你，琳！謝謝這個生活中無論是食、衣、住、行都一一講究質量，消遣時講究選擇，而某些方面也會跟我一樣白痴的琳；謝謝這個工作中一絲不苟，對同事、對客戶，對乃至所有認識的人都用包容的態度，以父母遺傳的先天素養相待，而某些時候也會耍脾氣，鬧些小彆扭的琳；謝謝這個對所有人真誠、善良，卻也會在委屈時不知所措，一人發呆的琳……

謝謝你，琳！我的生活中因你而更豐富、更精彩；因為有你的存在，一切變得更豐富、更特別……太多、太多，濃縮為那一句：謝謝你那一句話的溫暖！

很多時候一個人不經意的一句話，能折射出他的心靈，能給困難中的人莫大的力量與感動，能在寒冷的季節帶來溫暖。

　　很多時候，我們都會因為資訊不足，因為有人誤導，因為只聽信某一方面的意見，因為自己的經驗而犯下或大或小的錯誤。然而此時，在我們心靈最脆弱的時候，也許只要一句鼓勵的話，便可以讓我們重拾以往那個自信的自己。

　　很多時候，因為不懂事，因為自制力差的緣故，浪費很多時間在不應該做的事情或是遊戲上。此時，一句鼓勵的話，也許可以為他帶來一絲光明，也許因為你的一句鼓勵的話，他就開竅了。

　　很多時候，因為天災人禍，因為別人的過失，因為自己的不留意，失足跌下了「深淵」，而此時，也許一句鼓勵的話，便可以拯救他的下半生脫離「苦海」，改變一生的命運，甚至是挽救了一條生命！

　　說一句鼓勵的話，讓寶貴的責任感在你心中萌芽。你不但有被愛、被安慰的權利，你更有愛人、安慰人的權利。你心靈的倉庫裡早已存滿了愛的禮物，回贈出去一些吧，一個只進不出的倉庫記憶體會腐朽發霉爛掉的。

　　說一句鼓勵的話，不要以為為你擋風遮雨的人永遠是那樣堅強，不要以為他們給予你的愛是無窮盡的，相信我，他們有時也和你一樣脆弱，他們需要你的關懷，哪怕只是一句話。

　　說一句鼓勵的話，並非要你去同情、去憐憫，而是要你去關心、去激勵，讓他們知道，你和他們站在一起，你一直為他們而驕傲，讓他們知道，你正在成長，你正在替他們分擔。

　　我這兩天一直思考，我自己平時有沒有去幫助他人，很多時候事不關己就高高掛起。其實只要我自己付出一小步，別人就能方便一大步！

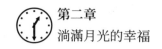
怎麼可以像對波比一樣對我？

平凡的生活中透著淡淡的幸福。

生活可以平淡，猶如藍天碧水。生活也可以是詩，在一路奔騰中高歌。只要我們懂得把握，每個日子都是幸福。風讓樹活起來，潮汐讓海水活起來，燈光讓城市活起來，星星讓夜空活起來，音樂讓氣氛活起來，溫暖、俏皮的話語讓我們的生活活起來。

「喂，快起來吃東西，你不是跟人有約嗎？要讓人家等啊？」琳弄好早餐，把我被子掀開。

「唉喲，好睏啊，人家也許也在睡覺呢！等等吧……」我翻了幾次身，再睡了幾次後，終於決定起床了。

吃過早餐，玩了一會電腦，決定出門。

「喂，我出去流浪啦！」我把頭伸進廚房對琳說。

「好啊，我送你一條狗吧，流浪的時候有個伴！用不著那麼寂寞。」琳在廚房附和我。

「不要那麻煩，我養活自己都有問題了，現在金融危機嚴重，生活壓力沉重。我走了……」

「獻，自己在外面多注意安全，要看車。檢查應該帶的東西帶了沒？手機啊，錢包啊，還有錢帶得夠不夠？……」琳補充道。

「啊！哦！好！」說完我關了門，帶著琳滿滿的關心，走了出去。儘管一週七天，我們有四天見面，但每次琳都會不厭其煩提醒我這、提醒我那的。生怕我這個冒失鬼才出門就發現少了什麼而為難。

　　玩了一天，一踏進客廳，我趴在桃子的電腦桌上，嚷嚷著累壞了，腳起水泡了。

　　「還不去洗澡？累了就快點洗個熱水澡，早點休息。」琳在房間裡聽到我聲音又下命令了。

　　「哦，累啊，痛啊……」

　　洗過澡，我爬進被子裡，唉呀，小腦可能累壞了，居然失手，掀開被子太大力，把頭全蓋住了。

　　「我煮了紅豆湯，去喝一碗再睡吧。」琳轉過頭對我說。

　　我探出頭看著正在看書的琳：「不吃了，我吃了很多辣的東西，鼻子裡噴火，喉嚨痛、腳痛、腰痛……」

　　「啊！這麼嚴重你還睡。快起來！你上火了，快去喝鹽水。」琳一把掀開我的被子。

　　「唉呀！真煩。要凍死我啊？」我大叫一聲，無奈地走去廚房，看到那一鍋紅豆湯好像很美味，一邊盛一邊流口水。

　　「喂，你是來喝鹽水的！不是不喝紅豆湯嗎？」沒想到琳居然跟了過來。一邊說，一邊拿了我的杯子往裡面拚命加鹽：「鹹死你，誰叫你不會照顧自己？」

　　「我是懶得起來才說不吃啦！我要喝鹽水了。」我拿起來，把杯子裡的水全倒進嘴裡，但沒吞下去，嘴張得大大的，想等琳轉過去再吐掉。

　　「你還看，快喝下去！」琳好像看出了我的想法，舉起一隻手在我頭頂上嚇唬我，這個招牌動作不是嚇波比（狗狗）的嗎？好一陣頭暈，我把鹽水吞了下去。琳還讓我張開嘴給她看了，才放心進房去。

　　「鹹死我啦！鹹死我啦！」我一邊叫，一邊喝紅豆湯。順便拿了一碗給桃子。

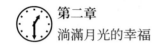

「紅豆湯很鹹嗎？」桃子把視線從電腦移開，很納悶地看著桌上那碗紅豆湯問。

「哈哈，有個笨蛋比我還笨。我還知道紅豆湯是甜的呢！」我大笑起來。

「還不是你誤導，犯罪啊，你……」琳在附和。

後來我忘記自己說什麼了，就睡著了。

唉呀，累壞了，還好有琳在。從小爸媽都拿我沒轍，沒想到她像對波比（狗狗）一樣對我的。

我們現在幾乎每個人都是朝九晚五的工作，週末窩在家裡上網、看電視，很少例外。慢慢地我們適應了、麻木了，生活猶如一杯白開水，欣然飲下也是索然無味，已經沒有任何新鮮味道可言。我們現在要做的不是打破平淡，而是新增一些佐料進去，然後搖晃平淡，讓它活起來！

如果朋友們覺得一時半刻找不到朋友，一個人無法令生活有趣起來，那我教你個方法來增加自己的幽默感，你可以多閱讀生活裡的幽默小故事，信手拈來幫大家搞氣氛也不賴。

比方說，現在到哪都是大排長龍，又不怎麼喜歡排隊，亂七八糟的，有一位朋友打電話給另一朋友：「喂，你怎麼還沒回來，隊伍排很長嗎？」那位正在排隊的朋友回答：「不長啊！」人家再問：「那為什麼你還沒把事情辦好？」他回答：「我是說隊伍不長，但是很粗啊！」本來鬱悶的事，你聽了是不是會莞爾一笑？再說一個，有時候，是國家政策不完善或是相關公務人員沒做好，我們提意見又不管用，沒什麼辦法，只得講講笑話發洩一下了。銀行門口排了一條很長很長的隊，張三一直等著，等了許久後終於不耐煩了，他對李四說：「我真是等得受不了了，我不排隊了，我直接去把銀行行長給斃了，什麼制度嘛！」李四笑了：「你還是不要去了，那

裡等著斃他的人排的隊伍比這裡還長。」本來平淡的、煩悶的排隊，如果你說出一個這樣的笑話，是不是頓時充滿笑聲，瞬間活了起來呢？另外，你還可以記一些簡單的歇後語也不錯，如：撅起屁股看天 —— 有眼無珠；歪嘴吹喇叭 —— 一股斜（邪）氣；雞屁股拴繩子 —— 扯（蛋）淡；高射炮打蚊子 —— 大材小用等等，隨便在哪裡都可以找到，我就不一一列舉了。

　　不要再抱怨生活平淡了，其實生活平淡與否，關鍵在你！

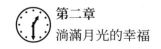
感冒的幸福

關鍵時刻才能加倍體會幸福的感覺。

一直像個小頑童，飯吃了二十幾年，但也沒有越來越會照顧自己。慶幸著自己很少生病的同時，我還是光榮的掛了——又感冒了。

當「感冒藥叫什麼名字？」這個問題掛在 Line 的個性簽名時，馬上有許多、許多的朋友關心著我、問候著我。提醒我看醫生，告訴我買什麼藥比較合適。

琳是個自己生病都不按時吃藥的人，卻會清楚記得提醒我吃藥，先弄粥給我吃再喝藥，原以為只有琳會關心我的生活，其他人都只是遠遠的朋友。其實並非那樣，蘇回到了我身邊，一直陪著我；丹一直像個蠻橫的人，心情不好的同時卻不忘提醒我吃藥，注意休息；辛雲則會一日三餐都提醒，很細心體貼；Jelly 和 Summer 看到我上線就封殺似的討論要多運動，預防感冒；還有許多、許多以為不會關心自己的人卻像及時雨一般送上了自己的問候與關心……

其實這次的感冒並不怎麼嚴重，但我卻覺得自己特別幸福，如果感冒可以收穫如此多的友情與關愛，我寧願天天感冒。我寫此篇文章，將自己的感受告訴大家的目的在於，我想與大家分享被人關懷的感覺是多麼美好，也希望大家可以多關懷別人。

在國外有一個歌頌人與人之間互相關懷的美好故事：

有一天下了大雪，政府也下了命令：孩子們可以不用去上學了！然而有一所學校卻通知孩子們的家長，要孩子們去上學！在電話裡家長十分不

解地問：「為什麼啊？」校長說：「因為那些貧困家庭的孩子們可以在學校裡吃上一頓免費的午餐。」家長們說：「那讓他們自己去不就行了嗎？」校長又說了：「如果只有他們來的話，會感覺是別人施捨他們，所以大家都得來。」

讀完這個故事，大家肯定會覺得這所學校的校長很傻，根本小題大作，都說「天下沒有免費的午餐」，可是學校不但每天都提供免費的午餐；到了下大雪時，貧困家庭的孩子來不了，學校還不願意。家長們和同學們都十分不解，覺得學校的校長很傻。可是，如果身為那些貧困家庭的孩子和父母，他們一定會很感激學校。而且如果孩子們全部到學校，貧困家庭的孩子們會玩得很開心，也不會覺得那是別人施捨給他們的。

我講到這裡大家是不是明白了？你們還會覺得校長很傻嗎？其實，學校在幫助那些貧窮孩子的過程中，也會感到開心的，因為他們做了一件好事；而不吃免費午餐的孩子們待在家裡也會很沒意思，到了學校，他們就可以和同學們玩了！其實，他們是在互相關懷！

在生活中，同學之間、鄰居之間都可以互相幫助。比如：我今天沒帶筆，同學借給我；明天，她忘記帶紙，我借給她。這不就是互相幫助嗎？鄰居見面打個招呼問一句：「你身體健康嗎？」、「工作順利嗎？」

人與人之間的關心、關懷和幫助，能化解一顆顆冰涼的心。所以大家一定要和同學們、鄰居們建立好關係喲！

「帥得不行的那個回來了！」人生中有期待是件美好的事。「喂，他現在長什麼樣子？」我問另一個男同學。

「你自己回來看，不告訴你！誰叫你過年不回家，都不認識你了！」同學邊笑邊帶著責備的回答我。也許他想以這種方式懲罰我這個多年不見的小壞蛋吧。

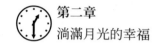
「說嘛，他帶回家的女友，你見到了嗎？還有說說你那位，弄張照片我看一下！」我還是繼續逗他。

「嗯。一句話說完：帥得不行了！」

「哈哈……」我們都大笑起來。其實讀書的時候，他們都是屬於帥哥的類型，也是跟我非常要好的男生。

「下次過年回來吧，大家聚一聚……」同學突然很認真嚴肅的說。

「哼，你們都不夠義氣，都忙著結婚，都不等我的……」

「如果你肯過年回家，我就跟他一起等等你！如果你不回來，我們就自己看著辦！」

「哈哈……」大家又是一陣大笑。

那位帥得不行了的，其實一直跟我有聯絡，每次都不痛不癢地問對方的情況，談論著工作與生活。曾經我也要他來一起工作，有空也可以見面聊天什麼的。可是他一直不肯過來……

昨天他還在網路上和我聊天，可是今早我還在睡夢中卻聽到電話裡有他的聲音，定睛一看電話螢幕顯示的，是這個地區的號碼。

「你好，請問你哪位？」人有相似的，也許聲音也有吧。我這樣想，於是禮貌地問。

「失望中……」他邊笑邊回答。

「哈哈，你真的回來了？什麼時候的事，不是騙我的吧？」我一口氣問了很多問題，睡意全沒了。

「嗯，是，我臨時決定過來的。」他還是不疾不徐地回答我。

「嘿嘿，那就一定要見識一下那位帥得不行的，現在是什麼樣子了！」我從床上坐起來，巴不得現在就去坐車。也許是許久、許久不見了，如今他已經來到我身邊，沒理由不見吧？

「我是來培訓的，培訓完就回去，安頓下來再打電話給你。」他還是一邊笑一邊回答我，永遠的不疾不徐。

其實，我對帥哥倒沒什麼感覺，只是一直嚷嚷著，給人印象好像花痴，真正要見面，我倒會退縮，但對他卻不會！一直是很好、很好的朋友，也的確許久、許久不曾相見，很希望可以再坐在一起聊聊天。也許期待的並非是他本人，而是那分久違的感覺，那分封存在記憶庫裡許久的求學生涯的懷念。

一個人單獨回憶往事，回憶學校生活中曾經的苦與樂未免太乏味，不妨有條件的選擇一個曾經的玩伴、同學，一起回味一番，校園生活的種種在腦海中倒帶一次，重拾曾經的單純笑容，開朗地笑著，是人生一大痛快的事。

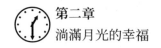
風雲

為生活多找幾個開心的理由，多結交讓自己開心的朋友，哪怕今生都無緣見面。

小時候經常和老爸一起看電視，我只要大聲嚷嚷：「爸，我要看那個飛得最高的，多開心！」老爸就會「識相地」把電視轉到「風雲雄霸天下」。風、雲分別為兩個英雄人物，小時候特別羨慕他們可以隨心所欲、漫天飛舞，我看得近乎痴迷了。現在想來，覺得自己簡直像個小白痴。

那一年我在好友家過年，卻是有風、雲二人一直在天各一方的他鄉陪著我。

風還真的叫聶風，整天以大哥哥的形象出現。跟他聊天，都是一種受保護。我們在部落格上認識，他文采飛揚、無所不知、經歷離奇，又亦常痴情，不解的是風總是擔心我會受傷害，他下命令似的要我結束一年多的初戀，這遲來的果實，卻讓我還未採摘就親手結束，也只有他有這種魄力說這種話語。我固執己見、執迷不悟，結果我被傷得很重。可能是不會像風一樣飛吧！

那一年春節許願，風傳訊息對我說：「小妖，我放了一串很大的鞭炮。鄭重地許下了一個願望，我希望你可以走出所處的陰影生活。」

「這麼大的鞭炮啊？怎麼唯獨想到我？」我與風並不常聯絡，之前他一直勸我分手，我未聽從他的勸說，原以為他會對我失望至極而不願再理我。

「鞭炮夠大才有誠意，我的好友中我想到你最不開心唄。我是過來人，也相信你能走出來，活得更精彩。」

看著螢幕上一個一個的字，我反反覆覆咀嚼字裡行間的甘甜與溫暖，一種勇氣與力量讓我重新站起來，我告訴自己，給自己一個人生的目標，然後邁進，我可以再站起來，我可以活得更精彩。

雲嘛，也是離我南北各一方的，上進、陽光、單純、可愛（他不喜歡這樣說他）、真誠、幽默、帥氣，太多優點沒辦法一次說完，留一些以後說，很開心、很開心的感覺，有辛雲在的時候，我都會樂呵呵的，好友看著我坐在電腦前大笑，滿頭霧水，還以為我突然變蠢了。

特別是那天，沒有想到辛雲會那麼晚睡，沒有想到他居然凌晨還會在我的部落格，沒有想到在情緒低落的時候陪我的人會是辛雲……

惡夢驚醒後，我卻不願意開機，不願意說話，不知道為什麼，也不想知道。開啟電腦，滿滿都是辛雲的留言，晚上十一點多的日記他看了，連凌晨四點多的日記他也看了！可能對於辛雲來說只是意外，而對於我來說卻倍覺溫暖。他的關心，讓我舒暢不少。

傳了一個觀望的貼圖給他，我就不想說話了。辛雲告訴我，他也做惡夢還哭醒了，然後說給我聽，不知道是覺得他單純可愛呢，還是那惡夢不值得他哭得稀里嘩啦的，我看著電腦螢幕上的字，笑個不停。居然為了夢中的自己被飛車撞熄火而哭，可愛得有些過分。

我也一口氣說完自己的惡夢，其實不是想博取同情，也不知道為什麼會說，只是感覺很放心，說完心裡也舒服了很多，也許這些話悶在心裡太久、太久……

曾經他沒日沒夜陪著我海闊天空，東一句、西一句逗我開心；曾經他整天都不願意離開電腦，儘管一年難得一次回家，也不喜歡上網聊天，還是會靜靜守候著，希望不會錯過每一次我上線的機會；曾經他笑稱我男友連我都認不出來，要求他分手；曾經他很有誠意的將我的照片存到他的部

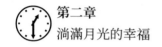
落格，單獨用一個相簿收藏，命名為：前進的力量……

　　每次回憶，每次網上的相遇，每次訊息的互傳，每次聽到你的聲音，我都很開心、很開心……因為你的存在，因為彼此的默契，因為共同的話題，因為你的陽光、你的積極、你的上進，因為你的體貼、你的大度、你的包容……

　　你的存在讓我有了一個希望、一個夢想、一個期待的幸福。

　　很感謝，感謝你對我所說的一切，你為我所做的，你為我所想的，感謝你為我的生命加分。

　　雖然我一再說不相信網路，但我還是感謝網路，是網路讓我認識了許多，許多可以談心的，關心我的朋友。互相關心、互相學習，時不時討論一些工作、生活上的事。希望哪年哪月哪日，我可以見到真真切切的風與雲。

　　有風雲相伴，我總是想像自己是仙女，而非凡人，我不應該如此安於本分，其實我可以做得更好。

一路有你，我會更努力

成長的路上有人陪著，你更能勇往向前，更能無往不利。

準備結束每天的忙碌之前，踏入蘇的部落格已經成為習慣。經常眼前一亮，也許只有蘇可以給我。今天也是如此，許許多多蘇的所得、所獲、所感躍然那一張張漂亮的信紙上。

看著她的文字，我好像也學到了不少新的東西；每天的反省、思過，然後改進、成長已經在潛意識裡成為了蘇給我的力量，與其說是力量，不如說是某種上進的能量，如同一個充電器，又如同一劑興奮劑。

努力學習，從幫助我們的人、誹謗我們的人身上，從電視節目裡、電視的劇情中，從各種書本中，從形形色色的網路文章中，利用一切可以接觸到的機會，不斷的學習、為自己充電，這便是蘇用行動教我，讓我懂得的。

很美妙的感覺，很開心自己可以成為一直陪著蘇的一分子，也很慶幸自己可以成為蘇部落格的常客，吸取成長的營養。

與網路為伍，我們會在不經意間挖到一些精神的寶藏，一時半刻學不起來，再說很多人的部落格都不斷更新，我們怎樣吸取對方最新的生活見解，怎樣在對方的文字世界裡吸取營養與動力繼續前行呢？對，就是收藏它。

記住咯，遇到好的東西就要收藏了慢慢欣賞，時不時翻閱、瀏覽以吸取一些養分。我們對於自己所嚮往、喜好的往往更投入、更仔細、更能吸收，那麼我們就順其自然，讓自己的愛好為自己服務。

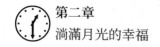
弦外之音

能懂你文字的只算是朋友，能懂你的心聲的才是知己。

「蘇的到來讓你靈感突發，文采飛揚呀！」辛雲這樣對我說。我不得不承認事實如他所述，蘇不在的這段時間，我的大腦就像一口乾枯了的井，只能偶爾擠出滴滴水珠，留下支離破碎的片段；撫摸鍵盤的雙手好似放在琴弦盡斷的樂器上，只能撥弄出嘈雜刺耳的噪音。這樣說，當然不是偶然，我倒認為是必然。

曾經為現實生活中的他，部落格中的主角大寫特寫，盡情揮灑，不管別人是否願意看，也不管是否寫出了條理，只顧表達自己的感受，發洩自己的情感。部落格中大致上都是快樂的聲音為主，而從大家的留言裡看到的是對童話般愛情的豔羨；對男主角的謳歌讚頌。除了羨慕還是羨慕，除了祝福還是祝福。世上真的有永遠都是高潮的生活嗎？世上真的有全是快樂的樂章嗎？世上真的有一生一世，日復一日的美麗童話嗎？世上真的有不散的筵席嗎？相信不會有人說：有！

表面的文字訴說，表面的幸福如同浮於水面的油珠，只有幾滴在倒映著陽光，熠熠生輝，任意釋放著原本不屬於自己的光芒罷了；美麗的故事情節，動人的言語對白也只是一時的激情，偶爾的信誓旦旦罷了。但沉澱在這水底之下，隱埋於這幸福畫面背後的，是怎樣的弦外之音呢？也許只有蘇一個人聽出了無奈，聽出了孤獨，聽出了失去自由的惆悵，聽出了混時度日的空虛。也許只有蘇一個人細品了流露於部落格字裡行間，潛藏於文字背後的辛酸與空虛。也許只有蘇會對部落格板主的思想有一種共鳴，

乃至真情流露的大篇幅書寫著自己的建議、感慨與鼓勵……

　　不論部落格的內容天馬行空，海闊天空亂談一通；還是短小精悍，言簡意賅到不足以表達完整的意思；或是長篇大論，如記流水般滔滔不絕；又或者是胡亂的隻言片語……別人流於表面各得所需，或是不求甚解草草離去時，蘇沒有。蘇仔細閱讀、品味，想像每一篇文章下筆時作者的心情、感受。也許別人視為不值一提，看過即忘的泡沫，蘇也會沉於其中慢慢體會……

　　大浪淘沙，留下的是那顆璀璨的珍珠，如果要問近半年的部落格創作，我最大的收穫是什麼，那便是收穫了蘇這顆至尊寶，這個知己，這個能夠對我的所有感同身受，能夠鼓勵我、支持我的網友。所寫的部落格故事已經隨著時間齒輪的輾過慢慢被人所淡忘，包括故事作者；所寫部落格的男女主角已經各自華麗轉身，漸行漸遠，也許正在成全所謂的永別；所寫部落格的情感已經慢慢消退、消退，以至於作者早已經放下那分感情，放下那應該放下的一切，當然也放下了寫部落格……當一切慢慢消失時，還為我留下了蘇 —— 這個傾聽我弦外之音的知己。

　　時間因你而美好，腳步因你而輕盈，生活因你而充實，心情因你而美麗。知己如你，我定當倍加珍惜。

　　值得一提的是：天下有一知己，是你知他，還是他知你，或者你們互相知，今天可以知己，明天還知己嗎？人生總是充滿未知的變數，不管是你還是他，變是正常的，不變是不可能的，今日的知己，或許就是明日的陌生人。真要遇到知己的感覺，不要輕易承諾，因為有些東西是我們無法承諾的。還是就這樣，慢慢陪著你走！

　　說實話，這個世界上，誰不希望能有個知己呢？但隨著年齡與經歷的增長，其言也淡。不是沒有激情，是因為更加明瞭激情的珍貴與脆弱，多了一分責任與重量，所以更加珍惜，珍惜知己，也珍惜自己。

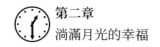
我想對他說兩個字

有些客氣的話，用心去賦予情感，說出來的分量一鳴驚人。

他，是公司的行政主管，博學多才，不苟言笑。我是一個嘻嘻哈哈，愛說笑的女生。遺憾的是，我們的工作互有連繫。（我想：遇到我，是他的遺憾。）

剛來公司，他安排我在老闆的公寓先住幾天，再幫我找個安全、舒服的住處。特別優待我，我卻沒有領情。非得要當天自己去找不可。我沒注意他的表情是什麼樣子，可能他心裡在想，不知這鬼丫頭是找房還是找碴。至少，有理智的正常人都難免這樣想。原本以為他會隨便我、不理我。沒想到，他卻同意馬上幫我去附近找。每到一個地方，他都會仔細幫我看是否安全？是否通風？是否設施齊備……末了，他還幫我鋪床、掛窗簾。我連一聲謝謝都沒說，只是在我心裡，我把他當成好朋友了。

我的工作內容很簡單，又是週休二日。從之前的生產主管職務解放，一下子感覺像囚犯放風似的重獲自由了。我開心得手舞足蹈！終於可以替自己充充電了。一直想多學點管理方面的知識，苦於沒時間。我對管理學的興趣源於我跟過這方面的業務，但應該讀那些書本理論，毫無自己的想法。最讓我開心的是，他正是這方面的天才，我真是賺到啦！幾大箱的管理書隨便我看。當然，看不明白，他還可以隨時指點迷津。每看完一本書，他都讓我談談收穫了什麼，我把自己讀的那點雞毛蒜皮在他面前班門弄斧，說到口沫橫飛。儘管他明明知道我的很多觀點偏激而且不成熟，但每次他都給予我肯定與鼓勵，並且還推薦一些好書，方便我進一步提升。

管理學是很理論性的，很難令人提起興趣，但我看書的同時，一路有他陪伴，讓我學得越來越著迷。當然，收穫是肯定的。學到東西開心得忘乎所以的我，卻從不對他說謝謝，只是良心發現，也會時不時的買些水果或是其他什麼的，帶回公司「孝敬他」。公司裡的簡單工作，什麼都沒學到，倒是公司的他，令我學到不少。

一向習慣自由自在的我，一點紀律意識都沒有。還有一點最得意的就是：不知是我天生嗓門大，還是跟過生產線的關係，剛開始，我一講電話，辦公室幾乎全體起立看著我。他是行政主管，我當然成了他的行政麻煩。可能是出於照顧女生面子，我嗓門一大，他就坐在後面敲屏風，當然，聲音只有我能聽到，大家聽到的只是我的聲音，而我一聽到他有默契的警告也就會調整音量。沒事做的時候，我就腳癢到處亂跑，此時他會提供一些精彩的文章給我欣賞，或者一些笑話讓我提神。感覺跟他天生就是一隊的，真好！我一直享受他對我的好，從來不說謝謝！

因為許多原因，他要離開我們這個團隊了，在共事的最後一天，我想發自內心地對他說兩個字：謝謝！

只是出於禮貌，還是出於真心，其實真的很不一樣。在這提倡禮儀的年代裡，諸如「你好」「謝謝」「對不起」變成了家常便飯，說了又不吃虧，往往這些友好的禮貌詞彙變成了不帶感情的客套或形式，不得不令人深思。

第三章
傷痕的色彩

從出生的那一刻開始，我們便不斷接受各方面的挑戰，在世俗的社會道路上掙扎、勇往直前，跌倒了，碰壁了，站起來，從自己色彩斑斕的傷痕裡學習與進步。

生者堅強

世上最悲痛的事情莫過於親人的離去。而一切無法挽留與改變，只能讓生者幸福以告逝者在天之靈。

「爸爸昨晚過世了！這段時間……你要好好照顧自己！你要好好照顧自己啊！」打通電話給男友，我還來不及告訴他我找到一份喜歡的新工作，卻聽到他沙啞的喉嚨，哽咽著說出這個噩耗。

呆呆地站在路中間，眼淚拚命在眼眶裡亂竄。回想起與他爸爸的五次見面，堅定的面容、淡淡的笑、適宜的談吐、為數不多的幾句話，以及男友口中他爸爸對我的評價。一幕一幕在腦海裡放映，那幾句話一次又一次在腦海裡響起。然後此刻，這一切離我如此近，卻又如此遙遠！我拖著腿，艱難、麻木地向宿舍走去……

無力地躺在床上回想著，昨天我還在為男友這兩天對我不理不睬有些悶悶不樂，想不到他卻在獨自承受這樣的傷痛。回想起母親過世的一幕幕，父親哭到死去活來的場景，弟弟與我在母親靈前流乾最後一滴眼淚的情景……對男友與他媽媽身體的擔心夾雜著對母親的思念，我心裡早已打翻了五味瓶。

沒有食慾、沒有心情，甚至連動一下我都沒力氣。只有大腦在活動、在回憶、在感受、在思索，在體會男友與他媽媽此時此刻的心情與處境。「對，我要去看看他們，看看有什麼可以幫到他們！」過了幾個小時，我才回過神來，心底迸出了這個聲音！傳了訊息給男友，告訴他第二天早上我便趕去他家。男友跟他媽媽商量後，表示同意。而我一整晚都翻來覆

去，思緒亂飛、不知所措……從凌晨三點開始，我一邊思考我能為他們做什麼，一邊看著天慢慢地亮起來……

走進他家，他與媽媽都在，還有幾個親戚。我在他爸爸靈前上了香，然後陪他們說話，做一些小事。令我覺得欣慰的是，他們的精神狀態都很好，可能是他爸爸的病拖得太久，從我與男友交往前三個月就已經很嚴重，所以，他們有了心理準備。一年多的時間裡，他爸爸大大小小的手術動了七次以上，身體上已經沒有一處好地方，都是手術後的傷疤。也許對他爸爸來說這是一種解脫，而多少個不能闔眼的日夜照顧，他與媽媽也可以休息、安心投入工作，進入正常的生活軌跡。然而一想到這次與爸爸的離別會是永遠，男友便時不時盯著爸爸的靈相發呆！慰問的電話不斷響起，他媽媽聽了電話，也時不時躲去洗手間偷偷流淚啜泣……

一直感受到男友深受他媽媽影響，可能也因為自己母親的早逝，一直很想了解這到底是一個怎樣的媽媽？與她老人家聊得很多，她說這件事已經過去，男友以後可以做自己想做的事，週末可以多陪我出去玩，我也可以與男友一起去他家吃飯，她會煲些湯給我們補一補。當然也很關心我的工作與家人。此時此刻，他們可曾知道我有多擔心。

朋友的親人過世，我們應該怎樣處理這段非常時期的關係呢？

1. 時刻陪伴，不要說太多話，千萬別去搞笑話逗對方開心，或是點歌之類的。對方想哭就讓他哭，你也可以陪他哭。

2. 不要刻意迴避，比如他懷念去世的爸爸媽媽的時候，你跟他說：別說了，都過去了。這種安慰不僅沒有幫助，反而會讓人覺得你特別冷漠。你可以陪著他，跟他分享對爸爸、媽媽的回憶，然後說：如果他的爸爸媽媽活著，會希望他好好地生活，這不是人能夠控制和左右

的。慢慢地，他會對事情有正確的認知，情緒得到充分宣洩，這樣有
利於他的恢復。

3. 勸慰他們，暫時控制不去過多回想死者的事。萬一想到立刻分散注意
力，慢慢就會好起來。相信死者也希望他們好好的。

扔棄的玫瑰

如果和你戀愛的另一半條件不太好，你會願意讓朋友或同事知道嗎，你會覺得要是被別人知道了很沒面子嗎？遇到這種情況，我都會告訴自己，多聽聽內心的聲音，而不要在乎別人的看法。雖然很難做到，但只要努力就一定可以！你說是嗎？當虛榮矇蔽雙眼，我們往往會錯失真愛。以下是我的親身經歷，在被愛慕虛榮的男友玩弄了一次後，我開始懂得更多。

分手的一年裡，她找了份做銷售的新工作，到現在，已經擁有自己的銷售菁英團隊。報名了外語補習班，陌生的 ABC 現在也已經可以在她嘴裡運用自如。業餘時研究寫作，不少文章紛紛見報，還學會了搭配衣服，化化淡妝，一天比一天明豔動人。

他身邊的漂亮女人換了一個又一個，總是感覺缺少了一點什麼。

一次偶然的機會，他在街上遇到她。她正與身邊的朋友說笑，根本沒有留意到他，她神采飛揚、無憂無慮的燦爛笑容裡，掛著滿滿的自信，舉手投足盡顯優雅，較之以前的漂亮，更添了幾分嫵媚成熟。他悄悄地躲在一旁，偷偷欣賞這朵曾經被他扔棄的玫瑰。

兩年前他與她是同事。

她有著亮麗精緻的臉龐，烏黑柔順、瀑布般美麗的長髮，典型的「少男殺手」。無論她走到哪裡，跟屁蟲總是成群結隊，連他那個有女朋友的上司也居然成了跟屁蟲中的一員。這挑起了他極大的征服欲與虛榮心，他心潮澎湃，摩拳擦掌，躍躍欲試。

他找到了她的即時通訊軟體聯絡方式，一方面不痛不癢地線上問候她，以引起她的注意留下印象，另一方面努力收集有關她的資料，細到她的興趣愛好，大到她家鄉的風俗習慣、人文地理等，一切準備就序，他對她展開了瘋狂而低調的追求。大家成群結隊出去唱歌時，他總是缺席，然而大家都在休息時，他會等一兩個小時後，出現在她宿舍樓下，很「巧合」地陪她回公司，還隨時帶著一些搭計程車前往各個水果超市「順便」買來的、她最喜歡的水果，興高采烈地談論她感興趣的話題。他從不說喜歡她之類的話，甚至連半句暗示都沒有，只是用行動的細節向她證明，他是一個細心體貼、值得依靠的男人。

人非草木，孰能無情，她臣服在他特別的追求方式之下，順理成章地成了他的女友。

他逢人便見縫插針地提及他那優秀的女友，彷彿那就是他的一張王牌、他的面子。在他人的嘖嘖稱讚中，他那膨脹的虛榮心得到極大的滿足。

朋友、同學面前，他不遺餘力地訴說自己是如何斬兵殺將，突出重圍，抱得美人歸。

他帶著她到處招搖，員工餐吃到沒胃口了，他便請她出去吃，在餐廳裡一坐下，便成了聚光燈，好像有個美麗的光環閃耀在她的左右，羨慕討好的目光匯聚向他，讓他好得意。

他迫不及待地帶她去見自己的父母親戚，一大桌親朋好友圍繞著他們，吃完飯，一向挑剔的親戚朋友對這個意外的禮物全是讚美之詞，大讚她如何冰雪聰明，好一個乖巧可愛的女生。這令他臉上生輝、增光不少，令他不解的是，她花一般的美麗卻沒有得到讚揚。

日子原本這樣得意地過著該多好。但他的幸福太耀眼了，刺痛了其他

人的心，他的上司開始故意刁難，安排吃力不討好的工作給他，更生氣的是，周圍的男同事居然孤立他，那些眼神、那些目光好像朝他扔來的磚頭，會砸死人。走出街外，招惹她的人也不少，儘管她一直小鳥依人般黏著他，安分得很，他還是整天過得提心吊膽，害怕自己殺出重圍搶來的榮譽會被別人搶走。他守得很辛苦，天天如履薄冰。

思考了幾天後，他決定忍痛讓她剪掉那頭漂亮的長髮。要知道那一直是他的心頭所愛，但他沒辦法，這是他能想到唯一留住她的辦法了。顯然她很愛他，他是她的初戀，她乖乖剪去了那一頭引以為豪的秀髮，女人還真是需要髮型的陪襯，剪髮後，她成了一個名副其實的假小子，曾經的漂亮大打折扣，走在街上也沒有人會再回頭觀望。

他滿心歡喜了幾天，越來越覺得心裡不爽快。她這個模樣怎麼有辦法帶去見朋友呢？他在想是不是該分手？很快地又為自己的想法感到可恥，她每晚講故事哄他睡著，她為他煲湯、端茶遞水，她為他洗衣、洗臭襪子，她為他工作排憂解難。某種程度上來講，她現在失去漂亮這個資本也是因為他，想到這裡，他有了一絲不忍。

她還是照樣在週末去他家，他不再出去迎接，甚至有些躲躲藏藏，不願被人撞見。夏天來了，她黑了，甚至比以前更瘦，他覺得她越來越不堪入目，怎麼也找不回從前的感覺。她來他家的時候，他甚至開始找藉口整夜不歸。她似乎覺察到什麼，試探性地暗示他與朋友去玩時，剛好有空，希望他還會像以前那樣帶她去。但她錯了，他一次也沒有答應，甚至還丟下一句無情的話：「我怎麼覺得你越來越醜了？」她那顆心在胸膛裡猛然跳動一下，好像玻璃撞到了石頭上砰的一聲響，天女散花般灑落一地的碎片，很痛。這些年來，她雖然擁有著天生麗質的資本，但她從來不在乎外貌，特別是在他要求她剪掉秀髮的一刻，她更加堅定信念，內涵才是最重

要的。她沒想到他居然會用這樣的態度對她說話。淚珠在眼眶裡直打轉，她咬咬唇，強忍住，硬是沒讓眼淚掉下來，擠出一個不算難看的笑容。「那為什麼你不提分手？」她平靜地說出這句想都不敢想的話。也得到了那句意料之中的答案：「那分手吧！」他說得那麼從容，沒有一絲的不捨。她側過臉，帶著自尊，帶著那顆正在滴血、受傷的心，靜靜地離去，越走越遠。

日子在他揮手示意結束的那一瞬到現在，已經相隔一年，百花叢中打滾一番後，他才知道最美即在初始，在原點，原來自己苦苦尋覓的最好玫瑰花，正是自己從前丟棄的。

經常聽到大學生說，別人都有女朋友，我也要找一個，還要找一個漂亮的，這樣帶出去有面子。我不禁要問：難道談戀愛僅僅只是為了充門面嗎？

經常聽到一些女性朋友說起自己的老公、男友，誇誇其談的不是他們之間的感情，也不是他們為彼此的付出，而是另一半風光的工作、殷實家境、名利、地位、賺錢的能力。我不禁啞然，她們想嫁的到底是這個人，還是這個人所擁有的一切？

現在社會，有多少人談戀愛結婚是講感情的？現在社會，有多少這類虛榮的人結婚後過得幸福而不離婚？隨著這一虛榮風氣的暴漲，離婚率也與日俱增，難道我們還不應該覺悟嗎？

當然，我也並不是提倡只要愛情不要麵包，有情飲水飽的生活。針對如何選擇另一半，下面我僅憑個人之見提幾點建議：

1. 感情基礎必不可少，彼此尊重、彼此欣賞也是和諧一對所必備的前提條件。

2. 雙方發展的大致方向，生活觀、世界觀應該是一致的。只有這樣，人生一路前行，發展到最後，大家才會愈來愈有默契，如陳年美酒，彼此之間的感情經歷歲月的醞釀反而更加芬芳。

3. 彼此有助於對方生命層次的提高。雙方可以共同進退，並肩作戰，配合得當。在生活、工作、社會大環境中不斷錘鍊自己，幫助彼此提升自我，實現人生的價值，這樣生活才會更有意義。

當然，條件不是與生俱來的，我們可以後天培養，可以改善，可以在大前提一致的情況下共同努力。切記：不要因為虛榮而去談戀愛，那樣到頭來的結局只有一個 —— 兩敗俱傷。

愛，經不起等待

「你聽寂寞在唱歌，輕輕的狠狠的，歌聲是這麼殘忍讓人忍不住淚流成河。」每每情緒低落，不想聽人耳語時，我便戴上耳機欣賞阿桑嘶啞喉嚨裡唱出的這首經典之作。原以為阿桑會憑藉她獨特的嗓音在音樂界創造一個又一個經典奇蹟，可正當我們等待她的新作品時，卻等來了阿桑辭世的消息，當她滿懷希望憧憬走出醫院時，4 月 6 日病魔為她 34 歲的生命匆匆畫上了休止符，一切戛然而止，一切來得措手不及。許多一直等待去完成的事已經不可能實現。我想她走的時候，一定帶著許多遺憾。這令我想到起了另一個淒美的故事。

那一年，徐大偉與程笑笑相遇在高中校門口的公車站。大偉透過人群一眼就看到笑笑，純淨的美麗，有如一朵含苞待放的玫瑰，雖然未施任何胭脂水粉，樸素的白色裙子卻絲毫無法遮擋她的美麗。就在那一瞥的瞬間，笑笑也看到了大偉，朝他微微一笑，嬌嫩的臉粉嫩嫩地，嘴角彎彎，掛著兩個淺淺的迷人酒窩。大偉鼓起勇氣走上前去與笑笑寒暄，可能因為陌生，笑笑極少說話，只是不停地朝大偉笑，潔白的牙齒、淺淺的酒窩，令大偉緊張得被人流擠上了車，望著車窗外的笑笑，才悔恨自己居然忘了詢問笑笑的聯絡方式。

此後，大偉總在學校的每個角落尋覓笑笑嬌小苗條的身影。一個多月過去了，那天，大偉和同學約好一起踢足球，路過校園林間小道的剎那，他與笑笑碰個正著。笑笑近看比遠看更迷人，氣質的眉毛下大大的眼睛好似有話要對大偉說。大偉是憑著笑笑莞爾一笑時的那對酒窩認出她的。

「嗨，徐大偉！」笑笑主動向大偉打招呼了，連聲音都嬌滴滴的，有些說不清的羞澀。

「嗨，你好！」大偉不好意思的抓抓頭，上次見面只顧寒暄，居然忘了問笑笑的名字，「我約了朋友踢足球，你要來看嗎？」

「好啊！」笑笑夾緊剛剛從圖書館借來的書，和大偉並肩走著。

笑笑選了個位置坐下，緊緊盯著大偉的身影。大偉身高一百八十公分，十分帥氣，再加上成績一直很優秀，擔任學生會主席的職務，對大家來說可是有名的紅人，足球又踢得相當好，一直是學姐學妹們爭相議論的對象。笑笑每次只能在領獎臺上遠遠地望著他，從來沒有認真看清過他的臉。上次在車站相遇，她緊張得只知道笑，都忘了說話，她沒想到，大偉會邀請她來看足球。

「大偉，加油！」笑笑起身對正在傳球的大偉高呼一聲。所有人都很驚訝，大家都把目光投向這個女生。甚至還有幾個女生憤憤地議論起來，大偉果然衝出重圍，漂亮帶球，緊接著一腳射門。

比賽結束，大偉被一大群女生圍住，他離開人群，一邊用別的女生殷情遞上的毛巾擦汗，一邊陪笑笑走回去。

「笑笑，多好聽的名字，你笑起來很美，很適合你。」大偉踢球的時候，不時打量笑笑的一舉一動，在議論的人群中，他聽到了原來這個美麗又可愛的女孩子叫笑笑。

笑笑臉上一陣緋紅，嘴角輕輕一挑，又露出潔白的牙齒和淺淺的一對酒窩。

此後的日子裡，笑笑經常在學校的走廊上、學校外、圖書館遇到大偉。笑笑在心裡偷笑，她開始認為她與大偉很有緣。直到有一天，緣分讓他們彼此之間只有咫尺之遙，大偉上前主動問她問題，又貌似是「精心策劃」。

「笑笑，你這麼漂亮，一定有不少男生追吧？」

「呵呵……」笑笑只笑不答，她來自鄉下，終究還是要回去，她不敢奢望城市裡那沉甸甸的愛情。

「你有男朋友了嗎？如果你不回答，我就當你沒有咯！」

笑笑只是微笑，露出淺淺的酒窩，並不作答。慢慢地他們開始熟悉彼此，經常聚在一起討論問題，一起穿梭在圖書館查資料，閱讀國內外名著。

那一天，他們相約去圖書館自習，大偉第一次大膽地牽起笑笑的手，笑笑低著頭，沒有拒絕，默默地和大偉走出圖書館。從那以後，大偉每天都會準時出現，哄笑笑開心。他總是點著笑笑的鼻子說她傻傻的，只會笑。笑笑與大偉快樂的開始談戀愛了。笑笑對大偉說，她希望得到一束火紅的玫瑰，因為這象徵著愛情。高中的讀書生活是很有壓力的，學校也抓得很嚴，學生不准談戀愛。大偉悄悄地在笑笑耳邊說：「等我們考上大學的那天，我送給你！」笑笑開心地用力點頭，眼角帶著幸福的淚花，她在心裡悄悄的等待與倒數著剩下的日子。很快地，大偉與笑笑都高三了，即將面臨前途的轉折點 —— 大學入學考試，在枯燥而又緊張的讀書生活裡，這個承諾成了笑笑唯一的期待與浪漫。他們所修的學科大相逕庭，他們極少見面，各自在書本裡奮鬥，偶爾大偉才會幫笑笑補補數學幾何科目。

畢業，大偉如願地考上了遠方的一所知名大學，而笑笑去了另一所沒有名氣但離家較近的大學。他們各自在自己新的領域裡奮鬥，貪婪地吸取著新的知識，為了前途，為了他們憧憬的美好將來，他們都在努力。放假期間，大偉去笑笑學校探望她，笑笑依偎在大偉懷裡，再一次提起紅玫瑰，大偉環顧學校周圍，並沒有賣玫瑰花。他低下頭，輕輕吻著笑笑的額

頭說：「親愛的，等我大學畢業好嗎？我畢業後第一件事就是娶你。」笑笑激動地望著大偉，這個帥氣的男生，如今是知名大學的學生，他的未來一片光明，迎接他的將是高薪與美好的將來。而自己只是一個平凡的女孩，她咧開嘴，露出淺淺的酒窩，帶著幸福的微笑點點頭，將大偉摟得更緊了。

大偉憑著優異的成績屢屢獲得豐厚的獎學金，每每拿到獎學金，他第一件事就是給笑笑買一些漂亮衣服和好吃的寄過去，卻唯獨沒有笑笑渴望以久的紅玫瑰。大偉與笑笑都在等待，他們期待著大偉畢業那一天，大束的紅玫瑰會由大偉親手送給笑笑，向她求婚。

時間飛逝，一晃三年，再一年他們就要畢業了。大偉買下了大束大束的紅玫瑰，抱在懷裡，匆匆忙忙趕往笑笑的老家。在那裡，笑笑明亮大眼睛下淺淺的酒窩還是那麼迷人。她望著大偉手上的紅玫瑰，大偉用顫抖的手撫摸著笑笑的頭髮、臉、酒窩，此時此刻他多麼想聽到笑笑說：「玫瑰花好香啊！」他多麼想聽到笑笑親口告訴他，願意做他的新娘，可是一切都已經來不及了。

就在大偉給笑笑等待的承諾裡，病魔悄然而至，偷偷地帶走了笑笑。

笑笑的母親眼裡噙著淚水，哽咽著告訴大偉，笑笑有先天性心臟病，每每胸口痛，她都默默忍受著，只是笑。大偉想起自己看著笑笑紅通通的臉蛋，只笑不語的時候，自己還點著她的鼻子說她傻，只會笑，原來真正傻的人是自己，他看到的只是她的笑臉，卻不知道她正在忍受著心臟病的疼痛。笑笑的母親告訴大偉，笑笑最後一次心臟病突然發作，她躺在病床上神志不清時，還在唸著大偉的名字，好像還唸著什麼玫瑰花。大偉一陣陣揪心的疼痛，玫瑰花是他們的約定呀！笑笑走得那麼倉促、那麼匆忙，還帶著一生的遺憾。她多麼渴望可以收到心上人親手送給她的紅玫瑰，可

現在這些嬌豔欲滴的紅玫瑰，只能帶著大偉沉沉的愛，默默地裝點著笑笑的靈堂。

為什麼人總是老得太快而又聰明得太遲？愛了，就不要再等待！如果愛她，許給她一個未來的同時，不要讓她等待太久。有時候一切瞭然於心，只是欠上帝給予時間。愛情，即使經得起時間的考驗，也不一定經得起等待，人生畢竟太無常，也許等不到一頭青絲成華髮，我們的愛，早已隨著他遠走。

與愛無關的

當愛已經麻木，愛的習慣還會保持。

一直感覺與他分開僅僅只是過去那一瞬，倏忽之間已時過四月。顧不及回味昨天的甜與苦，也顧不及思量誰對誰錯，更顧不上去總結這段感情的得與失，顧不及做得太多，最終只能忘記。我明白，傷久了總會結疤，而結疤了便有希望慢慢痊癒。

四個多月，不再有任何連繫，很難讓人想像我們是依舊熱戀，還是其他的什麼。一切的一切都在詮釋我最後一句誓言：永別！

上週日因為去陪伯母，見到他的那一幕相當短暫，讓我感覺原來世界也不大，再見也不會是永遠！

「你現在在哪裡？我可以出去接你嗎？」一如往常我去他家，他的聲音裡更添幾分平和。

「嗯。我快到了。」

見面那刻我有些吃驚，聽他媽媽說他已經不像往常那麼憂鬱，精神明顯好了許多。但我見到他，卻不知如何形容，感覺他還是那麼失意，他麻木的表情更確定了我的判斷。突然，他說起笑話來，我不知道他是不是刻意，還是察覺到我的心情變化，還是想重新扮演那個開朗活潑的陽光男孩。

我不如以往那麼健談，見到他就會嘰嘰喳喳地說個不停。現在變成了他不斷找話題說話，而我只是東一句、西一句的回應著。見到他媽媽，我才有說不完的話，顯然他媽媽也很開心，我們有說有笑，他只得讓步說：不打擾我們。便一個人孤零零的回了房間。

　　一起吃飯，我挨著他媽媽坐下。姨媽刻意要伯母讓開，把位置留給男友，大家一起在外面吃飯。席間並無太多言語，他偶爾還會問我想吃什麼。大家都優待我，這家人一直都當我是自己人，這讓我很感動。

　　因為最近幾天連續有朋友被偷，昨晚我傳訊息提醒男友晚上加班回來時多注意。最後因為一些事還打了電話叮嚀他：留意媽媽裂開的腳是否有按時擦藥治療，我幫他媽媽查的資料還需要他幫忙下載。電話中，靠著從事銷售的直覺，我察覺到他一直強作鎮定，表現得異常平靜。掛掉電話，在這黑夜無人知道的時刻，我的眼淚止不住。第一次與愛無關的眼淚，竟然是一種心酸與心痛！

　　不知道我們之間現在的感情是怎樣，只是與愛無關，起碼不是我想要的。然而怎麼處理，我大腦裡依舊空白和迷惘，但我想，我肯定不會接受再一次的虛偽。

　　有些人、有些事，過去了就過去了，縱使不捨，還須灑脫的揮手道別。值得提醒的是：如果清醒的時候，你已經知道你們的緣分注定已經終結，就不要因為對方的一些小動作而胡思亂想，那個動作只是象徵一種慣性，而無法代表其他。

這該死的已婚男人

剛進社會，思想單純，特別是女生，我們可要睜開眼睛看清楚，懂得識別他人詭計，不要弄到被騙財騙色的地步。一架好琴是被彈奏出來的，而一架新琴無論其外觀有多麼華貴，經常不被人彈奏也不會是一架音色優美的好琴。同樣，一個優秀的男人也是一個女人打造出來的，無論是他的妻子還是女朋友，你不付出「打造」的努力，所以你永遠也不會享受到愛情的快樂和公平。你又憑什麼指望他放棄相濡以沫、一路走來的妻子而與你白頭到老？

每個女人都會愛上男人，但是最不幸地就是愛上了一個有妻子的男人。而往往已婚的男人更能吸引女人的心，或許已婚的男人看起來才更像男人，而不是男孩。

玲子，我從小玩到大的同學與朋友。與我同齡，今年也是她的本命年。

在學校，她很另類，一點沒有乖乖女的形象。逃學看 MTV、電影；上課打瞌睡、玩牌。男生不敢做的，她都敢。加上成績突出，老師同學反倒對她另眼相看。不少男女學生甚至拿她當偶像。

走出社會，玲子活潑幽默的個性吸引了不少男生，再加上她的那分自信、處事不驚的態度，令許多上司、同事對她讚賞有加。就這樣，玲子遇到了他，順理成章地吸引了這個已婚男人。他帥氣浪漫，對玲子百般體貼。玲子剛開始只把他當作好朋友看待。令玲子萬萬想不到的是，隨著日曆一天天更新，他的甜言蜜語已漸漸在她心裡生根發芽。漸漸地，玲子無法自拔地愛上了他。

　　玲子還是那麼不安於穩定的生活，為了錘鍊自己，她不斷換工作，但有一點是不變的，她心裡始終牽掛著他，到哪都會連繫他。為了將這分不該有的朦朧感情扼殺在搖籃中，玲子將每次的話題變成了如何幫助他與他的太太、女兒幸福生活。然而，他更另類，他就是要玲子，還信誓旦旦說非她不娶。玲子每次談及他的家庭時，都能敏銳地察覺到他臉上的痛苦與無奈。於是，玲子屈服了。但玲子始終對他們的婚姻保持著一絲希望，也就與他保持著距離，時不時提醒他要照顧好家人，多陪陪她們、關心她們，他每次都反對。令玲子不解的是，每次玲子與他在一起，他接聽太太的電話之前，一定要在嘴上「噓」一聲，以提示玲子不要出聲。電話中說的什麼內容，玲子聽不到，但有一句很刺耳——「就我一個人」，儘管玲子一陣陣心痛，還是盡量讓他開心。

　　玲子因他而打扮，因他而成熟，原本她就有幾分姿色，變得越來越氣質優雅。追求自己的男生成群，玲子總是視而不見，在玲子的心中只有他，玲子在等他的答案。一等就是三年過去了。跟他之間的感情也越來越深，因為工作的關係，他們分隔兩個城市，見面的機會越來越少，但他們始終保持連繫、互相問候，不時為對方打氣，共享生活與工作中的苦與甜。玲子感覺很滿足。在相處的時候，他多次告訴玲子，他深愛著她，向她提出想要她的要求，但玲子堅持，如果有緣相守，會在嫁給他的那天給他。在離別的期間，玲子聽到別的朋友說起喜歡他的女人不少，整天都被女人圍著，甚至她還見到朋友羅列出一群女人的名單，玲子也看過別的女人摟著他的照片。但玲子偏偏死心眼，執著地認為他是專一的，對她的感情是執著的，她堅信以上對其他女人的行為只是出於朋友的禮貌。玲子對她的朋友說：「不論怎樣，我相信他，也不想聽到他的壞話！」朋友好心提醒了幾次之後，便不說了。

　　同往常一樣，玲子與他再一次相聚，去機場接機後，他們開開心心地一起用餐，聊著親密的話語，他突然抓住玲子的手對她說：「我們有一間屬於自己的房子了。明天陪我去看裝潢用的地板、家具吧！新房子的每一寸地方都要用你喜歡的！」聽到這些話的那一刻，玲子的內心劇烈翻騰，像沸騰的開水不停地翻滾，她不知道是興奮過度，還是內疚居了上風，五味雜陳。很激動，很開心，也很滿足。她在心裡一再告訴自己：「我的選擇沒有錯！我也沒有後悔！」接下來的一週時間裡，他們看了許許多多的家具與地板，玲子挑選了自己喜歡的樣式，他認真的抄寫。他對玲子說現在手頭比較緊，為了他們的新房，為了他們的幸福。他會努力賺錢，一口氣將這一切買回來，再風風光光地迎娶她。玲子幸福得不知所措，只知道呆呆地盯著眼前這個男人拚命點頭，直到雙眼在幸福的淚水中模糊。她深信他會是自己一輩子唯一的人選，一生的託付。

　　日子在不知不覺中流逝，玲子拚命工作，沒日沒夜，腦子裡總是想著如何多賺加班費，如何多做一些事情讓老闆良心發現可以加薪。她需要錢，她比任何時候都需要錢，她要與她心愛的男人一起努力，共築愛巢。很快，玲子成了幾十間工廠的生產排單統籌，每天忙到凌晨才能喘一口氣。每天吃飯時偷偷打電話給他，便是玲子最大的精神安慰與動力。玲子省吃儉用，連衣服鞋子都不捨得買。有次她在自己看中的一件風衣專賣店外站了許久許久，玲子想了了很多次，那個款式、那個顏色穿在自己身上該是多麼的妖嬈嫵媚，她想他一定會喜歡。可價格嚇退了她，她忍住了，將存下來的錢又轉進了每月按時入款的帳號內。玲子告訴自己這一切她都會有的，他都會買給她。想到這裡，玲子嘴角總是掛著甜蜜的微笑，她覺得所吃的一切苦都是值得的。

　　玲子白天與讓她焦頭爛額的工作為伍，晚上與寂寞黑夜為群，每當夜

深人靜，寂寞來襲，玲子便一次又一次回味咀嚼那個男人的甜言密語，山盟海誓，轉眼又是四年，直到一天，玲子堅守了七年的這段地下戀情被他徹底摧毀。

「獻，你最近有沒有與玲子連繫？有沒有看到她，她還好嗎？她現在在哪裡啊？」

剛接到玲子父親的電話，伯父便在那端焦急地問個不停。

「是伯父啊，您先別急，有話慢慢說。她一直說工作忙，拚命上班加班賺錢，都沒休息，您可以打她手機呀。」我被問得摸不著頭腦，也覺得奇怪。玲子很小時母親便過世，父親就這麼個寶貝女兒，她也很懂事，每隔一天就會打一通電話給父親，這會是怎麼啦，我滿腦子的不解。

「她的手機如果打得通，我就不會找你了。我也是沒有辦法才從她的通訊錄裡找電話一個一個的打去問。唉！她今年可是本命年，不要出什麼事才好啊。」伯父在電話裡的長吁短嘆地令我心都糾成一團，感覺大事不妙。

「伯父，您不要急，先冷靜一下，我也是本命年，不會有事的。玲子多久沒連繫您了？」

「快三個月了！」

「啊！」我驚叫一聲，倒吸一口冷氣，馬上冷靜下來，繼續安慰伯父，「我上個月接到過一次她的電話，說是很累了要休息，我以為是工作太累，沒太留意。對了，還是用外地電話打來的呢！我還覺得奇怪，以為她去旅行了。她不願意說，我也沒有多問，她就掛電話了。我先向朋友打聽打聽，然後再告訴您消息好嗎？」

「也只能是這樣了，謝謝你哦。真是謝謝你，我還真不知道怎麼辦才好。」

玲子的手機居然已經停用了，我打電話去她公司詢問，據說是莫名其

妙地突然離職，大家都以為是家裡有急事回去了。問了許多她的死黨、她的同事，大家都說不清楚怎麼回事，她說累然後就人間蒸發了。我絞盡腦汁思索，查遍了她的通訊軟體、部落格，紛紛留言通知伯父在找她，要她趕快回電。在最後一刻，我想到了他，打通了他的電話。他居然說不知道發生什麼事了，也找不到玲子。我一頭霧水，想到最近那些綁架，那些女生被殺的亂七八糟事件就毛骨悚然，然後猛敲自己的頭，責怪自己怎麼可以這樣胡思亂想，玲子那麼可愛，那麼討人喜歡，一定不會的。會不會是那個該死的已婚男人對她做什麼了？

　　大半年過去了，我們一直在尋找她的下落，但卻杳無音信。明明知道沒有結果，玲子的父親還是隔陣子便打電話來詢問一些蛛絲馬跡，我一點頭緒都沒有，想著老人家的苦楚，每次都會放下手中的所有事，一次又一次安慰他，說玲子一定不會有事，我的直覺很準的。伯父聽了平靜地掛了電話。也許我這裡所謂的直覺與第六感，便成了他唯一的精神寄託。後來，我也接到那個已婚男人打來的電話，詢問玲子的下落。我諷刺他：「你都不知道了，鬼才會知道。」我想事情一定與他有著很大的關係，玲子就算良心被狗吃了，扔下年邁的父親不管，也不會放棄她賴以生存的精神食糧、生命的動力呀。

　　日子在我一邊忙碌，一邊祈求上天保佑玲子快快現身的祈禱中一天一天地過，然而玲子始終沒有出現。突然有一天，我的信箱裡躺著一封來自玲子的電子郵件。我用激動得有些發抖的手緊緊握著滑鼠點開郵件。眼睛直直地盯著電腦螢幕，果真是玲子寫的，內容很簡短。

　　「獻，請原諒消失了這麼長一段時間，請幫我問候我的父親。我已經走了，走到了一個很遠很遠，沒人可以找到我的地方。我的心已經死了，我不想拖累年邁的父親，我會靜靜地唸經來為他與我所有的朋友祈禱。玲子」

看著玲子平靜的話語，我的心劇烈的顫抖。迅速打給那個該死已婚男人。

「我只想問一句：玲子最後與你連繫，發生什麼事了？」

「沒有啊，沒什麼事啊。」

「你想要她死啊？還不說！」我帶著怒吼，幾乎快哭出聲來。

「我傳錯訊息給玲子，那些曖昧的話語，是給另一個女人的。」

「敗類，人渣。」我大吼兩聲，掛了他的電話。

玲子萬萬沒有想到自己苦苦掙扎七年，換來的居然是那該死已婚男人的無情欺騙，拚死拚命、沒日沒夜努力工作賺錢換來的，是那該死已婚男人與成群女人的風流快活。

不能因為已婚男人找了情人就斷定他不愛他的妻子了，根本不是。他更傾向於把和一個已婚男一起的女孩看作是隨便的女人，沒有他的糟糠之妻忠誠。他只是把外遇當作快樂的遊戲。千萬雷同的事例中，我僅以朋友玲子的故事告誡天下善良、美麗的女生們：

絕大多數已婚男人不可能和你結婚。他們不喜歡離婚，不喜歡生活發生變故，不喜歡他們的財產被別人瓜分。只要能忍受妻子，他會保持和妻子的婚姻。

不要給自己受傷的機會與藉口。什麼當我知道他已婚時，我已經愛他無法自拔了；什麼我喜歡優秀男人，好男人都被占了；我寧願和別的女人共享，也不願去找一個自己看不上的。這些都是鬼話。

沒有付出就不配擁有收穫，你不付出打造優秀男人的辛勞，你就不配坐享其成。冷靜一點，理智一點，你便可以少痛苦一點。記住：千萬千萬不要落入已婚男人的溫柔陷阱裡！

我親手毀了他一生的幸福

每個人一生中，都會做錯一些事，傷害一些人。我們應該對自己的行為負責，同時，被人傷害，也不要因別人的過錯，而賭氣做出讓自己後悔的事。

「告訴你一個好消息，我要結婚了！」走在我前面的勇突然轉過身來對我說。從他強顏歡笑的臉上我看到了嘴角的一絲抽搐。

「你？啊！怎麼會……不可能吧，是不是開玩笑的？」心裡一震的我，面對這個渴望已久的答案，卻開始語無論次。

「呵呵，是真的，我特地趕在你回家之前訂婚了，應該會趕在你回去時結婚。」勇看出我的不安，反倒得意地笑起來。

我回來轉眼也一年了。時不時想起這幅畫面，它也時不時闖入我的夢境，也許只有將它寫出來，才能徹底忘記……

勇是我從小到大的同學，讀書時代我幾乎對任何男生都沒感覺，包括他！學校畢業，工作一年後我回家過節，很意外地發現他跟弟弟不知什麼時候變熟了。我回家一個月，他居然也住在我家一個月。也是在這一個月裡，勇時不時逗我笑，時不時帶小吃給我，時不時地說說他做生意的事，還會時不時關心一下我的工作，有時還會傻傻地看著我笑……他對我好像有說不完的話，哪怕我只簡單說一個「嗯」字，他也會為我同意他的話而樂呵呵地笑上好一陣子。

發現勇喜歡上我，是在一次同學聚會上，其中有一個大家都覺得特別憨厚的男同學說要出去找份工作，我便以先出社會的身分跟他說了幾句關

心的小提示。沒想勇卻一個人衝進了弟弟的房間，弟弟要我去看看，我跟了進去，分明看到兩顆晶瑩剔透的眼淚在他眼眶裡轉來轉去，快流出來卻又被勇倔強地忍住了。我卻意外的感覺到心頭一絲得意閃過。第二天早上，我鬼使神差，破天荒地臨時決定回家。

　　長途車上，享有睡神之稱的我卻睡意全無，頭腦裡翻江倒海全是勇的笑臉，還有他最後留著我的那兩個值錢的、尚未落下的淚珠。剛下車，我迅速地打電話給他。電話通了，我只說了一句：「我喜歡你！」，很快便陷入了沉默，電話那頭的他只說了一個「嗯」。這讓我大失所望！不過，半小時後，他打了回來，告訴我他很愛我，開才是因為人多。不過，我卻沒有精神了，可能我都沒搞清楚到底什麼才叫喜歡？也許我當作是家家酒。就是因為這句簡單的話，唉……

　　接下來的第一年，勇每天打一通電話給我，一說就是一小時以上。他為電信公司也著實做出了不少貢獻。幾乎每次他都有說不完的話，扯東扯西，越說越開心。我也經常被他感染。他還經常去我家，幫我家人做那些他在家裡從來都不會碰的事，並且主動提出要為我戒菸。我開玩笑似的說：「喂，男子漢老待在家裡，是什麼意思呢？學點東西吧？」令我意想不到的是，一個星期後，他打電話告訴我，他在駕訓班上課了，方便以後做生意。我不清楚我當時是怎樣的心態？實在無法想像自己為何如此絕情？我不知道為何喜歡二字是出自我的口……他滿懷信心的為我一步一步的努力，而當他拿到駕照來見我時，我要他找個適合他的女生，好好疼她！勇是特地趕來找我的，並且已經來過幾次，我一而再，再而三的拒絕見面。後來，拗不過他與一些朋友的勸說，我和他約去吃飯，走在路上時，我特意與他保持距離，確切地說一年了，我們從來都沒有在一起過。勇停下來不走了，他突然伸手過來拉住了我的手。「在大馬路上不要這

樣！」我本能反應，縮了回來。他很尷尬地笑了笑，便把手也縮了回去。「對了，有東西是要帶給你看的，見到你就忘了，我回去拿！」說著，勇便往回跑，便發生了那驚心動魄的一幕，他被迎面開來的貨車撞個正著，車子把勇撞得很遠。我衝了上去，報了警，然後扶著他，我感覺勇很害怕，他的手伸向我，我抓住了。我看到他在顫抖，實在無法再抗拒他這樣一個小小要求。「我沒事，真的！不要怕，一點事都沒有！」勇說著笑了笑。後來我們還是去醫院待了一個晚上，我寸步不離地陪著他，還好他真的完全沒事。而這次的牽手也是我們做出的唯一像男女朋友的動作……

與勇分開後，我在電話裡告訴他，我們真的不可能，並且請他不要再來找我了，也不要在我身上浪費時間。勇說他會等我。就這樣，一晃三年過去了。N次不接他電話，N次不回他簡訊，N次關機，N次蠻不講理的告訴他我們絕不可能，N次讓他去找尋他自己的幸福……很多能用的方式我都用了，但都無濟於事，無奈的情況下向他撒謊了，我告訴勇自己與一個男生在一起了，並且喜歡上他了。勇最後給我的兩個字是：「祝福！」

去年回家，他與我單獨見面，便談了前面那些話，他告訴我他要結婚了，後來從其他同學、朋友口中得知，他過得並不幸福，三天兩頭就吵架。

坦白說，我心裡很沉重，儘管他不開心，但直到現在，他仍時不時送給我問候，時不時去幫我家人的忙。這樣的一個男人，我卻如此無情地傷害了他。是我，是我親手毀了他一生的幸福！為什麼無端端地我要對他說喜歡兩個字，擾亂他原本開心的生活？為什麼我沒事要把他平靜的心湖攪起漣漪？為什麼給了他希望又要親手摧毀？為什麼如此痴情的男人我卻硬要無情地傷害？為什麼從來不說謊的我卻偏偏對他說了天大的謊？太多的為什麼，我幫他問自己，也想自己問自己的內心，我無言以對，也無臉面

對……是什麼讓我著了魔？是什麼讓我看不清方向？是什麼讓我做出如此糊塗的決定？難道簡簡單單的「對不起」三個字就可以解決一切了嗎？不可以，我永遠也無法原諒自己！

勇，也許你永遠無法看到我流淚為你寫下的這篇文字，也許你已經在心底原諒我，也許你不覺得我是個壞女孩，也許……千言萬語，我只想以周星馳的話作為文章的結尾：如果上天再給我一次機會，我只想對你說一句話：來生，如果你願意的話，我一定會嫁給你！

年少無知，嚮往感情卻又不懂辨別，如果我們走錯了一步，發現自己錯了時，就應該及時踩煞車。關鍵是這個煞車要怎樣踩才不至於翻車呢？一樣的道理，不能過急、過猛。總結以下供參考：

4. 淡化，不關心對方，不理對方，慢慢讓你在對方心目中的形象淡化，這樣即使提出分手也對對方影響不大。

5. 說清楚，找對方出來，承認你的錯誤，表示因為感覺想結束這段感情而沒有其他原因。如果對方知道是因為第三者，對自尊會是一個很大的傷害，也會令對方未來再談戀愛留下陰影。

6. 一定要等對方有了另一半或正談戀愛，你們才可以再做朋友，不要中途心軟哦，到時又讓對方下定的決心死灰復燃，那就麻煩大咯！

發生摩擦了，你怎麼辦？

用他的優點掩蓋那些無傷大雅的缺點，用他的好抵抗他的不足，摩擦自然可以消化許多。

很多朋友都見證了我與男友從同事到朋友，再到相戀的過程，一直以來無論是親人，還是同事，甚至包括部落格裡很多的朋友都羨慕著我們一路走來的幸福。我們之間就沒有摩擦嗎？答案是肯定的：有，而且還很多！

就像大家所說，談戀愛的人會變得非常挑剔，原本是一件芝麻小事，我也會跟男友槓上，舉個例子：

「在公司不要牽手啦！」男友抽回他的手，壞壞地對我笑，就怕我吸了他的溫度，哼！

「哦，那好呀，我去看看，哪裡有手給我牽咯？」我見招拆招，開始激他。

「哦，去牽你『芙蓉哥哥』的手啦？」男友似笑非笑，不知是說笑呢，還是吃醋？

「什麼意思啊？」我有點不開心了。

「你不是芙蓉姐姐嗎？」男友明明知道我很討厭這個人，還故意拿出來激我。也不知道我哪點像她了？「你還不如芙蓉姐姐呢，你有她那麼好身材嗎？S 型的……」我聽不清楚他還在說些什麼，已經開始大步大步快速走了起來，只想快點走到聽不見的地方去。

明明知道我不喜歡她，為什麼還要一次一次的拿她來說？為什麼一定

要拿我跟她比？明明知道我不高興，為什麼還要這樣？當然，我明白男友是在開玩笑，可是，好笑嗎？這已經不是第一次了，非要氣得我說不出話來才好嗎？我不知道男友心裡到底是怎麼想的，每次的結果都是亙古不變的：不歡而散！

冷靜思考，男友絕對沒有惡意，也絕非存心讓我不開心，每次想到這裡，我就告訴自己不要言者無心，聽者有意，自尋煩惱了。想著便去做別的事分散注意力，也就不了了之了。可是，回過頭來想想，生活中，這樣的事比比皆是，屢見不鮮，隨便在哪個人的身上發生的次數也不止幾次吧？到底是什麼原因？

開玩笑可以，發表你的不滿可以，但我覺得要以對方能接受的方式和方法，才可以得到想要的效果啊！你也不想適得其反吧？每個人都有喜歡別人對自己說話的方式，一旦方式不對，就會產生誤解、懷疑，你認為沒必要的，大不了，不以為然的，在對方那裡卻是要命了。我就是這樣，很多別人在意的，我無所謂，但有很多別人無所謂的，我卻在意得要命。所以，自己忌諱的事情，我都有一一告知，他卻一而再，再而三的犯規，觸到我心底的紅線。

本來是小得不能再小的事情，我卻堂而皇之灌了一大堆的理由令自己生氣。

想到這裡，我真的發自內心地感謝男友，感謝他一直以來對我的包容。我們的出生環境與生活習慣全然不同，我們的工作內容與業餘興趣愛好也幾乎沒有一點相似之處，存在摩擦，也是事情發展的必然結果。

不可否認，在我眼中，男友是萬中選一的，他的冷靜、他的孝順、他的細心體貼、他的帥氣……他的很多、很多方面在其他女人，甚至男人眼中都是非常令人喜歡的。與男友剛在一起的時候，每個週末他一定會回

家，我覺得很不可思議，次數多了，就胡思亂想了：「莫非他還有一個女朋友？」因為沒有任何證據，我只能將怨氣悶在心裡，當他白天一通電話都不打給我時，我更是狐疑。便會因為很小的事拿他「開刀」。每次我無理取鬧，或是小題大作的時候，男友不論對錯都會對我說：「對不起，我錯了！」「是嗎？你終於開竅啦，知道錯啦？你覺得什麼地方做錯啦？」我沒好氣地取笑他。而男友的答案實在是令我汗顏，「你可不可以直接告訴我，我到底錯在哪裡呀，我還沒搞清楚呢？不過，我可以保證，你說出來，我一定改！」我要暈倒了！請問，如果你生氣時，你的另一半其實不知道自己錯在哪裡，只是因為你不開心，便低聲下氣向你認錯並申明會改正的時候，你還氣得起來嗎？不會！沒有人不會原諒那麼有誠意的道歉。而自尊心超強的我，硬是死鴨子嘴硬，打死都不說真正的原因。與男友交往一段時間後，他的爸媽帶著一大群親戚突然到訪，男友帶我出席他們的飯局，我才明白原來最近男友父親的身體一直不好，男友每個週末在家，是想盡孝，僅此而已。原來是我冤枉他了。

男友的孝順與責任心，實在令我的小心眼無地自容。如果有人問，是不是男友的孝順與責任心打動了我，我要說，這只是其次。我覺得與另一半相處要長久，最關鍵的是發生衝突時，另一半的處理態度。而男友便是我最欣賞的！

我可以為他做些什麼呢？

有時等待是一種最好的解決辦法。

網路上、新聞上、報紙上都是報導著大地震的最新情況。街上、宿舍、家裡、辦公室都談論著怎樣才可以幫助災民……就算我們不懂怎麼幫？也會有很多人教你怎麼去做，教你怎樣幫助災民重建家園。現在地震不僅僅是他們的事，也是政府的事、我們的事……

從知道地震的那一刻開始到現在，我心裡都像壓著一塊石頭，聽多一次報導，聽多一次談論，石頭便壓得更沉一些。本來壓抑的內心，因為聽到男友父親去世的消息，而變得更加不安，更加煩躁……也更深層體會失去親人、朋友的苦與痛。

我清楚地知道可以為受災戶捐錢捐物，盡自己的能力幫助他們。而對男友呢？此時此刻，他承受著何等的悲，何等的痛。擔心他與媽媽因為失去親人而累垮身體，擔心他們久久無法走出這個陰影……還記得一句話：當我們來到這世間時，所有人都在笑，只有我們在哭；當我們離開這人世時，所有人都在哭，只有我們在笑。逝者已矣，生者卻不知何時才能走得出來……

不想打電話給男友，因為我知道此時此刻他需要的是安靜，靜靜地回想父親的一切。發出的訊息一則又一則，卻得不到回音。也許此刻他根本不明白，無法體會我的心情。我拚命思索自己可以為他做些什麼呢？

我傳了訊息給他，跟他說我的電話會二十四小時開機，如果有什麼需要，或是想要我過去幫忙，陪媽媽聊天的話可以隨時通知我，我也同時告

訴他，我都在，都在陪著他，希望他不會太難過。他家人都喜歡靜，很靜，甚至他爸爸過世也沒有通知朋友，只告訴一些親戚而已。我想此時尊重他們的習慣，就是最大的安慰。

此刻無法做什麼，只想靜靜地等待，等待自己被需要的那一刻，等待一切回歸生活正軌的那一刻！

如果生活讓你等待時，你就去做別的事情，安心等待。強出頭，逆勢而行，只會帶來負面影響，於己於人都沒有好處。當然我們也不能傻等，你可以時不時告訴對方你在等，你在期望怎樣的結果，他需要你的時候，你會在。善解人意、討人喜歡也就是這個道理了。

放不下就拿起來吧！

　　如果不會傷害他人，怎樣做對你自己最有利便怎樣做吧。尊重內心的感受！

　　電視劇欣賞多了，總期望自己人生將會演繹童話般的故事。生活中遇到類似電視裡的場景或困難，我會想像能像女主角般深明大義，能體諒、理解、包容周圍的人，能讓他們開心、快樂！

　　事實上，面對現實，所有美好想法全被扔進垃圾桶了！以前某個上司曾經對我的評價：「我知道是你個有個性的女生，但我真的沒想到你這麼有個性！」一直以為自己是個斯文人，是個乖孩子呢！居然得到這頂不想要的高帽子。汗顏啦！

　　最近天氣老是陰沉沉地，夾雜著悶熱，穿多一件熱，穿少一件冷，令人左右為難而又不明就裡。而此時我的心情又何嘗不是一樣呢？異常的壓抑……

　　猜不透男友的真實想法，摸不到他內心深處最真的感受，我只是默默在為他而努力，盡自己的那分力。然後結局卻未能如我所願！一年多了，這種感覺我以為會隨著他家裡與工作的穩定而穩定，我以為我還能找到曾經的感覺，但似乎越來越力不從心了……

　　也許我太累了，也許我等得太久了，也許我害怕知道結局，也許我們之間已經不會再有曾經的感覺。曾經猶如過往雲煙，一切美好的回憶在一次又一次的心痛之後，慢慢變得模糊了，淡卻了。曾經的山盟海誓在現實生活的波濤摧殘之下，早已蕩然無存。是我累了嗎？還是我做錯了？也許

我選擇他的同時，就等於選擇了經歷這場感情的浩劫，一次又一次的逃脫，又一次一次地做最後的拚搏，為何不能瀟灑放手，為何你還要時冷時熱，讓我反反覆覆、一次又一次的慢慢咀嚼這揪心的痛？

朋友、親人們只看到我陽光的臉，只聽到那些積極的話語，然而卻有誰能真正傾聽我心底的訴說呢？誰能安慰跳動在我胸膛裡那顆傷痕累累、孤寂的心呢？也許有，我沒能察覺，也許沒有，因為我偽裝得太好！

我一直沒有做出最後的決定，因為一直在等待，在這陰沉天氣的背後，總會有豔陽高照的一天！

冷靜思量，似乎又意識到了自己的不足，突然之間理解了男友見到多人追我時的那副驚訝表情，聽到別人對我讚不絕口時複雜的心情。也許與人相處，與人交往就像工作一樣，每個人都欣賞著別人的陽光，羨慕著別人的快樂。而只有那個人或他身邊最親近的人才能了解、才能明白他切身的痛，心底深處的壓力。

以前男友一味的遷就與求和，並沒有換來我的珍惜與理解，還好良心發現，在他累了想離去時，才會轉身回頭抱緊他！放棄自己所有的原則與個性，並不能帶給對方快樂與幸福，只會令自己不倫不類而苦惱。

路還要走，生活還將繼續，嘗試過放下，但這一次我又沒能放下，放不下就拿起來吧！邊走邊學習，邊學習邊改進，一切都會好起來！我相信生活、相信人性，相信自己有能力改變生活。

該牽手，還是放手？

　　情侶之間小吵小鬧也是一道另類的美麗風景線，處理得好便能為雙方感情加分，處理得不好便是分手收場。

　　以前，因為不會過馬路，車來車往的十字路口讓我恐慌，經常是半天都走不過一個路口，又加上不認識路 —— 一直被叫做路痴，十字路口總是讓我迷茫。直到有一個人，他教會我過馬路。雖然我還是會慌張，但身邊多了一個人，便也有些安心，不再恐慌，也就這麼心安理得地接受這種安心的感覺。

　　人在成長的過程中，總是要經歷這樣那樣的事情。如今再望著車水馬龍的十字路口，心中不再恐慌，有的卻是惆悵。東、南、西、北四個方向，一轉身，我們就朝著各自不同的方向走，沿途欣賞著各自的風景，努力著自己的努力。一回頭，再也看不到出發的十字路口了，說好再見的，卻都明白，根本不可能再見了，有的只是物是人非。如今站在十字路口，望著匆匆趕路的人們，心想，這裡究竟上演過多少悲歡離合？左右看，看車，一定要看車！因為不再有人一把抓住我的手告訴我：「小心，看車。」

　　有的時候，該自己做的，一定要自己做，比如說認路，比如說過十字路口，比如說做出每一個人生十字路口的選擇。我不知道自己和你該牽手，還是放手？我又到了人生的十字路口，我知道這一步對於我來說十分關鍵，畢竟你是我真正愛過的第一個男人，也是我欣賞很久，認為可以託付終生的男人。但如今我又回到人生的十字路口面臨著選擇。

　　你的一句不動聽的話語，你的一個不經意的動作，現在都可以令我脆

弱的神經再次緊繃，想放棄；然而，你的無語、你的沉默，你的不理不睬又勾起我無限遐想，讓我內心深處隱隱作痛……我不知道是不是自己用情太深？我不知道放手後，是否會更加思念你的好而忘記你的不是？我不知道牽了手，是否以後的路會更難走，是否還是會走向無言的結局？

與你的一切在頭腦裡一幕幕放映：

春天總是一年四季裡最美好的一個季節。那天傍晚，牽著你的手走在小路上，呼吸著新鮮的空氣，緊閉著雙眼挽著你的手臂，跟著你的腳步，好像擁有了你就擁有了整個世界，我的手心傳來你的體溫，感覺從未有過的安全，我冰冷的心就是這樣的融化在有你的季節。我知道我的世界不能少了你的存在，就這樣我們走了一圈又一圈，真希望像這樣永無止境的走著。

春天景色在我的眼裡是那樣的美好，在春天裡，樹葉像是從被窩中鑽出來，堅韌的葉子讓人感覺到幸福，而我的心情隨著這樣的季節開放，你感嘆著萬事萬物的美好，為小草小樹發芽而開心，為燕子飛回來築巢而歡呼……那時，那刻，一切都是那麼的美好！

春天一過就是夏天，夏天總是熱得讓人難受，但夏天早晨的陽光是那樣的明媚，就是夏天快來臨的時候，你幫我換涼蓆，我的冰箱裡塞滿了你買來的各式各樣水果，我的心也像這冰箱一樣滿滿的，我覺得自己就像置身童話中的公主……然而，這樣的日子轉眼便到了盡頭！因為我選擇了你，小人的嫉妒與挑撥，對你工作的為難，你疲於應付，從早到晚，你開始了無窮無盡地抱怨……突然地，打擊就像夏日中午毒辣的太陽狂射在我身上，淚水已經淋溼我的臉龐，美麗的世界才剛有了你的色彩，卻一瞬間變得黯淡無光，這就是最後的結局嗎？

我多麼不甘於此，我努力試著多陪你說話、多鼓勵你，但你卻扔給我

一句:「如果你不知道就不要亂說!」這句話刺痛我的心,我的心在滴血,你可曾想過我的感受?慢慢地,我不願再重複那些鬥志昂揚、想幫你打氣卻沒有任何效果的話語。我沉默了,但我不願離你而去,總是靜靜地陪著你,此時你卻又多次抱怨我不理解你的感受,對你不理不睬⋯⋯說出這些話之前,你可不可以想想看,我幫你打氣多少次,說了多少次希望你一切好起來的話。我想不可能低於一百次!我告訴你多少次,這些事需要你拿出一個男人的氣魄來面對,來解決!人,一定要靠自己!然而你卻讓我無話可說了,我只是默默的以淚洗面,多少次早上起床,我都是用頭髮遮著兩隻紅腫的眼睛去上班。你明明也知道,但卻為何不見你應有的疼惜?

我站在我們感情的十字路口已經徘徊多時,但卻不知道何去何從,該牽手,還是放手?

人都有迷茫,都有不知所措,害怕跨出下一步會帶來天壤之別的結果,但我們又不得不邁出下一步。十字路口,最忌諱慌亂、無主見地向人請教。你可以停一停,靜一靜,等內心平靜之後,再冷靜清醒的邁出你那神聖又關鍵,決定未來的一步。

你的沉默讓我手足無措

往往我們失利、不開心時，都只注重自己的感受，而忽略了他人的關懷與疼愛。

轉換新工作地點，我與男友之間多了三小時的車程，也間接令我們半月不能見面。以前的抬頭不見低頭見，到現在的只能簡短地以電話連繫，反而讓我們之間的感情增進不少，我也開始漸漸適應這一切！

每天早上，因為我需要早起趕車，我都會在八點鐘的時候準時叫他起床。每天中午，由於我們的工作時間無常，他都會準時提醒我記得吃午飯。而晚上的時候，他會幫我在網上查一些資料，我們也會在網路上閒聊。睡前還會用電話小聊一下白天發生的事情。生活簡單平凡，但也真真切切。平凡中透露著幸福，我漸漸喜歡上這種樸實的感覺。它來得如此真切，如此強烈……

但昨天、今天他沉默了……因為是週末，我沒有像往常一樣叫他起床，讓我失去了最後一個找他的藉口。中午、晚上他也沒有像往常一樣叫我準時吃飯。他就這樣無聲無息地沉默了，他是不是出什麼事了？是不是家裡有什麼事情？是不是出門忘了帶手機？是不是……一大串的問號像小蝌蚪一樣在我的腦海裡游啊游。到底怎麼回事了？昨天與一個大客戶談定我的第一筆大單，在公司的所有業務員裡面，這應該又會是一次業績排名的洗牌，這的確是一件令人振奮、令人高興的事，我卻提不起精神來。在客人面前強打精神，硬撐著，出門坐上車，滿載心田的不是喜悅，而是失落。今天，我連續打了幾次他的電話，一點反應都沒有，到底怎麼了？

　　許久，許久，總之我感覺自己好像睡了幾天幾夜後，醒來看看手機，有未讀訊息，我眼前一亮，趕快打開，原來是同學傳來的，又是一種失落湧上心頭。一向有計畫、有目標的我，因為他的沉默，手足無措了！

　　慢慢我悟出了一些內心深處的感受，對我來說，他是第一個走入我生活的男生，以前每天的形影不離，時不時的關心，偶爾一次的逗嘴吵鬧，已經讓他在我的心裡生根發芽，他已經成了我生命中的一部分了。一直以獨立而感到自豪的我，現在不敢如此了，做事之前，或多或少，不經意間我都多了一層顧慮，我清楚的知道那是因為他的存在。

　　請不要再沉默了好嗎？請不要再讓我擔心了好嗎？請讓我知道你的一切都好，請讓我知道你的一切都順利，好嗎？

　　對我來說，沉默最讓我無奈。只要對方不說話，你就不知道他在想什麼，他遇到了什麼困難。甚至你想猜都無從猜起，你想幫忙也只能乾著急。換位思考：如果別人如此，我們沒辦法。但我們可以保證自己不要掉入這樣的陷阱裡，讓關心自己的人擔心，的確是最愚蠢的行為。

等待

當時的不可一世只是一時被愛神蒙蔽，當你清醒後會發現當初的想法是多麼幼稚可笑。等待的同時，可以繼續實現自己的理想，若待等候有了結果，全當是意外的收穫，這種意境也許另有一番滋味。

如果心愛的男人背叛我，不再愛我，甚至離我而去，也許我還不至於如此迷惘。如果心愛的男人主動提出放棄，他嚮往的未來生活畫面裡不再有我的身影，也許我還不至於如此不捨。如果心愛的男人一整週甚至一個月不連繫我、不理我，也許我會學會忘記……當所有的如果都不成立，就注定我會走上一條漫長等待，但又結果未卜的曲折感情路。

冥冥之中，我知道自己已經踏上了這條曲折的感情之路，也許未卜的前途更能滿足我的好奇，也許有著一定艱難險阻的生活方式更能激發我的鬥志。再怎麼計劃、再怎麼思考，我終究還是未能逃脫命運的算計。也許今生注定我的感情路不平凡。

我個性積極、激進，最厭惡與抗拒的便是等待，自己無法掌控結局的、沒有期限的等待！然而開始與男友的戀情後，我便身不由己陷入了無止盡的等待之中……等待、相思的苦，我品嘗了一次又一次，也一次又一次的嘗試躲避甚至逃脫。終究未能逃離的我，等待的結果便是三天兩頭不滿意男友的回覆，有事沒事鬧一場，大發雷霆過後是他無可奈何的認錯與懺悔，然而這並不是我想要的答案。

鬧過、哭過、悔過、痛過之後，生活還將繼續，我更多的是心平氣和地反思與檢討……不論自己承認與否，每次靜下來，我頭腦裡的每一幕、

每一個影子都是他的，至少都是與他有關的，也只有與他有關的事才能勾起我那許久未能興奮的神經。我知道未來的生活不可以沒有他，於是我決定：今生不能放開他的手！

這些時間以來，我一反常態，晚上也會因為想起曾經的幸福日子而心酸流淚，但卻不再吵鬧，我不想把最後一點感覺的餘溫都吵光了。我知道拯救我們感情的方法很多，但吵鬧肯定是最錯誤的方式，我得不到我想要的幸福，只會將他越吵越遠……

於是，我決定在我等待的期限內，把自己的精力投注到工作之中。

我會等你，不過只是為自己理想而奮鬥的順便。

「等我處理好家裡的事，我們就每天在一起！」男友一句簡單的話讓我等了一年多……

「等我們成功了就結婚！」這句等待比上一句更具挑戰性！更具分量！我不知道等來等去，到底要等多久？等到的到底會是什麼？什麼是成功呢？在男友眼中，名利、地位就是成功！他甚至幾次對我說要不惜一切代價。這所謂的代價是指犧牲我們之間的時間，還是感情，甚至是我呢？我不明白，他也沒辦法清楚定義！

等無所謂，但要一切值得等待！名利與地位雙收的男人，別人眼中的成功人士，這犧牲了許多換來的虛榮，也許讓許多女人羨慕不已、唯唯諾諾、期待已久……但我不是一個這樣的女人！我的要求很簡單，我喜歡平凡，我喜歡簡單，我喜歡一家人可以開開心心每天一起吃飯、一起看電視、一起茶餘飯後談天說地！現代社會到底是一個怎樣的社會，為什麼簡單的要求卻是如此難以實現？為什麼虛榮此時變得比一切都重要？為什麼會這樣呢？

　　為了別人眼中的成功、別人眼中的幸福，我們就甘心放棄眼前唾手可得的幸福，放棄眼前應該好好關心、疼愛的人，放棄眼前可以輕易讓自己興奮、開心的事嗎？這樣的代價是不是太大了？

　　為什麼就沒有人冷靜下來想想，你能憑什麼成功？什麼才叫成功？成功後，失去的還能回頭嗎？這輩子就真的為別人眼中的幸福與成功而生嗎？值得嗎？你真的願意嗎？

　　如果一切值得等待，我可以等！如果結局不是我想要的，我想離開，真的很想離開，走得遠遠的。遠離這所謂的成功，別人眼中的幸福生活！

內心的平靜

愛到痛了，痛到恨了便會無法呼吸。

睜開矇矓的雙眼，射進窗戶的一縷陽光告訴我，已經不早了，要起床了。打開手機，看到男友的訊息。可是，起床後我又能做些什麼呢？

人家說消極會傳染，那快樂可不可以傳染？這些日子，我總是想盡辦法麻痺自己……不要去多想，對男友說的那些話語充耳不聞。因為我知道，他只是想傾訴，並不需要建議。我總是認為，人什麼時候都只能靠自己！很想振作，很希望自己可以學習，可以拿起書本，很多時候男友的一句話，就可以讓我無力再支撐，在他意識裡的我感覺真的好壓抑，好想給自己一點空間……好想為自己呼吸，為自己而活！

我想你的時候，你不是煩於工作就是忙於生病；你念我的時候我不是已經睡覺，就是玩到不知道時間。每次見面不是不固定就是緊急集合。難道你每次都是臨時才會想起我嗎？每次都是匆匆忙忙的，本來的好心情也被這突如其來弄得沒有興致，這種約會方式絕不會讓我心馳神往，而是力不從心地疲於應付。要知道，燕窩營養，但吃多了還是會流鼻血，何況是這種不人道的約會方式？對我來說無異是一種摧殘。很想對你說我受夠了，可面對你少有的約會，我還是如約而去，但誰又知道我身體的、精神的雙重摧殘。

如果我們能在一起，我想火星撞地球也就指日可待了，好難啊！你說呢？

如果你同意我的觀點，請你離我遠點；如果不同意我的觀點，證明我們根本沒有共同語言，也不用再談下去了，還是請離我遠點。

明明知道努力的結果會是短暫快樂後一生的悲傷，為何還要如此執著？

離開你，並不代表已經忘了你；我只是想把你我之間的記憶珍藏。

每一個獨處的時刻，每一個夜深人靜，每一個夢醒，我的頭腦裡全都是你的身影。

我曾多次感嘆，世間竟然有這麼完美的男人，因你而感嘆！我要永遠將你珍藏，保留那分永遠的完美，不允許任何外界因素影響你的完美！永遠，永遠！

走近你，並不代表想重新得到你，我只是想再一次感覺你的完美。

你的每一個笑容，每一句話語，每一個動作，我的世界裡只有你一個。

我曾多次想要挽留，只有聽到你心跳的時刻，我才能一次一次感受激動。

相聚，不會讓任何的意外打擾我們在一起的時刻，每一分、每一妙。

然而，最終，我選擇的是內心的平靜！

曾經擁有就好

人生的低潮總需要一些朋友幫你一起度過。他們只不過是人生中選擇的一座橋，你走到對面去了，他們的作用已經完成，也便消失了。

曾經想為美好的回憶備案，於是開了部落格，沒想到居然因此結交了一大堆好朋友。大家一起開心、一起難過，一起罵那些混蛋，一起讚美那些善行。很無聊，無憂無慮，日子過得飛快，不知不覺間，我已經走出那段失去自我、撕心裂肺般疼痛的時刻。

當重新找回自己那刻，我停止寫部落格。大半年過去了，從未再回頭看網路上留下的任何足跡，也沒有再回頭去看那些曾經陪我走過一年的網友們的日記。但這幾天，好像突然憶起我曾去過的部落格地址，點進去，一股陌生、十分陌生的感覺油然而生，物是人非事事休。曾經的熟悉氣氛已經不在，曾經溫馨的身影已經了無蹤跡。一切的一切也許真的已經結束，一切都已經重新開始，那些過往的，那些曾經的，那些遠離的人或事，真的已經永遠、永遠不在了……

許多我們一度珍惜的，在不經意間便不復存在；許多我們曾經在乎的，一不小心便銷聲匿跡；許多許多堅持過許久的習慣，卻在自己的固執中，慢慢放下；許多許多所謂亙古不變的人生原則，卻在現實的生活磨礪下灰飛煙滅；許多許多曾經念念不忘的，一轉頭便慢慢淡忘，直至完全消逝……

為什麼會在不經意間便失去了我們曾經的珍貴？為什麼會在不經意間便有了如此大的改變？為什麼會在不經意間，好像失去了許多，許多……

　　不論失去與否，不論以前怎樣，以後的路我們還須繼續往前趕；不論傷心與否，不論是否還曾擁有，以後的生活依舊一路向前……

　　不知道是努力追回不經意間失去的才正確呢，還是放棄已經過去的才是明智？不知道是努力緬懷曾經的開心片段，企圖緊緊抓住幸福的尾巴不放才正確呢？還是瀟灑揮揮手，重新憧憬未來的美好日子才是明智？

　　誰可以做到放棄原本應該放棄的，抓緊原本不應該放手的？

　　誰可以做到真正的不為從前過與失而感傷，只會將來的美與好而開懷呢？

　　也許今日我也只能是空留一些文字，一些無力的感嘆，為自己曾經失去的……

　　沒有心酸，沒有留戀，沒有遺憾，曾經擁有就好！

還能是朋友嗎？

世事無絕對，情人之間有愛便難以成為朋友，當雙方都已經放下，沒有愛的蹤影了，便是最熟悉、最貼近的朋友。

「小時候，我以為長大了可以拯救整個世界。長大了，我才發覺原來整個世界也無法拯救我！」這句話道出了我此時此刻的最真實感受。在認識你之前，我相信自己可以帶給每一個我關心的人開心與快樂，我可以感染每一個人！現在我發現我錯了，你改變了我，讓我失去了自我。因為陷得太深，所以無法自拔。

別人眼中堅強的阿獻不過也只是一個小女人。因為心累？因為已經失去自信？還是因為生病？我一晚又一晚失眠，想徹底解決這個問題。但我知道根源在你！我知道我錯了，在你面前我沒辦法自我！可能是因為太愛了！

以前相處的日子，生病時自己去看醫院，多少次渴望你會在，然而沒有！我理解，你要照顧爸爸。在家的日子，我扁桃腺發炎了，每個聽到我聲音的朋友都嚇一跳，都會叫我吃藥。唯獨只有你，我告訴你情況，你卻說我吵到你睡覺了。然後又是關機一整天，我卻還因此跑去找你！我是傻了嗎？是因為愛而瘋狂了嗎？

回來後，好多次跟你說，我得了很嚴重的病，你一點反應都沒有。對此，我沒有太驚訝，心不在，怎麼會擔心？愛不在，怎麼會關懷？我不想多說了，但我的確是病得很嚴重，如果治療不及時，可能性命都難保。我累了！我需要一個可以關心、體貼的人照顧我……

　　幾個月前，我對你提起，我遇到了適合我、關心我、肯照顧我的人。我相信你已經知道答案，他是劉安飛。一直以來，我都在說你的好話，所以，他一直說祝福我們兩個。叫我有需要的時候隨時找他！我說要搬家，他叫我把東西放著，等他來！我說生病了，他每天三餐按時提醒我吃藥，還會買補品給我！我說我不開心了，他每晚花好幾個小時陪我閒聊、安慰我……請問，身為一個普通朋友，你可以做到嗎？他一直說，你是一個好人，他感覺自己在犯罪。但我現在的確開始依賴他了……

　　我現在很忙，身體越來越不好了，病也不是一時半刻可以治好的，可能會很嚴重……不想給你負擔與壓力，你好好整理你的思路，照顧好自己，照顧好媽媽。我一直在等，我想等到你走向輝煌才離開，但我身體撐不住了，並且如你所說，我沒辦法幫你！這三天內，我收到三個好朋友的簡訊說我再不開心的話，他們都要鄙視我了！這已經不是我劉文獻的作風了。既然都這樣了，我想我也應該離開了。可能很長的時間我都不會再連繫你了！

　　曾經我們幾經風波，幾經周折，在數次風風雨雨之後，終於在一起。然而，在諸多誤會與爭執之後，現在我們卻又在分手邊緣徘徊。

　　以前單身的時候，可以無拘無束的說笑、逛街、吃喝，甚至與好友一起玩到凌晨，而現在是什麼事都要報告；以前制定的計畫總是按部就班，生活簡單而充實，而現在太多事情要考慮，你給我太多對將來的不確定，以至於陷於徬徨，猶豫中苦苦掙扎。

　　我以為你可以一天到晚陪在我身邊，但你卻每週要回家陪父母，留下我一個人獨坐空房的嘆息；我以為你可以為我鞍前馬後，端茶送水，含在口裡怕化了，放在手裡怕掉了，但你每天談論的只是你的工作與父母，很少顧慮到我的存在；我以為你可以在我最需要的時候像王子一樣出現在我

面前，但你在我生病的時候，總是有很多理由，在我最需要你的時候，讓我自己去醫院；我以為你會在我不開心的時候，幫忙想辦法，但你總是一天到晚除了抱怨別人，就是批判我……

這樣的生活很累、很無助、很無可奈何。我好希望上面所寫，你可以做到一兩條，讓我知道你其實很在乎我，其實你想和我一起生活，其實我們的明天會更好……

N 次想到了分手，然而……

你對所有人的那分善良；你對父母親的孝順；你對惹你生氣、我曾抱怨過的人的仁慈態度；你每週堅持提著沉甸甸的牛奶轉好幾趟車回來，只為了幫我補充營養；你找遍 N 間商店只為買到我喜歡吃的水果；你平時的一顰一笑……

我可以肯定的說你是一個好人！但是未必適合我！我們徘徊在分手邊緣，卻不知何去何從？

也許某年某月某日，等一切都放下，我們還能是朋友，對嗎？

當一切已不在，我想我應該放手！感情這東西來去匆匆，只能隨它緣聚緣散。當我們的希望像肥皂泡一樣幻滅，我們是否應該留下一個瀟灑的背影？

當一切都將成為不可能，我們是否應該果斷的揮手告別？當我們由熟悉變為陌生，為了可以早日徹底擺脫痛苦，我們是否應該更堅決一些？

我不後悔與你相戀，與你走到今天這一步是我無法預料的，然而當一切都已經成為現實，我希望我們還能珍藏各自的那分美好回憶，還能微笑地迎接明天的幸福！

我把我的心情寫在我的部落格，許多網友見證了我與你一路走來的腳印，打氣的、祝賀的、同情的……但我知道大家都在關心著我們，關心著

我們的未來。但，我等來的不是修成正果的紅地毯，而是令人最痛苦的決定——放棄！你可知道，你是我不想放棄、不願放棄、不能放棄、不甘放棄、不忍放棄而又不得不放棄的放棄。

你是第一個真正走進我生活的男生，也是第一個讓我體會到戀愛幸福的男生，更是第一個能打動我的男生……然而這一切就如同童話故事裡的從前，我的心門為你敞開，但卻猶如一現的曇花，我很清楚地知道你已經離我遠去。也許就在你得到我的那一刻，也許就在我答應做你女友的那一刻，我的幸福便已經宣告結束！開始便是結束。

不捨、痛苦、挽留沒能換來再一次體會那曾經久違的幸福，有的只是更多的不解、更多的淚水、更多的傷痛。一次次痛定思痛後的再次挽留，會讓我們進入痛苦輪迴裡，就好像中了魔咒一樣，我無法跳脫出再一次苦痛的包圍。為了這刻骨銘心的初戀，我流盡了一生的眼淚，用盡了一世的感情，也犧牲了一個女生可以犧牲的一切，但我卻沒能留住這現實中我想要的！

感情的世界裡太容易迷失自我，曾自以為自制力很強、很獨立的自己，在一次又一次與你的較量中，慢慢迷失，直到完全失去自我，不能自已。因為你一個細微體貼的動作而激動好一陣子，卻又因為你一次不經意說錯話而痛哭流涕，要怎樣才能冷靜一些，要怎樣生活才會更開心呢？

因為太有時間，因為太有精力，換句話說，我把自己多數的時間與精力都關注在你身上。心情隨你的一舉一動而左右搖擺，一度做出失態的事、犯規的事，我本瘋狂，用在他處是執著、幹練，用在感情上卻成了極端、任性。

太多次的迷失，調整，到再次迷失，一次次找原因、一次次逃避之後，我依舊還是那個我。因為畢竟我還沒能走出你的圈子，始終生活在你

的影子裡，你的愛戀與關懷裡。因為工作的枯燥與不穩定，因為家庭的種種限制，因為你個性的冷靜與內向，因為太多太多的原因……你始終是你，始終是另一個個體，我們已經走到最近距離，而我總是想再一步跨越，我總是想成為你的唯一，成為你的中心……然而又苦於太多世俗困難，責任與道德的限制，我根本不可能跨越，根本就不可能……

　　一直以來我都在思考，所有幸福的畫面都是由你的身影而組成，生活是否還有其他樂趣存在呢？在感情上，我過猶不及的苦果已經品嘗了一次又一次。痛過、哭過、鬧過，悔過之後，我又進入了下一輪的循環。

　　要怎樣，要何時才能擺脫這具深深套住我的枷鎖呢？何時才能真正釋懷？當一切已不在，我想我應該放手！往往我們緊緊抓住不放的，並不是真愛，而是回憶。每一次我們受傷，便會憑藉那些回憶來療傷。一次痛了，我們可以頂住，二次痛了你就得思考了，三次痛了，請別再猶豫了，多想想這樣的傷痛值得嗎？如果你的另一半已經不再愛惜你，不再在乎你的疼痛，那你又何苦為他一痛再痛呢？即使痛，也請你遠離他，至少你不會因為他的漠視再一次在傷口撒鹽。

失戀

人家說第一次談戀愛很容易失敗，失戀也是人生的一種經歷。

「餓死了，開飯吧？」朋友執意親自下廚，以顯身手。好不容易，只差沒把我餓到胃穿孔，一切終於搞定了，一通電話打來她又出去了。（沒辦法，她住的地方是山頂洞中，網路的爪牙還未伸到這裡，完全沒訊號，接個電話還得從四樓爬到九樓屋頂，要多幾個人同時接電話，別人還以為是玩集體自殺。）

我忍著等了半小時，餓得連睜眼睛的力氣都沒了，高呼朋友一聲居然沒反應。我便深吸了一大口氧氣爬上樓頂卻見到她正在嚎啕大哭，眼睛都成水蜜桃了，還哭得那麼賣力！轉身拿了包衛生紙給她，「再給你哭十分鐘，你可別玩空中飛人呀，摔到地上很痛的，還會毀容。我可要開動吃那隻燒雞了哦？」

「我很快就好，你先吃，別吃光了哦！」

「哦！」我一邊點頭，一邊在心裡驚嘆，哭成這樣還惦記著那隻燒雞，難不成她是洪七公轉世嗎？

過了一會，我吃完去看她有沒有哭到缺氧暈過去，但她見到我，我還來不及出聲，她便往自己客廳衝。我跟著回來，她正在一邊抽泣，一邊大口大口吃著燒雞。我很欣賞這種不管怎樣都要吃飽的英雄氣概。剛吃完，電話又響起，還是她那該死的小男友，她又帶著哭腔接了電話，留下一片杯盤狼籍給我收。「說分手遺言還有下課十分鐘讓你吃飯的嗎？」我有點

驚訝，不過也放下心來。既然那個男生的魅力連隻燒雞也敵不過，我想她會很快好起來的！

身為朋友，她失戀了，你應該如何安慰呢？

1. 你可以對她講述別人失戀的故事，此時她認為自己是全世界最慘的人，你要告訴她比她慘的人很多，她的失戀其實根本不算什麼，以求達到她的心理平衡。

2. 在身邊默默的關心她，她需要一段時間自我安慰和適應，並需要時間思考。當她想要聊這件事時，順應話題安慰她，千萬別自以為是地主動提起和安慰。身為朋友，首先你要覺得失戀沒什麼了不起和惋惜的，多帶她出去玩，該怎麼樣就怎麼樣，如果太謹慎怕再次傷害她，可能會適得其反。

3. 安慰的話語：如此差勁的男人，有什麼好失望和痛苦？你就把他當作被狗咬了一口，想這種事等於看不起自己，振作起來吧，好男人多的是。你不開心還不是那個無賴最希望看到的。

4. 可以引導她分散精力到運動、寫作、閱讀、學習或工作上。

最後，還應注意兩點：

1. 若失戀是因為誤會引起的，就應該積極消除誤會。如果是對方誤會你，你不要急躁，等到平靜後，自己或求助對方信得過的至親好友，向對方說明全部實情。如果是你誤會了對方，則應該平靜、耐心地傾聽對方的解釋，真相大白後應向對方表示歉意。並且在今後善於冷靜地處理問題，不至於再造成新的誤會。

2. 若失戀是由於戀人之間發生口角、賭氣偏激造成的，則事後要破除
   「面子」觀念，主動接近對方，勇於承認錯誤。對方不僅不會因此而
   小看你，還會從中看到你的真誠和寬厚，並做出相應的行動來，這樣
   矛盾就會迎刃而解。

他男友向她提出了分手

珍惜擁有，欣賞擁有是一種幸福的人生。

忙亂中聽到電話響，接通電話便聽到一陣哭聲。我慌了，看了看號碼，想確認是不是春打過來的。此時，春說話了，她哭著告訴我，她跟男友這次真的分手了⋯⋯

我靜靜地聽她說完，回想春以前剛跟男友在一起的時候，她男友對她可謂是千依百順，言聽計從了。人也不錯，但春總是當著眾人面說他這也不好，那也不行。與男友在一起，春總有低就的感覺，在她眼中，她所看到的男友全身都是缺點。我總是對春說：「水至清則無魚，人至察則無徒。對待自己親密的人，如果無傷大雅，大可戴著老花眼鏡去看他的缺點。如果非得用放大鏡去吹毛求疵，痛苦的無非是你們兩個。」春聽是聽了，但還整天數落男友。這次男友忍無可忍提了分手，並忠告她每個人都有缺點，而她自己也有，還列舉好幾點。春聽了更是氣得不可開交。這個結局早在我意料之中，只是身為一個外人，我也無能為力。

春傷心、氣憤之餘，總是羨慕我擁有一個「完美」的澄。我無話可說。金無足赤，人無完人。在我印象中，澄的每一點都好，我總是欣賞和享受著他的每一個優點，而其他，我並不會留時間給自己去斤斤計較。在我心裡，他的一個優點所散發出來的光芒，便可遮蓋他所有的缺點，我曾見過這樣一句話：對有雄才大略的人，不要計較其短處；對有高尚道德的人，不要刻意挑剔其小毛病。而澄便屬於後者。

　　珍惜身邊的人，欣賞他的每一個優點，每一次取得的成績。發現缺點，如果不是特別嚴重，不妨戴上老花眼鏡去看。有時太完美反而讓人不敢接近，有時小小缺點更顯可愛。道理很簡單，但不是每一個人都能明白，也不是每一個人都能做到。但有一點是肯定的，做到的人肯定會幸福。

學會忘記一個人

失戀時可以多讀幾次本文。

相愛容易，相守太難，既然各自轉身，漸行漸遠，又何必頻頻回首，念念不忘，讓自己心碎。

努力遺忘愛情，很難。那麼多年後，偶然遇見或提及此人，只是欣然一笑，心中起過一陣漣漪。

刻意的遺忘就是不忘，因為在意自己是否還記得，就會提醒自己要忘記，其實恰恰相反。每一次提醒，都是讓自己更深層的記得，因此，不需要努力去忘記那個你根本不想忘記的人。

如果忘不了，就把他以及這分感情深深埋藏在自己的心底，藏在城煙都無法企及的地方。那是心中一個美麗的地方。

時間是最好的良藥，隨著時間推移，一切都不再如最初那麼刻骨銘心。調整好心態，生命短暫，青春有限，你不會有太多的時間去等待、去追憶、去痛苦，平常心面對一切，你將會有更多的精力面對未來！

學會忘記一個人是每個人都必修的功課，如果不忘，思念便像妖精對唐僧肉一樣念念不忘，處心積慮地等待一個重來的機會。

我們可以想辦法讓自己不再愛他，或者盡量不去接觸、回憶那些場景，不做以前你們常做的事，經常跟朋友一起去玩、瘋、鬧，也可以出去旅行。或許下一個才是生命中的真愛。愛無處不在，只要你不去懷念，分手就會是新的開始！！

時間可以幫你忘記，然而忘記的過程卻很痛苦，不如把他（她）想成

是默劇中的小丑卓別林，螢幕上層出不窮的噱頭，滑稽的表演，和他獨創的頭戴破禮帽，腳穿大皮鞋，手拿細手杖，邁著鴨子步的流浪漢夏爾洛（Charlot）的形象。又或者是《百變金剛》中的周星馳，人已經不復存在，但會變成牙膏、馬桶等各式各樣的東西，用那些搞怪的動作、誇張的表情取代那個他的一切，讓他慢慢淡化、模糊。而不是匆忙找一個劣質的代替品，陷入下一輪迴的劫數之中無法自拔。

如果你還痛苦，那麼試著想想單身的快樂：

單身的你每晚可以在偌大的床上翻滾，隨便睡，不用再擔心有人占據了床的另一側，讓你坐臥不寧；

單身的你可以在經濟允許的情況下每天睡到自然醒，再也不用擔心被他稱作懶婆娘了。

單身的你可以任意選擇工作，進自己喜歡的公司，從事自己喜歡的行業，去喜歡的地方工作，再也不用夫唱婦隨，成就他的事業。卻不知是否在苦心栽培一個陳世美呢，到時想告狀也沒有包青天。

單身的你可以與朋友們成群結隊，浩浩蕩蕩出去玩，鍛鍊身體，再也不用向人報告行蹤，看人臉色行事。

單身的你可以想做飯就做飯，想叫速食就叫速食，至少每頓都可以吃自己喜歡的飯菜，再也不用遷就他的胃與喜好了。

單身的你可以每天想幹嘛就幹嘛，不用為了他那句「你好像越來越胖了」而拚命節食鍛鍊。

單身的你可以想到親人就回家，吃吃爸媽準備的美食，增進親人之間的感情，不用把所有時間都花在他身上。

單身的你可以自由安排時間，再也不用每個週末陪他父母吃飯，受盡束縛，還要裝個很開心的乖乖女了。

第三章
傷痕的色彩

……

單身其實也很不錯，單身多了自由、空間、友情、親情，最重要的是，單身多了自我風采！

最後，我想再總結一下如何忘記一個不應該記得的人：

1. 不要刻意遺忘，刻意只會讓自己記得更牢。
2. 盡量使自己忙碌，讓生活變得充實，讓自己沒空想念。
3. 擴大自己的交友圈，盡量與更多人接觸，說不定裡面就有你的真命天子。
4. 在不得不與他接觸的時候，以一顆平常心，就當他是個普通的朋友。
5. 盡量發掘自己的愛好，做一些自己喜歡的事情，以造成移情的作用。
6. 每天給自己一個燦爛的笑容，告訴自己「Tomorrow is another day.」，相信未來的某一天你會發現，再想起他的時候，你的心不再疼痛，原來不知不覺間，他已變成「那個人」。

善待自己，放心吧，那個人一定會在你念念不忘的時刻慢慢淡忘。

保重，以後無須再見

　　真正的友誼是一點一滴累積起來的，它彌足珍貴。它可以使人的生活更加充實和諧，使人不再感到孤獨，使人生變得有意義、有價值。所以達爾文（Darwin）說：「談到名聲、榮譽、快樂、財富這些東西，如果和友情相比，它們都是塵土。」失去友誼的人將失去理解與關懷，有了苦悶無人傾訴，有了成功無人分享，終日生活在孤獨與寂寞之中，形單影隻，豈不可憐與可悲？中國有句諺語：「路遙知馬力，日久見人心。」真正的友誼是經過無數次考驗之後仍然常青的。

　　諺語說：「信任一位虛偽的朋友，便是增加一個敵對的證人。」與人交往不能被表面所迷惑，否則你就如同在上演新編〈農夫與蛇〉的續集。先跟大家分享一段我的經歷：

　　「嗨，我叫阿獻，很高興認識你，請你喝一杯珍珠奶茶！」

　　「呵呵，你好！我叫阿春。」接過我的奶茶，春有些扭捏地在我身旁小心坐下。臉紅通通地。

　　「我們以後就在同一個部門了，這是我的第一份工作，一定要幫助我噢！呵呵……」

　　「嗯。聽阿藝說我們是同一個部門。」

　　「阿藝是哪位？」

　　「我們的那位老大啊！」

　　「面試我、帥帥的那位嗎？好像還有一個雙胞胎弟弟還是哥哥呢，反正也在這間公司的，對吧？我那時剛面試完，站起來一轉身，又看到一

個，嚇我一跳，回頭一看阿藝還在，還好還好，呵呵！」

「哈哈，你真有趣，那個是阿勇，他是做品管的，阿藝的弟弟。還有啊，阿藝只考了你英語，忘記考你電腦了，我問他為什麼錄取你，他說因為你長得很漂亮。」很快地，春沒那麼拘束了，跟我有說有笑起來。

她皮膚白淨，一件淡粉紅色高領無袖衫，那張嬰兒似的臉十分可愛，讓人忍不住想親一口。

「我高中畢業就出來工作，今年二十一歲，特別討厭學校生活，正在自學，你呢？」

「我十八歲，國中畢業就工作了，告訴你一個祕密。」春把臉湊過我耳邊，悄悄說，「我的高中畢業證書是假的，不用多少錢就可以辦一張。嘿嘿……」

「啊？原來這樣，你真厲害。」第一次見面就告訴我這些話，我開始喜歡上她的單純與可愛，馬上把她加進朋友清單。

我們的確是同個戰壕裡的戰友，春負責公司內部連繫的企業資源規劃系統，我負責國外客戶連繫的全英文版電子資料交換系統，另外還有一個叫阿彩的同事也在同一部門，負責外發加工。半個月下來，我很快學會怎麼操作整套系統，遊刃有餘的時候，我也時不時幫忙春和彩。

四個月後，彩終於被那些外發數據打敗了，加過幾次班後，嬌生慣養的大小姐辭職了，她的工作只好移交給我。從此部門只有我與春兩個人，我們有說有笑，工作很開心。我天生好動兼好奇，反應靈活，雖然肩上有兩人份的工作，但每天依舊輕輕鬆鬆。忙完自己的，還會替春分擔一部分。感激之餘，春總是叫我一聲「姐」，我心裡就高興得不得了。不久，春想搬過來和我一起住，我一口答應，這下好了，我們可以白天、晚上都黏在一起了。

　　早上，鬧鐘響起，離上班還有十五分鐘，我們默契的睜開眼睛、穿衣、刷牙、洗臉，然後衝出宿舍，拿著早餐邊吃邊跑向公司。看到每次都打倒數幾秒的卡，春會格格的笑個不停，像中了六合彩。

　　晚上下班，一起吃過飯便趕去水果市場精挑細選，然後，帶著這些零食，迅速跑到附近的 MTV 電影館。不知不覺，我們用每晚三集的速度看完《隋唐英雄傳》80 集，也徹底消滅了那些零食。

　　旺季突擊結束時，阿藝會請我們喝酒，一杯下肚，春已滿臉通紅。我擔心她會喝醉難受，每次有酒遞上來，都毫不猶豫地替她攔下。

　　春全家人都在同一座城市，週末放假，她回家也會帶我一起，時間一長，我竟然也成了她家裡的一員。春的哥哥、姐姐、爸爸、媽媽過生日，我都不會忘記帶一個大蛋糕表達祝賀。

　　雖然平常討厭學校，不太愛上課，但考前臨時抱佛腳的習慣卻延續下來。每每臨近考試最後一週，春也不看影片了，乖乖陪我待在宿舍，抄寫那些陌生單字讓我查閱和記誦。考完以後，春也會等在考場外迎接我，問我考試的情況。考試能夠順利通過，春有一半功勞。

　　轉眼就是一年。年底，公布內部會議以後，決定「精兵簡政」，春跟我一起被叫進阿藝的辦公室。

　　「公司有一個決定，系統只能由一個同事全權負責，阿春你和阿獻交接一下，交接完後，我們會安排其他工作。」

　　「哦，知道了。」春乖乖答應。

　　「其他安排是什麼，能說來聽聽嗎？」我心裡滑過一絲陰影，為春的命運擔心。

　　「這是公司內部的事，到時候自有安排。」阿藝說得有些心虛，畢竟，他一直很欣賞我們。

221

「嗯。那好。春，你先出去，我跟阿藝有些話說。」有些話，我不想當著春的面說。

「阿藝，坦白說吧，公司是不是要炒了阿春？」

「你怎麼這麼想？」

「誰的意思？」

「梅廠長。」

「為什麼？」

「他說我的部門只能留一個，我當然留下你，再說你完全可以勝任這些工作。你不要把這些告訴阿春，免得交接工作的時候出錯。知道嗎？」

走出會議室，春歪著頭問我跟阿藝說了什麼，居然連她也不能聽。我笑著摸她的頭說沒什麼，心裡卻翻江倒海，五味雜陳。

接下來幾天，阿春還是和從前一樣開心，認認真真地跟我交接工作，全然不知未知的命運和渺茫的前途，而我卻想方設法躲著她，害怕讓她看穿我的心事。

「春，你有沒有想過離開這間公司後做什麼？」晚上，躺在床上問她。

「啊？做得好好的，為什麼要離開啊？除非你陪我一起走，我就走。呵呵……」春又調皮地鑽進我的被窩，打算抱得美人歸，跟我一起睡。

「嗯，好，那我陪你一起走，留在公司沒什麼前途……明天我們就辭職吧，對了，你也去學一些其他的東西，對以後有好處的。」我終於下定決心，故意岔開話題，不想引起她的注意。

「呵呵，好啊，想過很多呢。」

第二天，我走進梅廠長的辦公室，扔給她兩份離職單。

「你這是？」梅廠長滿臉疑惑。

「上面已經決定解僱阿春了，對吧？我決定陪她一起走，不想待在

這麼沒人情味的公司。說炒人就炒人，也不讓人有個心理準備，還要偷偷摸摸的，這算哪門子的事？」走意已決，我越想越氣，便也不顧三七二十一，狠狠一巴掌拍在梅廠長的桌子上。

「這小女孩，做事怎麼這麼衝動？你現在做得好好的，公司也有意栽培你，你居然用這種態度跟我說話？」梅廠長按捺著自己的情緒，但無法掩飾內心壓抑的無名怒火。

「夠了，這樣的公司我不想再多待一天，我要出去了，您看著辦！」說完，我奪門而出。

後來，辭職批准了，我和春都得離開了。儘管我極力掩飾，春還是知道了她被公司解僱的事，而我是因為她而離開。她比我想像之中的更自卑、更無助。我一邊留在公司交接工作，一邊幫阿春寫履歷，設計面試對白，電話追蹤她找工作的情況。春換了幾份工作，最後春終於找到了一份還算過得去的工作，而我卻被調到了總公司電腦部，也算離開了我和春共同努力過、開心過的那間公司。

在總公司上班後，我努力熟悉工作內容，有空也會去看看春，給她打氣。

「我以為分開後，你就不會再來找我了。」春有些激動地對我說。

「怎麼會呢，鬼丫頭，我可是比男生追女生還猛地跑來看你哦，這少少的薪水全都貢獻給公車了，哈哈……」我戳了戳她粉嫩嫩的臉蛋。

「姐姐，你對我真好！」

「那當然，我是姐姐嘛。」

在總公司三個月後，我完全熟悉了整套電子資料交換系統和企業資源規劃系統的流程，公司決定應徵一名助手給我，我極力推薦阿春。一向對我言聽計從的電腦部經理 Eden 把我叫到會議室。

「獻，那個春真有你說的那麼好嗎？你覺得給多少薪水比較適合呢？」
Eden 問我。

「跟我一樣吧，大家能力都差不多。」

「但分公司回饋的消息說，梅廠長準備辭退她，而你是意氣用事陪她
一起走，不過，如果你覺得適合，我相信也支持你！」

「謝謝，Eden。我相信她會比在分公司做得更好。」我重重地說了一
聲謝謝，也在心裡告訴自己絕不可以讓他失望。

春在我的安排下被調到了電腦部，我根據她對生產比系統熟悉的特
點，把她安排到成品組跟進出貨。另一方面，成品組的人都還不錯，不如
總公司裡成天爾虞我詐的，我怕她的單純不堪一擊，以免讓她自尊和積極
性再度受挫。

週末在春家裡慶祝完我們又重聚一起後，我們躺在床上聊天。「喂，
春，跟你說個得意的事，我在做電子資料交換系統培訓時，認識了一個分
廠主管。我叫他強哥，好帥哦，哈哈……」說著，我故意吞了口水。

「哈哈，花痴姐姐。那他對你有意思嗎？」春翻起身，用雙手撐著下
巴想聽我繼續說。

「哈哈，我也搞不清狀況，只是我們很聊得來，很投機。嘿嘿，十五
天到了，昨天他回去了。回去時，他還點了一首歌給我聽呢。你說他有沒
有其他的意思？」我說得春心蕩漾。

「有啊，當然有，嘿嘿，下次他如果再過來，我要看看，一定要給我
看看哦。」

「死丫頭，你比我還花痴啊！不過，有機會再見的話，我會帶你一起
的，放心啦。就算有機會交往也不會忘了這個拖油瓶的。哈哈……」我在
她屁屁上狠狠拍了一下。

「唉喲，唉喲⋯⋯還有這樣的。」春格格的笑。

不到一月，我與強哥再次重逢。當然，我也並未食言。藉口參觀成品組，特地帶著強哥給春瞄一眼。回到宿舍，我們連看電視的興趣也沒有了，趴在床上討論強哥的舉手投足和談笑風生。後來我才知道，春與強哥工作上也有接觸，甚至比我還多。慢慢地，變成我從春那裡打聽強哥的消息。忘記從什麼時候開始，強哥用郵件、訊息、電話頻繁地找藉口找我。而春也開始不斷報導強哥的負面新聞，讓我無所適從。

「春，強哥要回來了，他說回來第一眼想看到的就是我，要我去機場接他。喂喂，有沒有在聽啊？」我感覺電話那端似乎沒了以前的熱烈擁護與支持，氣氛相當怪異。

「哦，那你去吧。」春冷冷的回答我，讓我感覺冬天似乎提前來臨。

「明天我請假，總排單已經做好，我剛發現你的那份漏了一些，已經幫你改好，寄到你的信箱了。乖乖等我回來，我會帶好吃的給你。」

「哦，知道了。」春依舊冷冰冰的。

「你還好吧？我只出去一天，不會有事的。細心一點，知道嗎？」春的馬虎和滿不在乎可千萬別出什麼事。

第二天一大早，我打開 Email，果不其然出事了。一封封投訴的郵件飛來飛去，看得我眼花撩亂。海外客居然少出了七件貨，如果要用飛機出貨的話，費用很高，而客戶也未必接受。春在郵件中回覆，完全是按照我的排單出貨。我打開自己傳給她的排單 Email，明明有那七件貨，郵件中也寫著春漏掉了一些，我已經幫她改正，請以我提供的排單為準。記得當時我還有打電話通知她，這到底是怎麼了？我丈二金剛摸不著頭腦，一下子傻眼了，馬上打電話給春。

「春，那七件貨是怎麼回事？」我急切地問。

「我怎麼知道？我是按照你的排單出貨的呀！」一副事不關己高高掛起的樣子，春的回答讓我心寒。

「那麻煩你打開前晚 10 點 13 分的郵件，我還打過電話提醒你的，你到底怎麼啦？」我真有些痛心疾首的，鼻子還有些酸，不為那些貨，只因為她的冷漠與推卸責任。

「什麼電話啊？我不記得了。」春再次一語驚人，讓我完全說不出話。

「那郵件呢？」

「等等，我看過後再回你電話。」說完她掛我電話。這也是認識春以來第一次掛我電話，第一次如此不尊重我，聽著電話那端嘟嘟聲，我的心涼透了。

過了一會，電話響起。

「喂，姐姐，是我啊。」

「怎麼？」

「我看到郵件了，對不起，我一時糊塗按照自己的排單出貨了，你說怎麼辦呀？現在闖大禍了，我又得走人了。」說著說著，春在電話那頭像個孩子一樣哭了起來。

「你先冷靜，我想想辦法。別急，不會有事的。」我安慰她。

幸虧我和這個客戶有些交情，我直接打電話跟客戶談定這次飛機貨客戶支付運費。然後在郵件中回覆表示，是我一時疏忽大意，排漏七件貨，不過事情已經跟客戶協商解決。之後，此事不了了之，而這件事情讓我與春之間變得有些陌生了。

我隱約聽電腦部的同事說，春整天活在我的光環下，一直沒辦法得到別人的讚賞，特別是強哥的欣賞，所以才有些那樣的情緒。在總公司待了一年多，又過了一個旺季，我沒有和春商量，自行辭職離開了總公司，去

了一個風景秀麗、有山有水的地方。當然和強哥之間也不了了之。也許大家不在同一個舞台，沒有利益衝突，我們還能像從前一樣。

「喂，獻，你和強哥是不是沒有聯絡了？他一直在問你的情況。」扶著海邊的欄杆，吹著夾雜著潮溼空氣的風，春又提起了往事。

「呵呵，比起那些捉摸不定的東西，我更在乎友情。那些已經過去，不要說人家了，我約的人是你，不是他哦！」我深深吸了一口氣，故作輕鬆狀，有意暗示著她。

「嗯。好。呵呵，那我們玩我們的，姐姐，我想打赤腳去海裡玩哦。」

「去吧，我幫你照幾張照片，等會我就下去一起玩。嘿嘿……」

我們水中嬉戲、打鬧，在公園綠樹中穿梭拍照留念，在天后宮媽祖前許願，算命占卜，一起爬山，海邊挖螃蟹，吃海鮮，彷彿又回到從前。

半年後，我二十四歲，春二十一歲，我們幾乎同時交往，男友是新公司的同事。她的那位是電腦部的同事，當然我也認識。

「嗨，你怎麼會跟你男友在一起的？」晚上坐在陽臺，和春講電話。

「他送玫瑰花給我，問小春春可不可以跟他在一起，我覺得好得意，原本就對他有好感，後來就同意了。」

「哈哈，兩情相悅，太棒了，恭喜恭喜，好好把握哦，抓緊了，別讓煮熟的鴨子飛了。」

「暈倒，哪有這樣說話的哦，你那位呢，很帥吧？」

「嗯，帥。不過，還不夠帥，去整整形就好。擺家裡當花瓶欣賞，都不用裝飾了。哈哈！」

「他對你好嗎？」

「啞巴談戀愛——好得沒話說。他是寫程式的，很少出聲，但對我還

不錯，誰叫我話多了，他話少一點正合我意，免得搞得像是青蛙談戀愛，整天吵鬧不休的，多鬱悶呀！」

「也對，也對。改天叫出來一起玩哦。」

「好，也叫上你的那位。」

「好！」

自從有了男友，我們討論的話題漸漸多起來。大家的戀愛節奏相當，所以很有共同話題，進入磨合期，受了委屈也會在電話中互吐苦水。吐完後，依舊風風火火，言歸於好。

轉眼一年過去，春與男友吵吵鬧鬧，最終分手。而我與男友的關係也正處在風雨欲滿樓的緊張形勢中。

「姐姐，你那位現在對你還好嗎？」春在 Line 上開門見山地跟我打招呼。

「嗯。還不錯，只是他家裡出了點事，特殊時期，差不多一個月沒聯絡了。」

「啊，這麼久不聯絡，還叫什麼男朋友啊！不如和他分手算了！」

「呵呵，特別時期嘛。」

「你把他的 ID 給我，我罵他，替你討回一個公道。」

「春，別小孩子氣，其他事情你都可以胡鬧，就他不行。他現在很多事。」

「那總得教訓一下他吧。」春還是不肯罷休。

「他爸剛過世，新工作的壓力又大，還不穩定。我不知道要怎麼跟你說，希望你理解，如果你這也不聽，我怕是要絕交的。」我警告著春。

「那好吧，我不找他。」

忙碌了一會，在 Line 上收到男友複製下來的一串對話紀錄。是春與他的對話。春沒有指責男友，而是在挑逗他，好像要男友承認對一個陌生女孩有興趣似的。最後一句男友的 PS（附言）更是刺痛我的心，男友質問我為何偏要選在這個時候試探他？我百口莫辯。

「你從哪裡拿到他的 Line 帳號？」

「你的部落格，我找了半天才看到。」看到春如此處心積慮地無視我的警告，如此無法理解我的心情，除了怒火中燒，更多的是失望，幾乎可以聽到胸膛迸裂，發出絕望的聲音。難道談戀愛一起，失戀也得一起嗎？

「既然如此，保重，以後無須再見！」我用大寫、粗體、紅色字型結束了我和春之間的友誼。

人的一生，總會因為這樣或那樣的原因失去判斷力，我也可能會再次看錯人。我可以輸給敵人，然而被朋友出賣背叛是最無法容忍和原諒的。也許有人以為，我們應該提倡大度的原諒和寬容。你被蛇咬了，你會原諒蛇嗎？江山易改，本性難移，如果你認清了這些假朋友的真實面目，如果那一刻你明白了，就應該灑脫的放手，不要將那條蛇仁慈的一直養在身邊，以防你毫無警惕的時候，又被咬上一口。這其實不叫仁慈，而叫縱容。

其實，人的本性總是會表現在各個方面，我認為事先辨別更為重要。大可不必等到被咬之後才反醒悔悟，真正的友誼不是只表現在口頭上，更要展現於行動中。名利與地位總會給你帶來許多的酒肉朋友，這些往往也是最靠不住的，大難來臨，如鳥獸散。在這裡，我不想過度討論如何去揭開偽君子的邪惡面紗。下面僅憑個人之見，總結一些可交之人，如果遇到，千萬不能錯過：

1. 經常關心、指導你的長者，他們往往不會跟晚輩計較太多，而他們豐富的人生經驗、開闊的視野與閱歷很多時候都能為你導航。你不如他們，他們會悉心指教你，你超過他們，他們會認為青出於藍而勝於藍，他們會衷心替你高興，為你喝采鼓掌。

2. 志同道合、性格相近者，彼此的默契、思想相吸者。人生的道路上，有個惺惺相惜的知己，攜手陪你向前，你會獲得雙陪的力量前行。

3. 上進、樂觀能為你的生命加分者，話說「近朱者赤，近墨者黑」，想得到什麼就加入怎樣的朋友群，不失為上上之策。在朋友們的潛移默化之中慢慢修練、提升自己，以達到另一個高度。

4. 單純、活潑、可愛年少者，從他們身上你可以重拾童年的樂趣與笑聲，不至於在世俗的道路上行走太久而迷失自我原始的美麗。

　　另外值得提出的是：別指望每一個朋友都將陪伴你走完今生今世，這未免太過於幼稚、天真。每個人都是獨立的個體，環境在變，人在變，此一時彼一時，當彼此已經不具有朋友的意義，沒必要勉強走下去，瀟灑放手，各自尋找適合的朋友圈，也許可以尋找到更快樂的生活。切記：不要給那些虛偽的朋友第二次傷害你的機會。

沒有人會站在原地等你

多交志同道合的朋友，互相比拚，一路追趕與幫助，在不知不覺中，我們便得到了提升。

打開蘇的部落格，N 篇文章映入眼簾，我才兩天沒來，怎會如此多的感慨！與蘇一直共同努力，一起進步，誰也不會讓誰落後半步，即使只是些微，也會提醒對方迎頭趕上，好像一種無形中的力量在支撐、在幫忙……

兩天，蘇已經走出了很多步，而我卻在原地，甚至也許在退步。仔細閱讀著她的每一個字，體會著她的心情，分享著她的喜怒哀樂。如同往常一樣，從她的文字中找到動力，找到欣賞，學到保健知識、美容知識，淨化自己心靈的同時，收穫生活常識與繼續前進的動力。其實每每踏入蘇的部落格，都讓我賞心悅目，亮麗的信紙、動聽的音樂、一顆善良心靈留下的一串串小蝌蚪，無一不讓我心情舒暢！

蘇在我的部落格留言板上提醒我：不要做面目可憎之人。在 Line 上，蘇對我說很想念我，好像兩天不見是一個很漫長的等待。不論到哪裡，哪一天我不能出現，我都會小心翼翼告訴蘇，不能陪她了，就像是在盡一項我們默契中的責任與義務，只為留給對方一分安心……

蘇，我不希望你會站在原地等我，請你一路前行，我會追上……

你想成為什麼樣的人就去主動結交什麼樣的朋友，我認為是一條最有效的捷徑。有個朋友在屁股後面不停踢你，提示你不要休息太久，不要偷懶，也許有時候你會覺得痛苦，但你當你收穫果實的時候，你會懂得感

激。有一篇文章裡已經分享了許多，人的一生中朋友真的太重要了，下面我還想補充一些，選擇朋友的方向：

1. 成就你的朋友，他們會不斷鼓勵著你，讓你看到自己的優點，也能夠經常在事業、家庭、人際交往等各方面給予你許多有效的建議。

2. 支持你的朋友，他們會一直維護你，在別人面前也會稱讚你。遇到挫折，也會給予你信任，並幫助你分擔壓力，走出陰影。

3. 志同道合的朋友，他們和你興趣相近，相處會很融洽。與他們一起，有種默契的感應，容易實現自己的理想，人生也會很快樂。

4. 開闊眼界的朋友，他們能及時讓你接觸新觀點、新機會，這類朋友知識多，視野寬、人際廣，會讓你成為站得高，看得遠的人。

5. 患難見真情的朋友，在你得意的時候，他們的身影並不多見。但在你失意的時候，他們卻會及時出現在你的面前，幫助你走出困境。

6. 陪伴你的朋友，有了消息，不論是好是壞，總是第一個告訴他們，他們一直和你在一起。他們是能讓你感到滿足和平靜的朋友，有時候，不需要太多的語言，只是默默地陪著你，就能撫平你的心情。

誠然，自己選擇真心朋友，也要學會在舉手投足間撒下一顆顆真誠的種子，有一天，當這樣的友誼長成為參天大樹並為自己帶來豐碩的果實時，你也會恍然大悟，你付出的真誠情誼，才是結交好友最關鍵的品格。

學會停一停

沒有能一直運轉不停的機器，世間萬事萬物都必須服從大自然的規律，才可得到生存與發展。

不論多苦、不論多累，我都堅持面對，堅持前進……全身細胞思考的都是如何、如何前進，甚至前進得更快，不顧一切向終點跑，而感情的路上，這一套感覺越來越不適用。感情是需要時間來慢慢培育的。

看到男友因為種種原因工作不順，振作了一次又一次，但阻礙他計畫的困難總是接踵而至，他累了，他意志盡喪。我知道他需要調整自己，在不久的將來他還會重新起跑……

「怎樣幫他呢？我要怎樣做才能解決他的苦惱，讓他完成他的計畫呢？」我滿腦子思索著這些問題。於是，我找了很多很多的資料傳給他。傳了很多很多的訊息給他。但只得到他一句簡短的回覆：「我想靜一靜！」我木然了，原來此時此刻他需要的不是這些，不是我的關心和幫助，也不是我這個人的存在，他只是需要靜一靜，停一停，想一想，然後再繼續上路……

他一路跑，一路跌倒，然後又堅強的爬起來再起步，他好像屬於屢敗屢戰的人。這一年來他的艱辛，我看在眼裡，痛在心裡。我一路都只懂為他加油、為他喝采，但我似乎忽視了他也會累，他也會想休息，他也會想停一停。而一直以來，我只懂鼓勵他跑，現在我應該做些什麼呢？

我想我什麼也做不了啦，我不知道身為戀人的我到底能做什麼，什麼是他最需要的？而現在的他需要的是靜一靜，我需要給他的只是多一些時

間、多一些空間……我需要做的是靜靜地等他，等他恢復，等他休息夠了，等他調整好了，再出現在他身邊……

前途茫茫，有如鏡花水月，撲朔迷離，腳下一邊踩空，還須一路前進，才能走出人生的沼澤。

多少人感嘆：世上什麼藥都有，唯獨沒有後悔藥。多少人對「事後諸葛」嗤之以鼻。儘管如此，時間快速流逝，還是留給我們一個又一個遺憾。如果當初能再努力一點，也許就不會功虧一簣了；如果當初能小心謹慎再檢查一次，就不會千里之堤潰於蟻穴了；如果當初能給生氣而流淚的情人或妻子一個擁抱，也許今天就不用獨守空房空悲切了。而我呢，若不是在男友要去香港出差時，隨口說出一句不該說的玩笑，也許他就不用如此不開心了。

回想起男友要離開的晚上，他對我說：「我要離開好幾天哦，好幾天都見不到你了，沒辦法跟你聊天。」「哦，自由啦，還有好幾天可以玩呢！」我開玩笑似的歡呼雀躍，想看看男友哭笑不得的表情。等來的卻是一張失望的臉。我打了自己的後腦杓，頭腦中拚命的想：「死定啦，怎麼辦？」我還沒來得及道歉，男友的臉上擠出了一絲微笑對我說：「對不起，我不知道自己讓你這麼拘束。以後我會注意的。說吧，想要我帶什麼回來給你？」「哦，我只要一樣東西，就是你！好好幫我照顧自己哦。」我一邊說，一邊在心裡猛打自己嘴巴。也許男友因此留下的心理陰影，需要好長一段時間才能慢慢退卻。話已出口，無法回收，道歉也於事無補了，我只能在以後的生活中把學到的教訓付諸行動了。

那到底要如何面對生命呢？一個人永遠也無法預料未來，我們永遠也無法做到完美無缺。所以做錯了停一停，改正了，請繼續上路。另外，朋友們，不要逞一時之氣，也不要逞一時口舌之快，更不要吝於表達心中的話，因為生命只在一瞬間，留下美好的一瞬吧。

得到了就不想珍惜了

一次次得到，一次次不懂珍惜進而失去，便又覺得彌足珍貴，既然如此，還有什麼道理不珍惜擁有？

剛出社會時，總是想著自己會很努力的一邊工作，一邊學習。一直以來都有一個遺憾，就是我工作的地方沒有圖書館，也就為沒有堅持學習找了個最好的藉口。這個想法一直持續到 2007 年初，到現在我終於明白，大家也和我一樣，只是因為：得到了，就不珍惜了！

剛來這裡工作，讓我最興奮的莫過於有一所圖書館，迫不及待地瞄了一眼書目，發現書籍不僅種類繁多，還有不少是我心儀已久的。上班後，第一件事就是買了個厚厚的筆記本，讀書嘛，不動筆墨不讀書，總不能浪費我的勞動力呀！第一週，狂看了兩本書，感覺有些囫圇吞棗，但也多少有些心理安慰；第二週，這個同事一叫，那個同事一喊，總覺得來日方長，稍稍猶豫兩三下，就跟他們去玩了……這一離開就是一年啦！其間偶有大發興致，跑去讀幾十頁的時候，只是這樣的時候少之又少。

馬上又是新的一年了，原以為收穫頗豐，現在卻是看著筆記本上那薄薄的幾頁發愁。怎麼會這樣呢？回想起自己去圖書館的時候，除了可以見到管理員坐在相同的位置外，閱讀的人是寥寥無幾。是大家沒有時間嗎？不對呀，明明我在公司看到一群一群玩遊戲的，在外面酒吧裡喝酒 K 歌的也不知有多少人了，在各種特色小吃裡也是坐著一桌一桌的人。其中也不乏愛讀書、愛學知識的人，難道他們都已經讀完了那些書嗎？絕對不可能！只是，大家和我一樣，都有個共同的想法：反正是近水樓臺，來日方

長，何必急在一時呢？時間也在這樣的想法中，一天天流逝……

想想我們生活中對待其他的人或物，又何嘗不是如此態度呢？物沒有了，還可以再來，人就不同了。

對父母，我們總以為來日方長，孝順他們的機會一大把。我們只顧自己工作的發展、自己的娛樂、自己的前途……多少次讓父母期盼我們回家的眼神再次黯淡；多少次自己生日大吃大喝，宴請一桌桌朋友，卻將父母的生日置之腦後，留下的只有父母的心酸；多少次自以為長大，對自己上司不論對錯都唯唯諾諾，卻將父母的建議左耳進、右耳出，多少次……我只想說：朋友，請不要等到子欲養而親不待的那天！請現在就開始，每天都抽出一點點時間，讓我們的父母知道我們在想著他們，請每時每刻都不忘留給他們應有的尊嚴，請在特別的日子裡，像記住情人生日一樣，記得給父母親一個小小的安慰吧……

我不能再失去自己了！

控制金錢，可以得到財富；控制飲食，可以得到健康；控制情緒，可以得到快樂；控制感情，可以得到幸福。學會控制，可以得到更多。而聽得越多，說得越多，想得越多，我們便做得越少。

一個不會憤怒的人是庸人，一個只會憤怒的人是蠢人！而我發現自己最近便是常常在做這種蠢事。

新公司制度變來變去，尚可以理智的控制讓自己冷靜下來，思考再三，然後決定怎樣處理，但身為一名銷售員，市場的區域若是變來變去，單價也變來變去，就讓我無法再平靜了，我絲毫體會不到所謂的安全感，有的只是一種提筆卻又不知所云，急切想發揮卻又不知何去何從？想努力卻又摸不清楚狀況……我忍無可忍，向公司提離職。公司老闆卻說，不要擔心，我們又變回來了，並且陪上他們的笑臉。一天過後，他們又徹底改變了變回來的決定，我又再一次失去自己了！

不知一向公私分明的自己是否將餘怒也帶回到生活中，男友的不體貼與以往相處差距甚遠，我都可以接受，歸因於他父親有病在身、工作壓力大，而現在卻變成眼中沙、肉中刺了，非得跟他來個了結不可。一次又一次大發雷霆後的同時，我知道又失去了自己，很想要控制，但卻有另一個聲音在告訴自己：「發洩吧，將你所有的不滿，所有以前壓抑的怒火都釋放出來吧！」

爭吵的結果，誰贏誰輸呢？我很清楚只要是憤怒爭吵，就不會有贏家！我也知道對情緒的控制力跟高智商對成功的作用一樣重要。俗話說：

沒有無緣無故的愛，也沒有無緣無故的恨。情緒的變化往往是因為受到環境和思想變化的影響。那麼，我到底是哪裡出問題了呢？

問題依舊存在，我得慢慢分析，冷靜去解決。但我清楚，現在最關鍵最要做的是：我不能再失去自己了！不論面對什麼事，盡量做到不生氣，做情緒的主人！

冷靜下來的時候，無意間看到澳洲管理大師託馬斯曼一句話：「在自己的路上找到決策的思想，是一件最有意義的事情！」很欣賞這句話，好像也道出了自己的心聲。

以前在公司找不到自己的發展，整天無所事事，但因為有穩定的工作和可觀的待遇作為幌子，朋友也從不問及我的工作。現在扔了那個「鐵飯碗」，自己出來闖了，身邊的朋友們全都冒出來出主意了，我決定走銷售這條路，也是一條可以檢驗我是否真正可以做到控制自身情緒的道路。令我欣慰的是大家一致支持，也認為這條大道適合我走，前途一片陽光明媚。有點小小遺憾的是，這條大路上的小岔路實在太多啦。

有的說，應該從學習、打基礎的角度出發，走品牌路線，這樣出來站得高、看得遠，大有發展空間！

有的說，應該從以後將從事的行業出發，高瞻遠矚，為以後打江山做好充分準備，成功指日可待啊！

有的說，應該從薪資、利潤方面考慮，成本有了，什麼不能做呢？

眾說紛紜，然而路是要靠自己去走的，請教別人的意見，並不意味著要一味聽取別人的觀點，恰好相反，是從別人的意見中正確的得出自己的方案。別人都是站在自己的立場、根據自己的經驗，對此做出最合理的分析。就像小時候國語課本中學到的，松鼠說河水很深，牛說河水很淺，他

們都是正確的，但只會適合他們，只能拿來作參考，路在我的腳下，只能
努力控制好自己的情緒，靠著自己的腳一步一步去踩，一步一步去嘗試，
才能在實踐中出真知。才能找到真正屬於自己的陽光大道。

遭遇入室搶劫

這篇文章是本人的真實經歷,寫下這篇文章藉以警告各位讀者,務必提升自我保護,提高危險中如何解救自己的常識與意識。

—— 題記

生平第一次失控大叫一聲「啊!」是在早上六點。我的朋友很多,但為了講求所謂的私人空間,一直一個人住。一覺醒來,居然有個一身黑的男人站在我面前,當確定不是蝙蝠俠的那一刻,我想是人都會叫的。

一聲啊後,我被棉被捂住了臉。只感覺有個重重的東西在敲我,居然麻木到不知道是敲在我身上哪些位置,事後發現臉受傷,手臂一片青腫才明白過來。感謝上帝,我突然很感激自己一直有個壞習慣,再熱也蓋著厚厚的被子。不然我想我那小身板要被他搋成爆米花。

當時第一反應,不能亂叫,按照警察後來的話說,這種情況只能順從,那是一群經常入室搶劫的歹徒。如果亂叫,就不是入室盜竊的案發現場那麼簡單了。也許因為大叫了一聲,趕走了睡眠也趕走了害怕,大腦變得亦常冷靜。我聽到那個男人說:「現金放哪?把現金交出來!」

隱隱約約感覺到捂著我的手在發抖,當時真為他捏一把汗,搞不好,他一個緊張害怕,隨便捅我一刀,我就有得受了。如果拿的是槍,不小心走火,我就從此解脫了。「你別緊張,都在錢包裡,我拿給你!放心,我不會叫,你全拿部走吧!」我盡量平靜地答他。

「你不要出聲!」那人又在我身上拚命敲幾下。死王八蛋,自己讓我

說話的。我擔心他的情商過低，想緩解他的緊張才說多兩句，卻又扁我。

　　從沒想過電影裡的情節會發生在自己身上，來得如此突然。只要不威脅到人身安全，錢財乃身外物，就算把床一起搬走，我也沒意見。這群不道德的敗類，偷東西就偷東西，還要打人 —— 神經病。我拚命思考，害怕交流時間過長，那死男人會有其他不良想法，冒著被 K 的危險作最後一搏：「喂，你剛剛說話聲音好大，我想應該已經有人聽到，你還不快跑？」

　　話剛講完，也許因為一語點醒了他，我腹部被猛烈擊中一下，痛到我直叫，同時聽到一聲巨響，那男人從防盜窗跳到對面那棟樓的陽臺逃走。我大叫幾聲有人搶劫後，轉念一想，如今這些麻木的世人跟稻草人沒什麼區別，就算在眼前看到搶東西，也樂意當個旁觀者，想要他們幫我攔住，我覺得做夢還比較現實。

　　立即通知朋友報警後，我下樓檢視了三條可能的逃走路線。分別尋問早起的店主，五分鐘之內是否有見到穿著黑衣、提袋子，有些怪怪的男人經過？答案是沒有。而另一條路是極少人經過的。答案只有兩個：一，從人少的那條道溜走了；二，此人根本還在這個範圍內。留意了路上的監控，警察便不疾不徐地趕來了，我知道無非又是例行公事，錄口供，寫報告，存檔領薪水。不過，本次這些單細胞玩意比我想像的還複雜了點。

　　第一批來到的警察問了案發情況，最後問我丟了什麼，我答筆電一臺、手機一支、錢包（裡面有卡、有身分證）。那警察甚至有些失望地回答：「這個算小事啦，前兩週就在這裡發生一件，女的被綁在床上，貼了膠帶，蒙了眼睛，人被強姦了，東西也被偷個精光。」

　　我當時真想罵：「都不知道是不是人生出來，吃米飯長大的。別人慘得要命，他當成看電影。掛著狗牌，到處看笑話，浪費國家糧食。說的好像他們都是破人命案的料，這種小案子沒放眼裡。什麼破玩意？」

第二批來了，又讓我訴說一次案發情況，這次來了兩個，在防盜窗處取了指紋閃人。這次好一點，還說了句人話，警察嘆了一句：「還好你機靈。」我不機靈點能行嗎？靠你們我早死了。

第三批來了，把我帶回警察局錄口供，冒出一個王所長。我向他問了好，在心裡祈禱：千萬要中六合彩，一定要撞中一個是靠實力爬上去的傢伙。但我失敗了，又是一張謝謝光臨。什麼錄口供，聽我說了一次，他半個字沒記就說讓手下來問我，然後拍拍屁股閃人，我知道自己是第三次浪費口水了。

第四批，單獨一個警官，我說的時候他一動也不動，我說完後，他便自作主張在電腦上打著專科文化，可以認字等等，最讓我生氣的是，他輕描淡述地寫著，早上醒來看見有個男人在宿舍裡翻，我大叫一聲，他就從窗戶逃走。櫃子裡的錢包、檯面的電腦、手機被拿走。我一身汗，還好沒戴眼鏡，不然又得重配了，我想十副眼鏡也不夠我跌的。他還讓我寫上由本人親口述說，以上完全屬實並簽名按指紋確認。

我看這形勢也別想指望他們了，被人搶了，人沒事就算了。不想再受氣。我直視警官雙眼，很嚴肅地對他說：對不起，我想說幾句，第一，說我專科畢業，那是你一廂情願，我幾年大學難道白讀了？第二，案發情節，我白被人打了？我可不可以給你兩耳光，然後當沒發生過？還有，我的東西所放位置是你想像的，你可以去寫小說，但不要寫在我的案例裡，還要逼我簽字說屬實。第三，沒幾個字而已，錯別字倒是不少。如果你不會打字我可以幫你。無論語言還是打字速度絕對不在你之下。

看著警官臉上一陣紅一陣白，陪我一起去的朋友急忙打圓場。「不好意思，她今天心情激動，請警官理解一下，對不起，對不起！」拚命道歉還給那傢伙菸抽，我一看就便上火：「如果你不重打，我不簽字。」

「那你出去一下，我先忙一會，等下再叫你。」我等了將近一小時，那位警官終於叫我了，還算知錯就改，勉強可以過關，我簽了字。

最後一關是我自己提出的，我要求看三條路的監視器畫面，鎖定嫌疑人，如果沒人出現，罪犯肯定還在我們社區內。由兩個小不點放給我看，確切的說是派出所的雜工，因為他們連制服也沒得穿。看似很不熟悉的動作，我想也許那些監視器畫面只是做秀，根本很少用來查案，又是一陣心寒。還好，小不點很熱情，努力幫我們分析，怎樣去識別可疑的人。

錄影中看到：一個男人，身型與我看到的相差無幾，很結實、很魁梧的那種。全身上下都是黑的，背一個黑色的背包。小偷是六點整離開我的宿舍，那人六點三分出現在我宿舍樓下的錄影畫面裡，左右張望徘徊，像在等人。剛好照到正臉，可能他也看到監視鏡頭，飛速將頭像烏龜般本能的縮了回去。而另一條街的小巷監視器裡也看到一襲黑衣，背著與前一個看不出差別的黑色背包的男人，可惜看不清臉，前後張望，走出來時剛好遇到一女人，馬上又往回走，在小巷裡前後共停留十六分鐘。巧合的是，我與朋友下樓追的時候，六點十四分，在另一條小巷裡見到同一層樓的一個男人，與錄影中男人的穿著一樣，包包也一樣，朋友與他對到眼。六點四十分，滿屋子的警察來拍照，所有路過的鄰居都會過來看熱鬧，八卦一下，而我那背黑包、穿黑衣的鄰居此時也上來了，像一切都在他意料之中一般，輕輕的路過，一直到走去宿舍叫人開門，前後一分鐘多，居然完全沒有回頭望一眼，也太酷了吧？後來，他換了一套白色衣服出門。

兩個男人背一樣的包，穿一樣的衣服，相近的時間出現，就憑小偷對我一個極少踏出家門的人如此了解，不好意思，坦率地說一句：我不得不思考，他們是否與本案有關。

當把這一切的推理告訴警官後，我對他們再一次五體投地。居然跑去我鄰居房間找出那個人，翻看他的包包，確認全是衣服後，給了我答覆：此人可疑，但經查實包包裡全是衣服，當然也有那套黑色的。沒發現你的東西，這就沒辦法了。我知道，以他們這種辦事方式，他們這種頭腦，當然也只會想到這種等級的辦法了。我不知道是要懷疑他們的智商，還是要懷疑他們是同夥。

一而再，再而三訴說著同一個事實後，他們卻在我的推理下，安排了一次掩耳盜鈴的行動，給了一個令人嚴重無語的回覆了事。

我的天，這樣的鄰居、這樣的路人、這樣的警察，請問，罪犯猖獗是不是也有一定的理由？

如果，我是說如果：鄰居可以熱心一些，路人可以維護正義，至少看到可疑人物可以報個警什麼的，警察叔叔們可以再精明一點點，少一些官腔，少做一些表面文章，腳踏實地多走幾步，我想也許，我是說也許我不會有昨天的遭遇。

第四章
青春歲月裡的放縱

因為年輕，我們橫衝直闖探索前方的路，直言不諱與
人交流，放縱的歲月裡，我們在此起彼落火辣辣的語言
與事件中得到磨礪與成長。

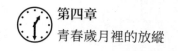

不過是一場誤會

看過這樣一則趣事：吃了晚飯在陽臺抽菸享受，忽見夜空中一個光點轉瞬即逝的劃過，心裡一激動：流星！於是馬上許願……許了六七個願望，睜眼，菸已經抽完了，順手扔出陽臺，忽然聽見樓下一個女孩的聲音：「哇！流星！快許願……」

人生其實都是誤會，但是誤會也不是那麼容易消除的。我不想傷害別人，除非他想傷害我。我不想針對誰，除非他想針對我。我不是一個沒品的人，只要尊重我，我絕對不會踐踏他的尊嚴。人啊，很多時候都是別人對自己不利後，才會改變初始的善良。

有些年少無知，有些誤會，回過頭來回味，還是令人忍俊不禁。事事還須留有更多想像的空間。

「砰」的一聲門響，令我心驚膽顫。

「喂，開門，我要出去。」總感覺朋友華平時看我的眼神怪怪的，現在好了，自己送上門，還在他的房間裡，就算有什麼事，跳河都沒用了。我只有做最後的反抗，拚命轉身向門口衝過去。

「不給，哈哈，好不容易逮著你。」華磨拳擦掌奸笑著，怎麼看怎麼邪惡。平時看他那麼可愛，怎麼一下就變成這樣，真是知人知面不知心，人心隔肚皮。換個環境他的猙獰就原形畢現了。

「你讓開，我要出去！」我把吃了二十年白米飯的力氣全給用上，拚命拖拽他，但他那麼大塊頭，我絲毫動不了擋在門口的他。看來是羊入虎口，難逃一死了。我閉上眼睛祈禱上帝保佑。

「走，去床上。快點。哼！」華翹翹下巴，凶巴巴地命令我。平時看來可愛的動作現在怎麼看怎麼噁心。

「哼，你別以為我好欺負，你再擋在門口，我可就大叫救命了！」沒辦法，以前多麼好的朋友啊，在完全撕破臉之前，我做最後一搏。再說被別人看到，也不是什麼光彩的事。我伸手去拉開他，他居然讓到了一邊。

「哇，你不是象棋很厲害嗎？早就想見識見識了，外面吵，我在床上擺好了。想跟你殺一盤，一點面子都不給，朋友一場，下盤棋還要叫救命，唉，我做人真他媽失敗。」華氣憤地幫我開了門。

「啊！哦，下次吧，我今天有急事。」我杏眼圓睜，嘴角哆嗦。聽完他的話，目瞪口呆，臉上一陣紅一陣白，萬分慶幸自己做了最後一絲保留，頭也不回地踏出門口，從這尷尬的氣氛中逃跑。

因為年輕，因為思想不夠成熟，因為好玩，我們往往容易鬧出笑話，鬧出誤會。我還經歷過一次這樣的誤會，因為誤會，帶來了一段戀愛歷史：

與強之間一直不離不散，終於我下定決心結束。或多或少覺得自己理虧，心裡一直很不是滋味。一向視睡眠為生命的我，接連失眠了好幾晚。總是想讓自己放鬆，不去想這件事。於是我約了澄去海邊走走。澄爽快赴約，他人很好，我跟他說了一大堆不著邊際的話，他總是靜靜地聽著，時不時給予我安慰。那晚我睡得很踏實。之後的一段時間，我聽同學經常談起知名選手打撞球的神話，不知怎麼回事，讓我也突然心血來潮想學。於是，我讓澄考慮一下要不要教我，他二話不說就帶我去。令我意外的是，居然只有我不知道，他是公司裡眾人皆曉的撞球高手，開心的是他很專業，讓我一時之間忘掉了連日的不開心。

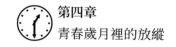
　　從那以後，澄對我關懷無微不至，我不知何解，但本能地一度抗拒，讓他萬分傷心與不解，而後我又對他好。就這樣，在開心—拒絕—傷心—對他好—開心到後來不知不覺兩顆心已經走到一起。當然，我心裡一直很不明白：學識、人品、長相，無論哪方面澄都出類拔萃，為何會如此輕易便傾心於我？直到有天，我們在海邊散步，說起當初。澄告訴我，說我很主動，約他到去海邊，還藉口說打撞球去接近他。我一聽便暈了，「其實，其實，我那時只是不開心，想隨便找個人聊聊而已。後來發現你真的很好，才……」我坦白了。澄忍不住笑地用手搖著我的雙臂：「不是吧？你！暈倒！還以為……原來是我誤會了。」接著，我們相視而笑。

　　誤會雖然有美麗的，但一般都會帶來不好的結果。我們能做的便是：放大自己的想像空間。

愛情字典裡沒有不可能

愛情字典裡沒有「不可能」這三字。

「他不可能喜歡上我啦！」我毫無餘地地反駁朋友。

雖然看過灰姑娘的童話，卻從不指望發生在我身上。這比在大街上走著走著，無緣無故被從天而降的磚頭砸在頭頂還離奇古怪。然而，連續四年，那個高高壯壯、容貌出眾，才能出類拔萃，談吐幽默風趣，為人體貼入微，人見人愛的他都向我送出了紅玫瑰。是玫瑰啊！愛情最直白的象徵，而不是美劇《四角戀》裡那個老男人含蓄表達愛意的一盆仙人棒。

「我哪可能喜歡上他？」第一次見面便在心裡給他一百個否定。

我一向快言快語的性格，說話又快又大嗓門，像機關槍可能有些超過，但至少也是放鞭炮一樣，劈里啪啦。而他是個程式設計師，可以整天不說一句話，點滑鼠與敲鍵盤的聲音令人乏味。但我還是與日俱增地欣賞他的冷靜睿智、思念他的思心體貼、溫柔善良。真是活見鬼，儘管理智一再告訴我他不適合，我也不可能喜歡上他，但不喜歡為何滿腦都是他的身影，氾濫成災？說不喜歡，騙人騙鬼或許還行，騙自己未免太殘忍。

再說一個讓我大開眼界的，我見過很多追求女孩子的，但像他這樣的還是頭一回：

「讀書時我什麼都沒想過，大學四年我不想談戀愛，直到再次遇到你，我才知道在乎一個人的感覺！」同學 F 此言一出，我整天都沒有頭緒。這算哪門子的事？一見鍾情算不上，日久生情更搆不著，分別後他像掉入了黑洞杳無音信，現在突然出現，便說了這些讓我莫名其妙的話。

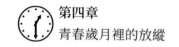

F闖入我印象時簡直高調得不行。我是以第一名成績進學校的,沒想到他一來就囊括了各科的第一。在我心裡,沒有不服,只有佩服!還有一件更佩服 —— 他每天都穿一樣的衣服。這不是一般的不可思議,簡直超不可思議,難道他不用洗澡、洗衣服?

直到畢業,他需要工作了,才有了「拓展業務」禮貌式的連繫。他保持了一慣言行酷帥的個性,同學聚會,說要幫他媽過生日。不是藉口便是天意!邀請他來工作,我將他的食宿一切安排妥當,N次電話詢問得知:當天票已賣完,他坐上火車去了別的城市。找工作還是趕著投胎,非得當天不行嗎?

消失了一年,他失業,我們便又有了連繫。他對我說做個普通員工也可以,反正只要是工作便OK,我想他英語好,日語說得像是順口溜,又有一年工作經驗,想做個普通員工沒那麼難吧?礙於情面,安排到了我所在的公司面試行政主任的職位。坐在總部人事經理面前,他活似一尊彌勒佛,只知道笑就是不說話。我終於明白為什麼找份普通員工的工作也這麼難。當然面試以不可避免的慘敗而告終。

又消失了一年,我突然在大年三十晚上收到他的短訊。洋洋灑灑數百字,文采飛揚看著舒服,而中心意思卻咄咄逼人,令人有種面臨驚濤駭浪的恐懼與驚愕,特別是最後那句點睛之筆「以後的路,我想我們一起走,讓我陪著你,好嗎?」

「你還好吧?」我回覆了一句,感覺實在不是出於正常思想人的手,有些擔心是不是F出了什麼狀況。

「直接點,行嗎?你說OK還是不OK?」他應該不是想談戀愛,而是簽訂一份合約書。

「絕對不行！這輩子我沒這打算，恐怕要讓你失望。」我唯一的想法是腳踩西瓜皮 —— 溜之大吉。

一陣沉默之後，他緩緩說道：「我為了你放棄政協主席的女婿不做、放棄了 XX 公司執事不當、為了你……」好像在開博物館，只不過陳列的全是他為我所放棄的功名利祿。第一次知道原來他背著我放棄這麼多，震驚過後更多的是惱怒。

努力搜刮大腦零碎的記憶，似有千言萬語卻不知從何說起，似有千頭萬緒，卻不知從何著手處理。我想：霸王轉世也不至於如此談戀愛吧！

在愛情的國度裡，我們認為不可能，放下了警戒、抵禦與防備，反而容易在彼此的世界裡潛移默化，直至蠶食最後一塊領地。在攻其不備，出其不意的丘比特箭下成了俘擄，當然，也可能會遭遇一些走入失誤，被愛沖昏頭的尷尬。人生百味，當成笑話也不賴。

在男友的打擊中慢慢懂得：

一滴蜜帶來的作用強過一加侖的膽汁，掌聲的效果遠遠強於抱怨。然而也許這個不懂鼓掌的人，也是值得欣賞的。

與他相知相戀快一年了，一路風風雨雨，但還是攜手走在同一條風景線上……

我個性陽光，是出了名的樂觀、激進派。我想做的事情，下手越快越好，而動手之前，我會在頭腦裡想像出一條走向勝利的陽關大道，接著便昂首向天、逐高赴遠的向前衝去。一路被我澎湃的熱情所感染的人與日俱增，遺憾的是：男友是個經典的異己分子，冷眼旁觀之時，還不忘甩出冷言冷語。被自己最愛的人屢屢打擊，那種滋味真是超級不爽。如果可以兌換，我願意飲盡一瓶陳年老醋或包攬所有的家務，來換取他每天對我的一點點哪怕不太熱烈的掌聲。

　　在我熱情張揚、海闊天空地向同事朋友講演我以前之風光事時，他總會及時雨似的插入旁白：「也不知道真假，如果能親眼所見就好了！」本只是茶餘飯後，吹吹牛嘛，用不用這麼快澆我冷水呀？看著我窘得言語堵塞，氣得牙齒互毆，他得意得只差沒踮起腳趾來競走了……從此，我不再有眉飛色舞、口沫橫飛的時候，踏實地做老實人，本分地做分內事。

　　在我雅興狂發，千里迢迢好不容易找到一件合身的外套，自認為穿上它突顯幾分個性、增添幾分亮麗時，他毫不猶豫地把我推到一邊，非得讓我立刻脫下來不可，還禁止再穿這件衣服。「哼，我覺得挺有個性的，幹嘛不讓我穿呀？」我心不服，口也不服地大聲垂死相爭。「你看看你呀，沒事穿得像個魔術師一樣，當然有個性了。看不見人家奇怪的眼神啊？」他一語擊中要害，我只得悻悻作罷。那件可憐的衣服從此打入冷宮，再也沒有鹹魚翻身的機會了。從此，我每每滋生購物的衝動，都要問他的意見，再不然也要問比較有品味的同事意見，從他們的意見中慢慢吸取經驗。

　　在我想博取他歡心，精心讓理髮師改變一下形象，剪了頭髮，信心滿滿地以為這次他會稱讚一番了，誰知道又是一次熱臉貼到了冷屁股上，一直涼到心裡。他起初是沒反應，看了一會後，大聲笑起來，居然說我在搞復古，還問我是不是受了刺激？是啊，是啊，我就是受了刺激了。從此，我不敢亂剪頭髮．

　　只願君心知我心。戀人之間，應該開誠布公，可以評頭論足，但天知道我是多麼渴望偶爾聽到他的掌聲啊！後來我看到了一個這樣的故事，令我似乎明白了什麼：

　　有位老師進了教室，在白板上點了一個黑點。

　　他問班上的學生說：「這是什麼？」

　　大家都異口同聲說：「一個黑點。」

　　老師故作驚訝的說：「只有一個黑點嗎？這麼大的白板大家都沒有看見？」

　　是啊，我們看到的是什麼？每個人身上都有一些缺點，就像那個黑點，是否我們也只看到了別人身上的黑點；卻忽略了他擁有的一大片的白板（優點）呢？

　　部落格裡記錄了我與男友一路走來，從同事到好友，從好友轉為知己，再成為情侶的歷程。也感謝部落格令我擁有了這個組合文字的空間，讓我寫下了他的好，他的善，他的愛。還記得以前，他的言談舉止讓我養眼，更讓我怡心。一次又一次發現他的優點，我也一天比一天幸福。曾以為，自己是這世界上最幸福的女人，被我遇到了最好的男人。心裡經常慶幸他完美無瑕、原汁原味的保留到現在，我才可以撞了個大運。更曾經在心裡無數次自言自語，要一生一世好好對待這個好男人。而如今我是怎麼啦？我已經看不到他蕩然無存的好了，一時之間感覺他渾身都是刺，每一句話都像在想方設法徹底打擊我、刺痛我的內心。當然，他的每一句話都被我心不平、氣不順地頂回，以至於現在打通了的電話，經常在話筒的兩端彼此都沒有說話，只是默默感受著對方的存在，之後又言不由衷地胡言亂語幾句，草草掛斷。我是不是真的錯了？是我當初只看到了他身上的白板，還是我現在只看到他身上的黑點了呢？

　　「橫看成嶺側成峰，遠近高低各不同」。我看到了男友身上的什麼？老師的話令我陷入了沉思，我不禁自問：我到底看到了男友身上的什麼了呢？也許我應該換一個角度去看了。

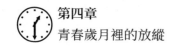

我們要一起走

戀愛時的種種美好總可以令我們豪言壯語、無所畏懼地征服所有困難。

跟男友談過之後，我想了很久：

我渴望他的親吻與撫摸；我喜歡看見他的笑臉與酒渦；我享受他依賴我的感覺；我欣賞他的孝順與負責任。每次爭吵後，他的態度都令我折服，每次我的心裡都會覺得他是可以一輩子陪伴我的人；每次分開後，他都會對我戀戀不捨，時不時來電話或是簡訊，讓我一次次的知道最愛我的人是他；每次相聚，他都會用心地帶一些好吃的或是好玩的東西給我，每次見到他認為好的東西，或是有意思的，他都會第一時間想到我。每次鬱悶他都會向我傾訴，我知道他是相信我，依賴我，希望我可以疼愛他，尊重他，給他精神上的安慰與支持，給他動力與希望繼續走下去。

如此一個男人，難道就因為他暫時的不順利、幾句抱怨的話，我就選擇離開？

如此一個男人，我心裡的感覺只有自己知道，他是我深愛的人，除了他，也沒有第二個可以如此讓我心動。

如此一個男人，在他一次又一次告訴我要和我一起走完今生，要給我幸福時，我感動過後，難道就不再留下些什麼了嗎？

感恩的心呢？理智呢？以前的執著與速戰速決呢？堅持與從一而終呢？我還可以重來嗎？我徬徨、迷惑、猶豫，都可以做到嗎？

我清楚，問題出在自己，只能靠自己解決。那我又將以怎樣的決心和態度重新開始？

　　不關機，再不開心也不要關機，可以暫時不聽電話。男友最忌諱的這點一定不能有下次。鑰匙可以不帶，哪怕把自己鎖外面，每天出去一定要檢查手機是否有帶在身上。不要為自己找藉口，還心安理得！不亂說狠話，要忍，要用更好的辦法去勇敢面對，去積極解決，給予男友最大的尊重。

　　不要忘記他在乎的事，了解他真正需要的。由於最近記憶衰退，如果答應幫忙男友的事，便用筆記下來，一定要盡快完成；不要讓男友心灰意冷或是失望。

　　珍惜眼前的人，他是我最好的選擇。氣頭上說話沒分寸，我不可以誤導他覺得我後悔分手。我自己也很清楚，他是我所遇到最適合我的，什麼時候都是。人無完人，每個人都有缺點，而男友的一切我都可以接受，他也沒有我特別反感的毛病。我想我可以對他更好，可以更疼他，可以更尊重屬於自己的這個男人。我要跨過自己這一步，不要再反覆！加油！

　　我一定可以的，我也必須可以，因為我們是要一起走完一生的！

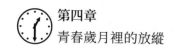

學會放棄

休息是為了走更長遠的路，放棄也是為了更好的收穫。放棄也是為了成全另一種美麗。

許多事情，總是在經歷過以後才會懂得。一如感情，痛過了，才會懂得如何保護自己；傻過了，才會懂得適時的堅持與放棄，在得到與失去中我們慢慢地認識自己。其實，生活並不需要這麼多無謂的執著，沒有什麼真的無法割捨。學會放棄，生活會更容易。

對於感情，我一度想找到完美的。從認識澄到現在，我也一度慶幸，自己居然可以遇到比想像中還要好的男生。即便這樣，我們之間還是有不開心的時候，因為我時不時就問起他的過去。澄很優秀，所以過去屬於他的感情也自然不會少得了。每次談起，我的心都在隱隱作痛，但卻又不放棄追問。追問之後的結果便是我悶悶不樂，澄一臉無可奈何。何苦這樣？我不止一百次問自己，何苦不能放棄這些舊事？何苦讓自己不開心，讓自己喜歡的人難受？往事已矣，還有什麼比現在更值得讓我珍惜呢？我要學會放棄！

人生苦短，要想獲得越多，就得放棄越多。那些什麼都不放棄的人，是不可能得到多少的。其結果必然是對自身生命的最大放棄，讓一生永遠處在悶悶不樂之中。如果我對過去無法改變的事實念念不忘，那只會給人生留下一頁又一頁的不快樂。

當然，放棄也需要明智，該得到時便要得到，現在的幸福唾手可得，我一定要好好努力抓住；該失去的就讓它失去吧。過去的日子無法追回，

不好的記憶，我一定要將它徹底抹除。明知無法挽回的東西，何必苦苦相求？明知做不到的事，何必硬撐著去做呢？管它過去花開花落，雲卷雲舒。過去的已經過去，我將瀟灑放棄追問他的過去。

　　現在，我要做的便是：學會放棄！取其精華去其糟粕嘛，正常一點就不要哪壺不開提哪壺，就像我，明明提起來覺得不爽，那還要提起，為什麼呢？自己找罪受，與人無憂。不過，我已開竅，就看讀者朋友們了。

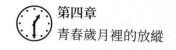

人的感情真的好微妙

戀愛就是在磕磕碰碰的不解與誤會中慢慢了解彼此。

人的感情真的好微妙，上一分鐘還好好的，也許下一分鐘就轉了180度。

開會一整天，我一直在向客人介紹與解釋專案工程的內容及實施方法。散會便像虛脫一樣，躺在自己的辦公椅上，無力地拿起手機，見到澄的訊息。他出差在外安裝電腦系統，說是要大吃一頓才回去，並問我是否需要打包一份？我沒有胃口，委婉拒絕了。誰知老闆走出來，興匆匆地告訴我在樓下等他，一起去吃飯。天大的面子，不論願意與否，我總是要給的。我爽快應約，司機載我們去了一間很有名的餐廳。很幸運，我們占了最後一桌的位置。

老闆說這頓飯全都由我點。隨口點了些小辣的菜，特地叫服務生跟廚房說弄點辣表示一下就好了。老闆吃得很盡興，我卻一直在等澄的訊息，不知道他什麼時候回來。七點多，終於等來一條訊息，澄告訴我他不怎麼舒服，現在已經回家了。因為在老闆面前，我不敢有太大反應。我以為澄只是車坐太久的緣故，傳訊息告訴他，要他先洗澡，我很快就回去。接著我便心不在焉地一邊吃菜，一邊陪老闆聊天。聰明大方的老闆也許察覺到了什麼，一反之前的作風，很快就吃完了。對我說：「現在放你走，好好吃！下次再陪我吃哦！我要吃最辣的。」「呵呵，好，下次我請你！」我丟下一句話，匆匆忙忙上了司機的車。

　　剛下車便打電話給澄，沒人接，傳了訊息給他也未見回覆。我急了，只有拚命打電話，打到他接為止。澄說他很傷心，他不舒服，但沒有從我身上看到關心，他回公司繼續做事了。好一陣心疼之後，我只得回公司問他到底哪裡不舒服。他愛理不理。別無選擇，我只有靜靜坐著等他完成工作。

　　有時想想，澄一直以來很體貼入微的照顧我，我就應該想到，他同樣也渴望我如此的回應，來顯示我對他的感情。而我，卻整天周旋於工作中。怪不得昨晚他開玩笑似的讓我嫁給他，做他的小女人，不讓我出來工作。我明白自己讓他不開心了，不僅僅在於今晚，而是他想到了長遠。我知道此時此刻，澄很需要我的妥協，免得出口以後再後悔；事後慢慢溝通比較重要，身為女人，我的理性應該需要強一點，等他氣消了再談也不遲，如果我也不理不睬，只會把本來不大的事情搞糟了，這樣解決起來就會很麻煩，而有的情侶就是因為一點小事情各奔東西。

　　戀人之間眼裡容不下一粒沙，更別談讓他容下你把時間花在別人身上。其實發生這樣的狀況是正常現象，但卻也可以控制。事先坦白，提醒一下，找一些權威、有說服力的書或文章給對方看，感化他。我們一定要記住：多留點空間，我們才能呼吸，多留距離，我們才能看見對方的美。

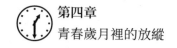
感情需要打理

蠻力、埋頭苦幹並無法幫上感情任何忙，感情更需要韌性與技巧。選自己所愛，愛自己所選，珍惜自己所選所愛。

行走在人生的旅途上，也許曾經喜歡過好幾個人，但執己之手，與之偕老的親密愛人只有一個。

歌德（Goethe）說：哪個少女不鍾情，哪個少男不懷春？中學時我們就深諳異性相吸的原理，心儀對方的舉手投足，欽佩對方的才華聰慧，偷窺對方的氣宇軒昂，好感便在懵懂中滋長。那時只是情竇初開，當然談不上談婚論嫁。

到了走入社會，不經意間步入了「女大當嫁」之列時，有的同學已是曾經滄海難為水，再回首昔日的戀人已成為心底的隱私。現實讓我們選擇，卻又讓我們難以選擇。每每同學聚會，已婚的對未婚的羨慕不已，大嘆早知現在何必當初……而我們這群未婚的呢，則大嚷如何如何羨慕她們，我們還只是「萬綠叢中一點紅」，她們已是「滿園春色關不住」。

假設，你真有幸遇上讓你心動的人，也許會促成一段新的姻緣。所以我說，生活中我們可能會愛上很多人，但愛人只能選擇一個，不能也不可貪多。而與自己共剪西窗燭的人，就是最有緣分的人，但不一定是我們最愛的人。如果做出了選擇就要堅持，努力去經營。

「花開堪折直須折，莫待無花空折枝」。適當的時候遇到適當的人，就一定要珍惜這段屬於自己的緣分。

有了緣分，接下來會怎樣呢？值得注意的是：看得開，想得透，卻做

得少或做不到，是我們常有的缺點。別人的事看得明明白白，自己的生活卻戴上了老花眼鏡，看著像雨像霧又像風。我也是如此，對於別人感情裡的衝突，我總是能想出很多雲開霧散、雨過天青的辦法，而當自己與男友的感情發生一點狀況時，便如墮雲裡霧裡。

我可謂是絞盡腦汁，想盡一切辦法，只求他能告訴我生氣的原因。從男友東一句、西一句的言語中，我終於明白了，原來他覺得我工作不忙時，還能夠如他想像中的那樣關心他。不過一旦工作忙得暈頭轉向時，便把他甩到九霄雲外了。對此，他表示非常不滿。他希望自己累了、不舒服、不開心的時候，我可以陪在他身邊。而事實上，我卻是下班了還要跟客戶、老闆周旋在飯桌上，甚至很晚才回來……我沉默不語，早就猜到並不止一件事這麼簡單，這只是一條導火線，徹底引出了他心中鬱悶、不滿的爆發。

晚上躺在床上，我想了很多、很多。人都說感情需要經營，看來真的不假。為情而困，為情而憂的人很多。對我而言，男友給我的無論是精神還是物質，實在太多太多。說不定，我在羨慕別人時，也有人在羨慕我。也許珍惜我的一切，並幸福著我的幸福，快樂著我的快樂，就是對人生最好的餽贈了。

男友感情細膩，而我有時卻像個大老粗。總不可能把工作上的那套拿來談戀愛吧？工作中，我總是雷厲風行，說做就做。處理阻擋我工作的事時，毫不留情面，搞定後再總結解釋原因，這招百試不爽。而面對男友，我很清楚絕非速戰速決能解決，唯有控制自己的情緒，事後慢慢解釋了。情緒難以控制，但卻是屬於我自己的東西，要用理智控制情緒，是以堅強的意志作後盾的。男友可以做到，我相信我也可以。最大的敵人是自己，不要被自己的情緒打敗。必要的時候，一定要拿出工作上的魄力與意志，控制好自己的情緒，成為情緒的主人。為男友，我一直在努力。

身無綵鳳雙飛翼，心有靈犀一點通。我相信，有了我的改變和他的理解，我們也能打理好這盎然的感情。

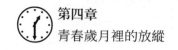
鬆手，我卻得到了愛！

愛需要距離來審視彼此的美，愛需要空間來呼吸成長。時不時鬆一下把愛抓得太緊的拳頭，便是對愛最好的救贖。

當我知道男友是因為家裡的關係，我們每個週末都不能在一起的時候，我慶幸至少週一至週五我們還可以天天在一起。同時也提出週末每天一通電話，而他每天至少會給我五通電話、很多簡訊。我在等待有一天，我們也能像其他情侶一樣，週末牽手逛商場、看電影、吃小吃……

他家裡的事情越來越多，我們也異地工作了。當我知道我們一週連見一次面都變得很奢侈的時候，雖慶幸我們還有以前那麼多美好的回憶，心中卻也不免泛起失落，同時也提出每天保持一通電話，我需要知道他過得好不好，工作生活開不開心？但他卻經常消失得無影無蹤，像人間蒸發一樣，我打電話百分之九十無人接聽，要麼接到就是：累啊，煩啦，睏啦……然後等著他掛斷，聽著電話裡嘟嘟的聲響，我心都碎了……

在經歷了不斷的希望與失望後，我以為他已經慢慢離我遠去，我也已經掌握不住我們曾經那分感情時， 沒有再執迷不悟下去了。也許初戀大多失敗的原因也在此，我們總是期望對方會按照我們設想的去做，然而許多突發的事情、許多特殊的原因讓我們防不勝防，不能如願……退一萬步說，我們為自己量身定下的計畫又有幾個可以按部就班？那我們又拿什麼來要求別人按照我們的期望走？

意識到自己的錯誤後，我總是問自己，我可以為他做什麼？種瓜得瓜，種豆得豆，我期望他會為我做什麼，那麼現在我就為他做什麼！在他

的這個特殊時候，我想他需要更多的是體諒與理解。他累，我就讓他做開心的事，給他想要的空間呼吸。他煩，我就安慰他或是靜靜聽他訴說，不再嘰嘰喳喳只顧說自己的。他睏，我就給時間他休息、睡覺……我停下來，有時間便傳訊息告訴他我的情況，或是講個笑話給他聽，或關心安慰他，等他有空時，我相信他會體會到我對他的那分關心與疼愛。

原本以為這樣放縱他，他會從我身邊徹底溜走。然而沒有，他反而會一靜下來，一有時間就打電話給我。

對命運，我們要扼住它的咽喉；但對愛情，不要抓得太緊，放愛一條生路！

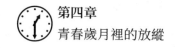

第四章
青春歲月裡的放縱

錦上添花的朋友

生活需要各種錦上添花的朋友作為調味料，才能活得更有滋味。

平日裡：

「小太妹？」周飛每次下班都會伸頭到我的房間跟我打招呼，只是此次的稱呼太新新人類，讓人無法接受。

「你腦子缺氧啊？要不要扔隻高跟鞋砸你頭上，幫你開個孔，多吸些氧，以後就不會亂叫了！」

「誰叫你坐沒坐相，站沒站相的，都縮到椅子上了。」

「複習功課累了，坐到屁股都麻了，我又不是木雕，換個不雅的姿勢又剛好被你看到。唉，命苦！」

「看得出來你很累，那個掛了幾天的黑眼圈，還有獅子頭造型一看就明瞭。」

「那是……唉，你快走，讓我靜一下！」我知道越解釋越亂，他那三寸不爛之舌從來不會給我好果子吃，每每以踐踏我的自尊而為樂。我的煙燻妝被說成是黑眼圈，我的爆炸頭被說成獅子頭。這比趙高指鹿為馬還道高一尺。

從不間斷的問候，雖無讚美，盡是諷刺之詞，卻讓我有種親切感。也許因為了解，只有我與他的氛圍中表演一下他的口才，剝奪我的幾分面子，反而令我感覺有趣。

偶爾：

「尚在人間否？」

264

「健在！何事？」

「你是在練元神出竅，還是金剛不壞之身？怎麼又是摔壞盤子又是切到手？要保重哦！」看到琳留言說自己受傷，我有點擔心，特地打電話問候她。

「不小心！」

「很痛吧？」

「嗯！」

「好好包紮，乖乖的，小心別沾到水發炎了！又要浪費多少豆漿才能補回來，可憐的黃豆 and 黑豆！唉……」我總是取笑琳喜歡自己磨豆漿。

「知道啦！十根手指，有四根弄傷了！」

「哇，想戀愛所以分心吧？這麼嚴重？」

「是啦，是啦！你說是怎樣就怎樣唄！」

「嘿嘿，集體活動，大家各取所需，五一見！」

「謝謝你，獻，總是那麼關心我……」琳一陣沉默後，回答我。

我知道，一筆感情投資成功入帳！

週末：

以前我認識的美女朋友都很會做飯，我以為這世上的女生除了我稍微笨一點不懂做飯之外，其他都是高手，原來我錯了。

看著娟做的飯菜上桌，我驚訝了，呆住了，傻眼了。一盤野菜黃黃的，一盤「唐僧肉」，肉有那麼稀罕嗎？少得可憐，還全都炒焦了，一鍋大稀飯，這水也放太多了吧，我實在是閉著眼睛也沒辦法吃。

「中午我做給你吃吧？」我突然冒出一句。

「你嗎？煮飯？」朋友很納悶，我的每一個朋友幾乎都知道我從不動手做飯。

「飯菜套餐，我自己來，不用幫手，你等著就好。」我不知哪根筋短路了，居然說出這些話，等自己清醒過來也只得硬著頭皮去買菜了。

好像靈感來了，選菜，弄配料，炸油，我的動作還滿迅速的，就像訓練有素一樣。一會兒就弄好菜上桌了。「哇，你有沒有搞錯，你的菜弄得好好看哦，先讓我嚐一口。」朋友驚嘆，「天啊，好好吃，比我強多了！你要嚇死人啦！」朋友一邊拍手，一邊吃驚的看著我。而我只是笑笑，跟她一起吃起來。

無法接受的，便嘗試去改變，也許適當的時候，超水準的發揮一下還能為你贏來一陣掌聲呢！

多一些朋友，多一些歡笑，多一些調味料。生活本就應該色彩斑斕，才不枉我們來世間走一遭嘛。

控制情緒

∙∙

潮起潮落，冬去春來；夏末秋至，日出日落；月圓月缺，雁來雁往；花飛花謝，草長瓜熟；自然界所有的生物都在循環變化中，我也不例外，情緒會時好時壞，經歷昨晚，更是感觸很深。

昨晚，男友沒有回家，特地留下來陪我去海邊散步。每一次與海接觸，我都格外開心，或許是自己喜歡水的關係，快樂地戲弄著海水、浪花，就像一條久遇乾旱的魚遇到了一大片的海洋，我越玩越開心，忘記了時間和空間。

「爸媽問起你了。」男友欲言又止。

我驚呆了，手上還有撥出去的海水順著指縫滴落。過了半分鐘，我激動地期待他的答案：「你怎麼說呢？」

「我照實說啦。」看到我緊張，男友笑了笑。

「那是怎樣？」我急了。

「可愛的時候，讓我開心得要命，像被你抬到了天堂；鬧彆扭的時候，嘰嘰喳喳的你變得一聲不吭，讓我感覺世界末日的來臨。問什麼都不理人，又不聽解釋，氣得我吐血。」說完，男友靜靜地看著我。我也沉默了。

我努力翻著書本，企圖找到控制情緒的方法。我找到了《羊皮卷》第六章，在這裡也想和大家一起分享：

「這是大自然的玩笑，很少有人窺破天機。每天我醒來時，不再有舊日的心情。昨日的快樂變成今日的哀愁，今日的悲傷又轉為明日的喜悅。

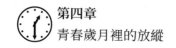

我心中像有一隻輪子不停地轉著，由樂而悲，由悲而喜，由喜而憂。這就好比花的變化，今天綻放的喜悅也會變成凋謝時的絕望。但是我要記住，正如今天枯敗的花蘊藏著明天新生的種子，今天的悲傷也預示著明天的歡樂。」

今天我要學會控制情緒。

我怎樣才能控制情緒，以使每天卓有成效呢？除非我心平氣和，否則迎來的又將是失敗的一天。花草樹木，隨著氣候的變化而生長，但是我為自己創造天氣。我要學會用自己的心靈彌補氣候的不足。如果我為顧客帶來風雨、憂鬱、黑暗和悲觀，那麼他們也會報之以風雨、憂鬱、黑暗和悲觀，然後什麼也不會買。相反地，如果我為顧客獻上歡樂、喜悅、光明和笑聲，他們也會報之以歡樂、喜悅、光明和笑聲，我就能獲得銷售上的豐收，賺取成倉的金幣。

今天我要學會控制情緒。

我怎樣才能控制情緒，讓每天充滿幸福和歡樂？我要學會這個千古祕訣：弱者任思緒控制行為，強者讓行為控制思緒。每天醒來當我被悲傷、自憐、失敗的情緒包圍時，我就這樣與之對抗：

沮喪時，我引吭高歌。

悲傷時，我開懷大笑。

病痛時，我加倍工作。

恐懼時，我勇往直前。

自卑時，我換上新裝。

不安時，我提高嗓音。

窮困潦倒時，我想像未來的富有。

力不從心時，我回想過去的成功。

自輕自賤時，我想想自己的目標。

總之，今天我要學會控制自己的情緒。

從今往後，我明白了，只有低能者才會江郎才盡，我並非低能者，我必須不斷對抗那些企圖摧垮我的力量。失望與悲傷一眼就會被識破，而其他許多敵人是不易覺察的。它們往往面帶微笑，招手而來，卻隨時可能將我摧毀，對它們，我永遠不能放鬆警惕。

自高自大時，我要追尋失敗的記憶。

縱情享受時，我要記得捱餓的日子。

洋洋得意時，我要想想競爭的對手。

沾沾自喜時，不要忘了忍辱的時刻。

自以為是時，看看自己能否讓風止步。

腰纏萬貫時，想想那些食不果腹的人。

驕傲自滿時，要想到自己怯懦的時候。

不可一世時，讓我抬頭，仰望群星。

今天我要學會控制情緒。

有了這項新本領，我也更能體察別人的情緒變化。我寬容怒氣沖沖的人，因為他尚未懂得控制自己的情緒，就可以忍受他的指責與辱罵，因為我知道明天他會改變，再次變得隨和。

我成為自己的主人。

我由此而變得偉大。

吃五穀雜糧長大，誰都有三病六痛，七情六慾。學會控制情緒，助長陽光的一面，削弱傷痛他人的那面，是每個人一輩子都需要做的功課。

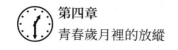
一個地址的虛榮

世人總把名利、金錢、地位看得太重，對此我們不妨一笑而過，千萬不能同流合汙。

「美女，麻煩幫我訂閱《特別關注》一年。」我有禮貌的向郵局職員打招呼，很想快一點結束。剛剛跑了幾間郵局，都說地方太小，無法辦理這項業務，我才一路頂著太陽跑過來。此時渾身上下被太陽晒得火辣辣的，真想來枝冰棒。

「嗯。」還沒看單，她抬頭掃了我一眼，這一看不要緊，她臉上的笑容立刻收起來了。我下意識的打量一下自己，洗得發舊的大 T 恤，一條過時的白色尼龍褲。糟糕，只顧在宿舍穿著舒服，剛剛跑得太快，忘了換衣服。舊是舊一些，最多像個窮光蛋，也不至於衣衫不整被轟出去吧？我下意識看看保全，發現沒反應才吁一口氣安心下來。再抬頭見到她的眉毛擰到一塊去了，將我的郵遞單扔到檯面。

「你人在這，還要訂到這麼遠的地方去呀？郵局可是史無前例。不好意思！」她冷笑幾下，轉頭又去忙她的，全然不顧我的存在。我傻眼了。

「美女，不好意思，我想請問要怎樣才可以透過郵局訂到呢？」我滿臉的誠意與焦急。

「這裡是郵局，沒義務替你諮詢。」

「怎麼這麼個態度？」我帶著一肚子的氣將單子拿回來撕掉，揉一團扔進垃圾桶裡洩憤。

「麻煩你讓開一下，我們還要繼續營業。」她從鼻子裡哼出這樣一句話。居然還轟人？

「那好，給我一張匯款單，我匯款給雜誌社，讓他們寄給我。」

「找保全拿。」

我找保全取了單子，填寫完後遞給她。

「這麼便宜啊！」

「哪有便宜啊，我還嫌貴呢！薄薄的一本雜誌而已！」

「你直接去那邊的郵局辦啦！我們這裡好像不可以辦。」

「你說什麼？郵局不可以匯款？什麼時候暫停這項業務？」我知道她是嫌錢少，匯一筆錢也沒什麼賺頭。

「你叫那邊的人自己訂不就行啦！」她還是那副不耐煩的嘴臉，氣得我直想跑上去給她一巴掌。

「我現在已經在郵局了，幹嘛要麻煩人家啊？」

「那你人在這，幹嘛要把雜誌寄這麼遠？」

「我家在那不行嗎？我做銷售，住的地方經常換。」其實我是要訂給朋友，不想再扯出任何的枝節給她大做文章。

「那你幹嘛在這工作？」她還是不停糾纏，像是警察局錄口供般嚴謹，生怕出了任何紕漏。

「喂，家住在那，我就不可以在這裡找工作啦？一定要老死在那？」看著她那張故意刁難的嘴臉，原本天氣就熱，火氣容易大，我的聲音大得整間郵局都聽得見，大家也都往這邊看。

「幹嘛不寄去公司，多省事。」

我開始渾身發抖，她的問題一個接一個，沒完沒了。態度一次比一次惡劣，嗓門也一次比一次大，貌似想讓我知難而退。

「你照著匯款就行了，管那麼多幹嘛？」我沒好氣，打算不說話了。

「你單子上填寫的廣州地址不是你住的地方吧？」

「公司的。」居然還想套我話，我瞟了她員工編號一眼，在心裡狠狠提醒自己，等她辦理完業務，一定要投訴職員。

「呵呵，你叫劉文獻啊，好好聽的名字哦，很特別。」她突然笑得像盛開的鮮花，十分燦爛。活似見到了劉德華般一臉的謙遜與崇拜。真教人反胃。

「哦。這個名字可以訂閱雜誌吧？」

「可以，你把耳朵伸過來。」

「啊？」我一臉驚奇地側耳聽到她說給我特別待遇，附言是要收費的，她幫我去掉標點就可以不用收取額外的費用。

「我再和你核對一次資料吧，要是搞錯，你收不到雜誌那多不好。」郵局應該很少會有這個步驟吧，大多都是扔出一張回執聯，客戶自己核對簽名了事，哪有那麼多人工核對。核實準確無誤後，她一邊找錢給我，一邊滿臉笑容地看著我。可能她一開始心情不好被我撞到鐵板上，我在心裡取消了投訴的打算。

剛拿了錢準備走，她叫住我。

「等下。」

「還有事？不是辦好了嗎？」

「可以留下你的 Line 帳號嗎？」

「啊？沒那必要吧。」

「留嘛，覺得跟你挺投緣的。想跟你做個朋友。」

還投緣，我心裡一陣冷笑。轉過身，在她恭恭敬敬遞過來的紙上寫 Line 帳號，活像替粉絲簽名的心願。

「你家一定很有錢吧？」

「怎麼這麼說？」

「我看到後面的備註寄送地址就知道啦，這些只要看一眼便明白。雍景豪園帝景臺，好氣派、豪華哦。」

「嚇，一般。」我一身冷汗。真沒想到，左右周旋，十分鍾不到的事情硬是害我來回跑了幾趟，單子也填寫了好幾張，足足用了兩個多小時，居然因為一個虛榮的地址才得以順利通過。

我平凡簡單的生活，接觸的只是一些普通平凡的人。一個郵局職員並沒有顯著的地位，卻將這勢利的嘴臉顯露到極致。這令我想起俄國作家契訶夫（Chekhov）筆下的變色龍奧楚美洛夫的故事，以前讀閱的時候年齡還小，現在走出社會，我才真正明白其中包含的意義原來如此之多。

面對如此的郵局小職員，如此的小警察，我們也許不能做些什麼，僅當笑話來看。然而，如果換作是身居高位的上司呢？那又將如何？我們無法要求別人怎樣、怎樣去做，我只想對讀者說，當你看到此篇，如果你還覺得可笑，你還覺得噁心，請記住：不要被他們同化，不要匯入他們汙穢、貪婪、見風轉舵的黑河之中。

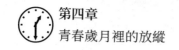
午休電話

有了電話方便了，但同時也好像被電話囚禁了，有利有弊。

每每我舒舒服服躺在床上，準備去見周公，電話就響了，一通接一通，像似接力賽，我跟上帝有仇啊，這樣懲罰我？還是我得罪了老天爺，這樣整我？

迷迷糊糊的，是客戶打來的，我都不知道是做夢還是現實，亂答一通：「老大，我要掛了，要熄火了……」

「劉小姐，你怎麼啦？這樣說話。」客戶也許聽不懂我的專業術語。

「呵呵，沒什麼，我感冒了，頭很痛，現在躺床上呢！」我只得說得通俗易懂點。

「哦，那你多休息，還是要非常謝謝你哦。」客戶很有禮貌，還告訴我同事說我病了，今天去不了展會，現在都已經躺在床上了。後來同事也打電話過來慰問，我只得胡亂應付，以免東窗事發。

「喂，你那個樣子，怎麼看都不樣生病哦，還說自己感冒！」阿琳在旁邊看著我大笑。

「我睏啊，生病是什麼樣子啊？不理你，翻個身，繼續睡……」我轉過身，懶得說話。

才有一點感覺，電話又響起，一看是個許久不見的好友。

「唉！」我在電話裡感嘆。

「獻，出來玩吧！」

「現在下雨，我不去！出去會死掉的。」

「出太陽啦，快出來吧！我等你！」朋友一點不識相，還繼續說。

「唉，難道我們的天空不是同一片嗎？我開著窗呢，外面又是風又是雨，不要鬧啦！讓我睡一下。」越說越大聲，我幾乎有些生氣了。

「出來嘛，我們好久不見了，不要睡了啦！」

「我說最後一次，我睡了！Bye！」掛了電話，關機繼續睡。差點沒說我希望以後都不要見。還說是朋友呢？又不是不知道我睡覺的時候最討厭別人吵，第一個吵的還能忍過去，第二個、第三個就實在讓人抓狂了。

雖然一睜眼發現自己睡了兩小時，一點都不爽快，為什麼那些電話那麼討厭？

我們每天的生活已經離不開電話。打電話有許多好處，如即時、簡便，但電話溝通也有不少缺點，需要分場合、看情況，靈活地使用。

在工作中，一通電話省了長途跋涉，又能及時、方便地與合作夥伴交流，這是其有利方面。但對於需要談判的細節，還是當面交流比較好。因為電話不像書面文字那樣確定，由於聲音不清晰或注意力不集中，容易聽錯記錯。此外，有些表達能力不好的人，在電話中無法準確表達自己的意思，若是當面談，還能製造氣氛，容易說服對方。

在生活上，一通問候的電話有時有出奇的效果，像是出差在外、外出晚歸、各種紀念日等，一通電話會帶給家人特別的溫馨；不能常見的朋友經常通電話，能使友情歷久彌新；過年給遠方的師長拜年打電話，既暖人心又方便；夫妻在生活中發生小摩擦，透過電話道個歉，再次見面時，既保住了面子，又解決了衝突。但是，有的家長喜歡在上班時用電話教育孩子，就不可取了；一些重要朋友和重要的事情，還是盡量當面談；更有一些無聊的人，左一通電話、右一通電話，只是因為無聊、煩悶，那聽到的人更覺得鬱悶了。

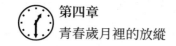

在戀愛中，男女總覺得在一起的時間太短，煲電話粥就成了家常便飯，隨時隨地的電話問候和甜言蜜語是戀愛不可或缺的內容。小小的電話把兩個人跨越時空地連繫在一起。很多當面不好說的話，可以有預謀或者含蓄地透過電話表達，比如真愛告白或表達歉意。這也讓情書日漸退出了戀愛的舞台，書信含蓄深厚的美，以及讀信時的幸福感，都被電話上的東拉西扯和不知所云替代。

因此，我們使用電話要揚長避短，如此才能把生活過得有聲有色，充滿歡樂。

藐視一切困難的存在

你藐視困難，困難便仰視你。

感情方面，經過自己的努力與男友已經步入平穩階段，但因為一些事、一些人，他的生活態度發生了質的轉變。原以為陪他走過這艱難的一段，以後可以快快樂樂地在一起過簡簡單單的小日子，但他發誓要不惜一切代價爭取名利與地位。對我的態度暫不用說，生活態度也是前後判若兩人，我應該如何面對？

工作方面，除了產品本身與價格不具競爭力外，早先說好的分成變少了。這工作的問題應該何時解決？

早上睜開矇矓雙眼本應鬥志昂揚，但陽光下要面對的現實，卻讓我心生迷茫；晚上下班累了一天，終於可以放鬆了，本應開開心心回家去，但想起公車上站著的人遠遠多過坐著的，甚至每次司機關門都夾到人，我不禁渾身發麻，這上下班的交通問題又應該如何解決？

其實這些問題早已經存在，而我總是在為自己找一些藉口逃避。我知道躲來躲去，終究還是要面對的！早面對，早解決，早輕鬆！

想當初厭惡讀書到什麼程度，我已慢慢釋懷，銘記在心的是學校生活中我不曾一氣呵成地從頭至尾看完一本書；不曾把一支筆的墨水寫完；更不曾破天荒地用完筆記本的每一頁。在別人看來，讀書是一種義務，是一種必須，於我而言，是一種不幸，一種不爽。

讀書生活並不會因為我的不爽而改變，如同這世界上很多人事物，不

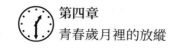

會因為個人的意志而有奇蹟般絲毫遷就。人生苦長，不爽的事總是需要我們去面對、去接受。

許多次因為不爽而改弦易轍，但卻帶來讓自己後悔不已的結果。人人都會隨著時間長河流淌，在品嘗了一次又一次的苦果，與增長閱歷的同時，慢慢成熟，懂得有些事情，面對才是唯一的突破口，才是真正的出口。然而，如何面對呢？

不爽的事情總是一串串，如同接力賽，如果你想一天搞定，一個月搞定，簡直就是痴人說夢。與辛雲長聊了一通電話，談起如何閱讀一本必看但非常枯燥的書，他說要我硬撐著，久了也許就習慣了。

後來，我撐著看了一會，然後努力去做內心所嚮往、所喜歡的事，開心了一天後，心滿意足躺在床上，拿起書再看時，居然不再如同從前那般不爽。接連幾天的結果證明：也許錯開不爽，人生的苦咖啡可以當作是一種調節，也許我們就不會覺得它有多苦，而且會慢慢懂得品味它的芳香，享受它的味美了……

我能搞定自己最厭惡的事，也能搞定眼前的所有困難，給自己一個期限，我希望是一個月內，我要處理好所有問題。我可以找尋到一個合適的平臺，可以搬到離近市區的宿舍，可以從容面對、忠於內心，找到真正屬於自己的 Mr.Right！

我不可以被這些問題嚇倒，我可以解決它們，並可以很快的、很漂亮的解決！我相信自己，相信明天會更好！藐視一切困難的存在，把困難踩在腳下，想方設法錯開它，一點一滴打敗它，作為走向成熟的、邁向成功的基石！

以最快的速度失敗

不要懼怕失敗，用最快速度失敗正好是邁向成功的最佳捷徑。

每一次新的蛻變、成長都需經歷磨難，每一次真正懂得、領悟都需切身體會，如果沒有實踐的話，就沒有發言權。通往成功的實踐之路必定鋪滿失敗的鵝卵石，我們不可以乘坐電梯，只能踩著鵝卵石徒步前行。如果想快速到達目的地，辦法只有一個：以最快的速度失敗！

第一次看到《富爸爸，窮爸爸》，作者羅博特（Robert）寫出這個觀點時，不禁啞然。也曾懷疑過，也曾對此嗤之以鼻過，但讀完全書後，我已經被他的自身經歷與書中眾多的真人真例說服。羅博特為了可以盡快得到銷售的知識，形成一套屬於自己的銷售方式，不惜白天在公司努力打電話、上門拜訪，不斷被拒絕，晚上再兼另一份工作，以求被人拒絕來得越多越好、越快越好！久而久之，他便不再害怕被拒絕，並且形成了自己的免疫細胞，有了屬於自己的一套接招方式去戰勝對方。也有了後來的《富爸爸銷售狗》這本智慧結晶的誕生。

像我這樣悠哉悠哉地散步，也許我的很多心願到生命彌留的最後一刹那，只實行了一半也無妨，但不適合在工作時間這樣做。一棵樹，哪怕開了花，如果沒結果，也無法肯定它到底是一棵怎樣的樹。工作時間一定要杜絕懶散，我須時刻提醒自己，加速失敗，全速前進！我需要擁有自己的果子來證明自身的存在！

每一天都需要有新的失敗與進步……

　　過去，我很少相信自己的能力。所以，無論制定了什麼樣的目標，大的還是小的，都是可笑的。我常笑自己，既然沒辦法堅持，像這樣三天打魚，兩天晒網。制定計畫又有什麼用？總想等著有那麼一天時來運轉，好運眷顧。殊不知，機會只在不斷失敗與成功的曲折進步中。

　　說實話，一天天地遊蕩，不需技能，不必努力，也絕無痛苦。相反，每天樹立目標，每週制定計畫，每月確立方向，並日日為達到目標而努力，是要付出極大代價的。我習慣說明天開始，因此，今天已經錯過了，日復一日，就養成了一種惰性。而只有行動才具有激勵的作用，才是對付惰性的良方。偶然的機會，我看到切斯特頓（Chesterton）的名言：「我不相信命運。行動者，無論他們怎樣去行動，我不信他們會遇到注定的命運；而如果他們不行動，我倒確信他們的命運是注定的。」他的話深深觸動了我心底的那根弦。是的，要行動才能改變一切。行動不一定帶來快樂，更多的可能是失敗，但沒有行動則肯定沒有快樂。

　　現在，我已經習慣制定計畫。但行動力還不夠，還會時不時地中斷，還沒有達到自己想要的效果，尚需堅持和努力，不斷用行動來實現一個又一個的計畫，去達成一個又一個的目標。面對黎明，我已經不再茫然，我清楚地知道，我要抓緊時間行動，取得一個又一個的勝利，來實現自身的價值。

　　夢想是成功的起跑線，決心則是起跑時的槍聲，行動猶如跑步者的全力以赴。唯有加速失敗，堅持到最後一秒，方可能獲得成功的錦標。為了實現我的夢想，我將不斷行動，行動到最後，直到勝利。

成功從做人開始

山，不需要依靠山；但是，人需要依靠人！

假若此時我這樣問你：「你工作快樂嗎？」回答之前，你可能會遲疑個三五秒鐘，想認真分辨到底快樂與否。別擔心，這是正常的。試想一下，如果你是老闆，你願意付出薪水直到滿足員工的快樂感嗎？而且，既然是工作就代表責任與壓力，教人如何快樂得起來？但是，工作中的確有快樂存在。只不過要自己尋找。

值得提醒的是，如果你不想要自己的好心情被別人莫名其妙的苦瓜臉破壞了，那麼在此我建議你：如果自己心情不佳時，先處理自己的心情，再處理事情，不要影響了別人的心情哦。己所不欲，勿施於人嘛。

對我來說，工作中良好的人際關係是大家互敬互愛、互相幫忙，共同進步就是最大的快樂。心情好時，處理任何事情便如魚得水，得心應手。即使不行，有必要的時候，援助之手也會隨時會伸向你。大家庭一樣的工作環境，何等愜意。

當然，全地球人都知道這句話：「世上沒有白吃的午餐！」良好的環境需要大家共同創造與維護，需要大家共同努力。如果你想，就行動吧。隨時隨地給大家一個溫暖的微笑，一聲輕輕的問候。隨時隨地準備向那些需要幫忙的同事，伸出你的援助之手。想得到什麼就先付出什麼，就好比銀行存款，你不斷地存入微笑、友好、善良……越積越豐厚。說不定哪天，當你需要用到時，會發現回報可能大到你意想不到。怎樣，行動吧？

好的人緣帶來的不僅僅是愉悅的心情，還有成功。

　　有人說一個明確的目標，綱舉目張，則可走向成功；有人說下定決心，成功的決心越大，意志就越強，成功才會成為必然；有人說心態決定一切，泰山崩於前而色不變，麋鹿興於左而目不瞬。以這樣的心態處理事情，成功才會可期。如何才是一個成功的人生，竟有如此多的詮釋，究竟哪一種才是根本原因呢？以上哪一種也無法說它錯，但也無法說它全對，直到看了男友給我的 DVD，頓時令我茅塞頓開。

　　收到男友的 DVD 有一個多月了，在男友的提醒下，我不好意思地取出來，應付式的打開它。沒有看畫面，眼睛不停在其他網頁間搜尋有沒有新鮮好玩的事，手指則飛舞在鍵盤上。當我聽到那句：「人，憑什麼成功？我們學電腦、學英語、學其他技術，哪怕是學到十分精湛，卻也很難有所為，很難成功。」我依舊做我的事，卻也為之一振，留了一隻耳朵想聽聽高見。「成功的人有多少？是少數人！為什麼少數人成功了？那是因為多數人希望他們成功！」我繼續聽分析。「人能成功，莫過於人際關係成功。靠人擁戴與推舉；靠人栽培與提拔。」一語道破玄機。

　　想想古今歷史，哪個皇帝不是靠眾人擁戴而能開國明治；想想那些電視劇，哪些不是靠票房數來論輸贏，如此等等。古往今來，人際關係的確在主宰著一個人是否成功的要件。不論你如何努力，如果無人賞識，那也只有在「孤芳自賞」中慢慢香消玉殞；即便是你有了明確目標、堅強的意志、良好的心態，但卻沒人願意為你提供表演舞臺，縱使滿腹經綸，即便文武雙全，也只會胎死腹中。

　　欲成事，先成人，成功從做人開始！

行樂須及時

人生經不起太多的等待，行樂須及時，活在當下，我們時時刻刻都應該體會生活的樂趣。

打從出生到現在，我都奉行一條：行樂須及時！一直到現在，我都是如此。該玩的時候就拚命玩，該工作的時候就工作，該學習的時候就學習。小日子倒也過得自由自在，感覺還挺愜意。看著別人弄得焦頭爛額，我不禁想問：「值得嗎？」

我的朋友大多都是：該做的事、該度的假、該和家人共遊的承諾，一再跳票，等放假再說，等升遷再說，等發財再說，等退休再說，等心情好的時候再說……再說再說。好不容易等到了，腦子卻一片空白；匆匆來，匆匆去，又一次失落與懊悔。想做、該做的事很多，何不趁現在？是，做好當下要做的事，體會當下的感覺，用心去活，這就對了。

還記得，讀書時很多女同學與我一樣，都想離家闖闖。我離家了，她們沒有；我有工作，她們嫁人了。過年回家的時候，她們感嘆沒有離家闖蕩。為什麼不出來闖呢？讀書時等畢業，畢業時等著嫁人，嫁了人，有了小孩，有了那分牽掛與責任，她們的大好時機就在一次又一次的等待中流逝了。

出社會工作，我英語差，便報名了夜校，有幾個同事想與我一起。她們告訴我，要等沒那麼忙時才去讀，等到沒那麼忙時，又想換工作，等到換了工作，又想等穩定下來再說……等來等去，我現在畢業了，她們還在一個又一個的等待中浪費時間。

　　我總希望男友的臉上可以多一些笑容。他上班埋頭苦幹，下班則拚命啃書本，一心想出人頭地給爸媽看，一心要向爸媽證明他們在他身上投入的精力、時間、物資、金錢都是值得的。而男友的孝順更令我覺得汗顏。然而，卻偏偏沒有明確的專案讓他做，英雄無用武地的鬱悶，我當然可以替他想像一二。

　　某種程度來說，我很同情那些為了達到目的，動用青春，甚至身體的健康來換取也在所不惜的人。財富、榮譽和地位是許多人夢寐以求的，而真正得到的人，感受又是怎樣的呢？誰又知道在榮譽和光環的背後，是多少的辛酸和苦淚。很少有人討論這個問題。

　　有人說生命一定要有價值，哪怕是作火柴，一輩子也要發光才能結束；也有人說，好死不如賴活著，苟且偷生的人到後來得志，便被說成了是能屈能伸，將自己的受辱和韓信相比。其實，有些人沒有辦法選擇自己的幸福，因為擺在他們面前的路讓他們只能感覺疲憊和失望。成功的機率似乎比中彩票還要困難。利用某種野心、某些激情自我麻痺，就會失去理智，也許會贏得掌聲，有人將羨慕你的成就；反之，也許是一敗塗地或臭名遠揚。後者無可厚非，但若是前者，你就可以肯定地說，是幸福的嗎？

　　這猶如結婚，很多故事都寫到男女主角經歷了種種困難之後，大團圓結局，大家因此認為結婚一定會有個幸福結局。殊不知結婚並不代表結局，而只是另一個開始，另一種生活的開始。為什麼故事不會寫以後呢？其實，結婚後的平淡，結婚後油鹽醬醋的瑣碎並不像想像中的幸福。但為何男女主角還要失去理智的苦苦去追求那撲朔迷離、鏡中花水中月的浪漫幸福呢？真正浪漫一生的，世間能有幾個？

　　活好自己，活好當下，善待已有的一切，活好每一個今天。為前途打拚的同時，享受屬於自己的每一天，不論結果如何，至少你開心的走過

了，那就是你的幸福。道理簡單，真正明白的人卻寥寥無幾。人們大多都活在別人的看法、別人的言語裡，為何就不能為自己好好活完這一生呢？

我們都知道時間沒有起點，也沒有終點；既沒有方向，也沒有數量，它是一種永恆的點狀存在。過去與將來都是虛的，只有稍縱即逝的每一瞬存在是真實的。過去只不過是記憶，未來只不過是期待，人類為了自己的方便，自作多情地將時間量化，但唯一有意義的只是活好當下的每一分鐘。我們習慣於活在過去的懊惱與怨恨，將來的夢想與狂妄裡，而不是當下。那樣，終其一生我們都不可能好好活過。人，只有把握當下這一刻，它對你來說才是唯一真實的。

朋友們，你們有想做的事，到現在還沒開始嗎？是否也一直在等待最好時機出現呢？在此，就我個人看法，建議你們：行樂須及時！想做什麼，立即著手去做！去體會行動後的喜悅！快樂的活在當下，盡心就是完美。

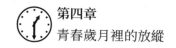

人言真的還可畏嗎？

遠離那些狗頭軍師，多交給你決策權的朋友。

每逢深秋時，故鄉的早晨到處都是霧。想想人的一生，其實很像是在霧中行走，遠遠望去，只是迷霧一片，辨不出方向和吉凶。可是，當你鼓起勇氣放下恐懼和懷疑，一步一步向前走的時候，你就會發現，每一步之後，你都能把下一步看得清楚一點。往前走，別站在遠遠的地方觀望，你就可以找到你的方向。

每個人都在人生的「霧」中行走，都會有他個人的感覺，都會根據自己的觀點來看待世界。如果一味想讓所有人都滿意，你將永遠得不到快樂。當然，我所提倡的「沒有必要一味地在乎別人」，並不是要你清高自傲，一意孤行。畢竟，有些人對你的評價也是中肯的，有可以吸取教訓的地方。只要你學會自信、自愛，就會活得輕鬆。只要你堅信自己所想是正確的，就著手去做吧。別因他人的言語而動搖了成功的決心。

從小到大，感觸最深的是，我每一個決定都會有人支持，有人反對。後來因為工作職位的關係，不斷地結識新朋友、新同事。他們之中有平凡普通的，也有非常傑出，甚至年少有為的。每一個人都有屬於自己的特殊經歷。有的人為過去的經歷而驕傲，有的人為過去的經歷而傷悲。成功者指手劃腳地對我訴說他們的光輝歷史，失敗者也是指手劃腳，訴說著失敗的可怕與恐懼。

在這個世界上，有許多事情是我們難以預料的。我們無法控制機遇，

卻可以掌握自己；我們無法預知未來，卻可以把握現在；我們不知道自己的生命到底有多長，我們卻可以安排當下的生活；我們左右不了變化無常的天氣，卻可以調整自己的心情。只要活著，就有希望，只要每天給自己一個希望，人生就一定不會失色。無論生活、學習，還是工作中，我很慶幸自己一貫的作風讓我無憾。一路走來，想做的事就去做，且不談成功與否，至少做了自己想做的事，活好了當下。他們說的我會聽，但是有選擇的聽。不是別人說成功非常容易，我就相信了；也不是別人說非常艱難，我就畏懼了。如同小馬如果不真正嘗試河流的水到底是深是淺，僅僅聽信牛與松鼠的闊論，那牠永遠不會知道答案。

　　新的一天代表著新的希望，我不會讓任何事情妨礙我新生命的成長，我也絕不想浪費一天的時間，因為時光一去不返，失去的日子是無法彌補的。我也絕不想打破每天閱讀的習慣。事實上，每天在好的習慣上花費少許時間，相對於可能獲得的快樂與成功而言，只是微不足道的代價。而現在，我正努力培養的好習慣便是控制自己的情緒，明白是非曲直，為了自己，也為了關心我的人，在此，我衷心的建議我所有的朋友：不要完全相信你所聽到的一切，也不要因他人的議論而鄙視自己。相信自己，做一個獨立自主的人。如此一來，人言還可畏嗎？朋友，朝著你的目標，加油！

　　朋友們，在此我也希望你們能把握現在，不要理會時間，也不要顧慮環境的嚴苛。路是人走出來的，如果我們繼續向前，有生之年，都不停止，也不徘徊瞻顧，一定能達到常人不易到達的境界！不要再去殊不知，成功與否都只能代表過去，而現在所做的則代表將來。不要一味聽信他人所言，那只屬於他們的經驗。如果是自己認定的，就不顧一切地去做。等到頭來，認定的事實被證明時，那些反對的人大多又會變成支持的力量。

所以，我們沒必要為別人而活，為別人的感受而動搖自己，因為很多時候是「說者無心，聽者有意」罷了。

昨天是一張過期的船票，明天是一張未兌現的支票，唯有今天才是現金流通。選擇性參考他人所言，懷念過去，讓我們活好當下，好嗎？

機會不是等待來的，是創造出來的

機會不是等待來的，是創造出來的！猶豫不前只會成為成功路上經常遇到的絆腳石。

剛進社會，大有初生之犢不怕虎之勢，上面分配的任務，我從不調查成功的機率有多大，要是失敗了會不會影響前程等消極因素。初步構思覺得可行，便自信地拍拍胸脯說 OK，可以交給我，我將盡我所能達到要求。

工作的這三年裡，不少好心的同事或朋友為我分析可行性，列出一大堆的理由讓我儘早「放下屠刀，回頭是岸」，不然就是讓我再等等，等到時機成熟。最後他們得出的結論當然是：我被賣去當奴隸了。剛開始時，我也是帶著疑惑、帶著恐懼在堅持不停摸索，絕不輕易放棄地緊緊揪住每個機會，一步步向前邁進。堅持了三年，到現在，我慶幸自己的選擇與執著。我用事實向他們證明了：行動能改變一切，行動能創造最好的機會。

朋友們，你們是否也會有坐在那裡，想等待一個最好的機會才開始計畫的時候呢？在此，我衷心建議你們，如果你覺得該做就去做，不要再等待所謂的最好機會了。最好的機會是人創造出來的，如果你只想等待一個最恰當的機會，那麼當你動手時，早已經浪費了很多時間。

世界瞬息萬變，特別是生意的成功，常常屬於那些勇於抓住時機，勇於冒險的人。有些人很聰明，對不可控因素和風險看得太清楚了，不敢冒一點險，結果聰明反被聰明誤，永遠只能「餬口」而已。實際上，如果能從風險的轉化和準備上進行謀劃，風險並不可怕。

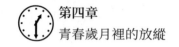

　　對於我自己，凡是我覺得能夠做的，我都想嘗試。對於你們，我也是這樣建議，失敗並不可怕，可怕的是坐在那裡猶豫不決，而沒有行動，等來的不是機會而是失敗。

　　此次準備考試的時間已經十分倉促，偏偏又遇公司要寫計畫書，我深知現在的形勢是若想要魚與熊掌兼得，必定兩頭落空。跟男友討論利害得失之後，我決定工作為重，再盡力準備考試。

　　憑良心而論，我長這麼大，從未有過臨考還找不到方向與感覺，過去，考前一天都是用來睡覺或逛街的，第一次，臨考前的晚上，還要挑燈夜讀，很想放棄。我不敢看幾經周折，還要接受步入考場後取得的可怕分數的結局。在男友心目中，我是最棒的，要是考得一塌糊塗，我雖有我的理由，但在他心中的印象可能要大打折扣。我害怕、徬徨片刻之後，還是堅定了自己，竭盡全力，最後一搏。

　　世界上沒有哪件事可以絕對肯定或保證，也許你在行動時隨時可能犯錯，你所做的決定也難免失誤，但是絕不能因此而放棄自己追求的目標，你必須有勇氣承擔犯錯誤的風險、失敗的風險、受屈辱的風險。我個人認為走錯一步，總比永遠在原地不動要好一些。因為人向前走就可以獲得矯正前進方向的機會，縱使這次考試失敗，縱使男友對我「另眼相看」，我還是義無反顧，勇往直前，我可以接受努力後的一切結果，也不願接受自己坐以待斃，害怕失敗的懦弱。

　　朋友們，當你們也有是否該為某件事採取行動，而瞻前顧後時，只要你願意，我相信我們都可以超越它，槍斃我們的猶豫，不要再駐足停留，繼續前進吧。機會不是等待來的，是創造出來的

你會做分內之外的事嗎？

分內之外的事便是為將來的技能與人際關係的鋪陳，應該以對工作一視同仁的熱情去完成。

昨晚與男友攜手散步海邊，談起我的工作經歷。大多數走入職場的人都奉行著這樣幾條法則行事：「明哲保身」，「事不關己，高高掛起」，「多做多錯，不做不錯」。而我只是我行我素，不理職位如何，薪資如何，總是想盡一切辦法，在每一次實踐中求進步。其他，則從不去計較。男友表示不解。

到現在為止，我做過三份以上的工作了，公司每每見我能提前完成分內任務，當有同事離職，便將他的工作移交給我，我也「毫不客氣」地全盤接受。我為公司給了多學一門知識的機會而暗自慶幸，公司則為能節省一個人而開心，而其他同事則可能以為我腦子不好使。呵呵，我從不理會，只跟以前的自己比較，只有一個想法，一次比一次快，一次比一次好。

這間公司的市場部同事想離職，她的事，我馬上就撿起來做；行政主管離職了，他的事我也馬上撿來做。令我的老闆覺得奇怪的是，我做出的成果並不比以前三個人同事做的效果差。為此，我的上司深為不解。在他們欣賞的目光中，我做得遊刃有餘。

對此，我告訴男友內心的感受，一個人在工作時，如果只做分內的事，就無法爭取到他人的有利評價，你就不會被人注意，你將會失去很多有利的機會。但是當你從事超過你的報酬的工作時，就會受到別人的關

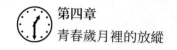
注，別人就會對你做出好的評價，你將獲得良好的聲譽和融洽的人際關係。當這些東西都已具備時，你的事業就會突飛猛進。

我為他講述了以下這個故事：

一隻野狼躺在草上勤奮地磨牙，狐狸看到了，就對牠說：天氣這麼好，大家在休息玩耍，你也加入吧！野狼沒有說話，繼續磨牙，把牙齒磨得又尖又利。狐狸奇怪地問道：森林這麼靜，獵人和獵狗已經回家了，老虎也不在這裡徘徊，又沒有任何危險，你何必那麼努力磨牙呢？野狼停下來回答說：我磨牙並不是為了娛樂，你想想，如果有一天我被獵人或老虎追逐，到那時我想磨牙也來不及了。而平時我就把牙磨好，到那時就可以保護自己了。

做事就應該未雨綢繆，居安思危，這樣在危險突然降臨時，才不至於手忙腳亂。很多同事都羨慕別人升職，其實別人大多已準備好了，如果沒任何準備，就算得到機會，也只會留下書到用時方恨少的感嘆，更也會吃不消。看到肥肉想吃，也要看自己的胃是否可以消化呀！像這種抱怨沒有機會，當升遷機會來臨時，再感嘆平時沒有累積足夠的學識與能力，以致無法勝任只好後悔莫及的人，相信大家也見過不少。平常若不充實學問，臨時抱佛腳是來不及的。我們可以借鑑他們的錯誤，吸取教訓，而非要等到自己被教訓了，才知道後悔。多做分內之外的事，其實就是在為你的將來磨刀。

男友點點頭，我希望他是真的明白了。同時，我也希望看我文章的朋友是真的明白了。

想收穫，請先付出

人生未知的路上失敗與機遇隨行，勇於嘗試承擔失敗的風險，才配擁有機遇的垂青。

傍晚，與男友漫步於林蔭小路。皎潔的月光透過樹葉，灑在地上，陣陣涼風吹過，一天的疲勞一掃而空。我調皮地挽著男友的手臂，拉他走了一條從未走過，看似可以走回去的小路。由於好奇，我們邊聊，邊欣賞路邊從未見過的小樹、小花，不知不覺已經走了很遠。而此條小路車子又不能通行……

「喂，小鬼，我們走很遠啦，回去吧？」男友拉住我的手，不想再往前走。

「前進吧，帥哥。也許再走就走回去了呢？不然，我們今晚露宿吧？我很輕，可以掛在樹枝裡，你比較重，睡樹根旁。哈哈哈……」我跟男友說笑起來。

「別玩啦，我們走回去吧？回去都很晚了。」男友碰了一下我的鼻子，他一向謹慎，不想再多走一步冤枉路。

「哪，你朝前面看看，是不是有個轉彎？我們走到那，如果沒路走。我就同意撤兵，算你贏！」我堅持走向前，否則不會死心。

無奈，男友只得陪我又走了四、五分鐘路程，奇怪的是，前面就是我們的宿舍。「呵呵……」男友與我相視而笑。「還好你堅持了，不然有得走了。這裡怎麼可以通往宿舍？真沒想到！迷途望見北斗星 —— 峰迴路轉。哈哈……」

　　許多時候，我們總希望收穫，而很少有人想付出，甚至害怕付出了會失敗。如同男友，害怕走錯了路，要付出走回頭路的代價，於是他想退卻。如果不是我硬拉他往前一步，怎可能找到另一條新的路線？

　　你有沒有羨慕過別人碩果纍纍？你有沒有羨慕過別人光環滿身？你有沒有羨慕過別人的口才、機智與博學呢？答案一定是肯定的。但你有沒有探討過這榮譽與成果背後的艱辛與付出呢？答案一般是否定的。我們都習慣知其然而不知其所以然。

　　我們說一分耕耘，一分收穫。在歷來社會生活的諸多方面，這都是個恆定不變的大原則。人們總是先付出汗水，才收穫口糧；先付出才智，才收穫肯定；先付出時間，才收穫智慧；先付出真誠，才收穫信賴；先付出幫助，才收穫感激……換句話說：如果你渴望得到什麼，希望在哪方面收穫，那麼不要再想了，請先在這方面付出吧。付出了，你才有資格收穫。

　　付出總是艱辛的，多少有些痛苦。再加上世事往往比人想像的紛繁複雜、變化多端，而不同的人對事物的感受力不同，心態便受到衝擊，不小心便滑到了失衡的深淵裡備受煎熬。也許我們付出的中途會有中斷，不要緊，調整好自己的心態，收拾好零碎的心情，繼續朝著目標前進，遲早有一天，你的付出會有收穫！

　　怎樣找到自己的目標呢？在這繁雜的社會裡，每天的瑣事多多，生活節奏更是不斷加速，人們對物質與精神的追求欲也與日俱增。我們是否應該找到屬於自己的那一點？我們是否應該弄清楚自己到底想要什麼呢？我們是否不應該將注意力都集中在自己付出，而絲毫沒留意在付出的同時，無意間已經得到了頗多回報呢？我們付出的同時，也需要找到平衡，才是找到真正幸福與人生快樂的根源。

　　你想收穫什麼？先付出吧！亙古不變的道理：種瓜得瓜，種豆得豆。

細節問題

細節可以成就一個人，也可以毀了一個人。

「喂，左邊第一排第二位，請出列！已經下班啦，去買菜咯！」我站在門外對著辦公室高呼。

沒人理我，我靠近，男友走出來說：「我要得氣管炎了！」

「哦，下次注意，尊敬的先生！我知道錯了！」

「哈哈哈……」大家都笑了起來。

我們一路走，一路說笑。「說話要注意啊，要是說錯話，弄得你家『老公』沒面子，可不好哦！心直口快可不是藉口。」軍還要補充一句。

「我不是知道錯了嘛，還要群起而攻之呀？」我真的打心裡明白事情的嚴重性，只是說說笑，也不致於這樣對我嘛。呵呵。

他們讓我見識了面子問題可小看不得，有一句俚語「吊死鬼搽粉——死要面子」，說明人都是「好面子」的，甚至連老外都會說「No Face」。每個人都希望在人前能被「尊重」，或活得有「尊嚴」些。換句話說，任何人都不希望自尊心受損，都不喜歡受人羞辱，在熟人面前就更不希望面子受損了。只是一句話，只是一個不起眼的細節，卻包涵了如此多的內容。細節真的具有如此威力，可以毀掉一個人也可以成就一個人。

我天生沒女孩的性格，幾乎全世界女孩子樂此不疲的事，我都沒什麼興趣，而逛街成為我沒興趣中最沒興趣的事。

「喂，你真的沒興趣看衣服啊？喜歡的我送給你！」男友在大街上，好像在給我最後一次機會般說著。

「堅持立場，不看！想看的時候，我再破壞你的錢包啦！呵呵，你還是可以看的，你是我唯一的興趣，你幹嘛我都樂意陪著。看著你就好……」

聽得男友一臉的鮮花燦爛。

「小傢伙，我以你為榮哦！」男友突然冒出一句這樣的話，讓我丈二金剛摸不著頭腦。莫非不喜歡逛街，就成了他的光榮女友了？搞不懂！

「哦……」反正我沒反應過來，只是配合地點點頭。

「我看別的女生逛街，很多都會亂丟垃圾！你這麼大剌剌的，哪怕是好小的垃圾，都會找到垃圾桶才放進去。真的很難得哦！呵呵……」

「哦，這麼小的芝麻事，又沒大事給我表現。」就為這表揚我。追女生時用的最笨最笨的那套吧？但我心裡還是樂滋滋的。

「有情況，有發現，不出來不知道，我又發現你一個優點！」男友在後面大驚小怪地叫住我。

「什麼情況，發生什麼事了？」我更加不解，莫名其妙地看著他，眉頭都皺在一起了。

「我先問你，剛剛有個身體有些缺陷的人走過，你為什麼不看？」

「如果他需要幫忙我會幫，如果沒事我會像正常人一樣對他。」

「嗯，這便是最好的幫忙，給了他們自尊。」

「知道了……」我只是出於習慣並沒有想這麼多，沒想到這種小細節會被別人看在眼裡。

我相信生活中如跟我一樣大剌剌的朋友們肯定不少，那麼你們也從此刻開始與我一起，留意細節，慢慢改造我們自己吧。

扼殺不良情緒

生活就是要樂觀積極的面對，希望便無處不在、無時不在。相信明天會更好，不要預支明天的煩惱。

自從潘朵拉的盒子開啟以後，煩惱、疾病、痛苦……一股腦兒地降臨人間。我們每個人都不是生活在「世外桃源」，於是每個人都會受制於自身所處的環境，樂天派也好，憂愁者也罷，哪個能逃脫得了所遇到的幸與不幸呢？

男友最近總是壓力累累，擔心父親病情轉變之餘，一直都想大幹一番，可以讓父母有些許安慰。然而工作上又遲遲不見公司有什麼動靜，接不到能讓他一展所長的大型專案。英雄無用武地的痛苦，我看在眼裡，痛在心裡。最近，我感覺他的身體也頻頻出現問題。他是會計系畢業，看問題總是喜歡用很謹慎，略顯消極的角度，把低潮看得很嚴重，很想逼自己走出低潮狀態，結果不但沒能解決問題，又有新的問題不斷湧現，讓男友異常苦惱。我不斷思索著，怎樣才可以讓男友樂觀一些，積極地去努力呢？

昨晚我跟男友談了很久，種種跡象表明，很快就會有轉機的希望，我一一分析給男友聽。他也聽得很認真，還時不時提問。我心裡明白，也許現在，我是男友唯一的精神寄託，我必須保持樂觀。我相信一切都可以挺過去，一切都會好起來。退一萬步說，如果在這間公司無法改變現狀，或是看不到發展的希望，過完年後就離開，再找新的天地發展，也許蘊藏著更大的希望呢！

我總是覺得遇到難過的事或是不順時，不要抗拒它們，試著放鬆，看看除了恐慌，是否能夠保持從容與鎮定。不要對抗自己的負面情緒，只要

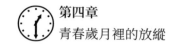

我們很從容，保持良好的心態，做好一切可能發生的準備，它們就會像落日一樣消失在夜幕中！我堅信，它們一定會消失！

心情不好的時候，看萬事萬物都像跟自己作對似的，越看越不順眼！與人交談大抵也是說些傷心事，在這時候我沒辦法再去安慰那些失意的朋友、同學，沒辦法再設身處地為他們解說。說來說去，越說越鬱悶……

本來心情好好的，被朋友的煩心事這個說過來、那個說過去，好像他們都已看破紅塵，鐵定這世間沒好事發生一樣！也許不知不覺，他們已經感染到我，我越聽越沉不住氣，越聽越壓抑……最後，我意識到自己的不對勁，叫他們閉嘴，不要再說下去了！

如果走不出來，如果意識不到，我們就此循環下去，浪費自己的生命！一天又一天地無休止的浪費！一直以為自己調節能力還不錯，但猛然發現我居然也陷入了一個的惡性循環。

在與同學朋友交流時，也突然意識到，我還有很多值得去做的事，值得我去關心的人，值得我留戀、值得我花時間去處理的一切的一切……不可以再浪費時間，不可以再被消極的情緒感染！我要遠離這些瘟疫一樣的消極情緒，越遠越好！請原諒我，朋友們，我必須要先處理好自己的事，才能幫你們！

我需要的是信心，是激勵，是關心……不是抱怨，也不是訴苦，更不是灰心喪氣！信心產生更大的信心，成功成就更大的成功！將一切引入良性循環是我現在要做的。

沒有人知道未來的事、沒有人知道哪裡會是錯的，哪裡會是對的！既然這樣，也就沒必要顧慮太多，沒必要受到太多的束縛！放下一切！放下應該放下的一切！重新找回自己！我的事情我做主！我對自己的行為負責！

加油！我相信自己可以，甚至比別人做得更好！明天會更好！一定會！

幸福在哪裡？

幸福就在我們身邊，一直與我們如影相隨。

一隻可愛的小狗，牠拚命思索怎樣才能找到幸福，牠想，幸福應該躲在某個角落，誰找到它便可以幸福地過著日子了。於是小狗跑去問媽媽：「媽媽，幸福在哪裡？我要去尋找幸福！」媽媽說：「幸福嘛，就在你的尾巴上啊！」小狗聽了媽媽的答案，用力轉著圈想咬住自己的尾巴，可是小狗怎麼也搆不著自己的尾巴，牠怎麼也不肯放棄，因為幸福就在牠的尾巴上呀！轉啊轉，小狗感覺一陣頭暈，倒在了地上。待牠醒來，滿懷悲傷地以為永遠也抓不住幸福時，媽媽慈愛地說：「孩子，其實你不用費力地想去抓它，只要你抬起頭向前走，幸福就會永遠地跟在你身後。」

是的，幸福就是一種內心的感受。幸福就是為了自己理想的實現所流的汗水，和心靈所受的痛苦，以及最終勝利的淚水、花環與笑聲⋯⋯

人的一生要付出很多，為了實現自己的理想，為了我們的親人，為了愛我們的和我們愛的人的快樂，但我們的付出終會得到回報，也許我們所期待的回報要等很久很久才能得到，也許我們得到的回報遠遠不及期望的那麼多，又或者我們得到的並不是我們原本所渴望的。但我們重視的是過程，是在實現夢想的路途中，我們所經歷的每一個人和每一件事，不論是快樂還是痛苦，它們都是我們應當珍藏的記憶，它們都是我們獨有的人生經歷，別人搶不走的財富，也是一種另類的幸福。

何苦執著向幸福邁進，也許轉個彎就到了！我們越是嚮往，很多時候反而越是得不到。越是追求，反而越是失望⋯⋯

　　為何不好好計劃自己的生活，活出精彩的自己！你一路努力、向前邁進，同時幸福也伴隨著你的精彩而生！如同小狗，牠渴望著幸福，也希望別人告訴它什麼是幸福。

　　一個人是不可能單獨獲得幸福而存在，你要幸福，就必須存在於一個幸福的集體之中。

　　物以類聚，人以群分。柯切托夫（Kochetov）說：「如果你周圍是一群鷹的話，那麼你自己也會成為一隻鷹；如果你在一群山雀中間的話，那麼你就看不到海闊天空。」換句話說，要觀察一個人，只要了解與他默契相處的幾位朋友就可以了。而要知道，一個人是不是幸福，看看他周圍的人就可以知道答案了。

　　選擇朋友會影響你一生的幸福。剛出社會時，我有一個單純、善良的女性朋友，每日工作之餘我們都一起度過，因為在同一間宿舍，低頭不見抬頭見。起初，我由於剛畢業，不捨得丟棄那些書本，每天必定翻來看看，至於上街購物之類其他女生為之神魂顛倒的事情嘛，我絲毫提不起興趣。久而久之，那女生也鬥不過我的懶（待在宿舍看書），好話說得磨破嘴皮也不見有半點反應，便放棄了，和我一起看書。

　　一年多過去後，我們回首說當初。那女生告訴我，她很意外，現在她也變得不愛逛街看衣服，而是愛看書了，甚至在我報名了幾個補習班後，她也報名了一個，幹勁比我有過之而無不及啊。我當然發自內心替她高興。外表包裝得再好，也不如內心有知識來得真切啊！我從來沒要求她改變，我知道是因為與她相處最多的只有我，隨著時間的流逝，我已經不知不覺地影響了她。很慶幸的是，她爸媽也因為她的改變而感到高興，經常請我白吃白喝，當親女兒一樣看待。

「隨風潛入夜，潤物細無聲。」我覺得身邊的朋友就像高級染料，近朱者赤，近墨者黑。朋友的個性、為人處世、生活方式、思想觀念等方面對我們都有潛移默化的作用。所以，你想成為幸福的人，就請盡量融入幸福的人群中，讓他們影響你、啟發你，引導你走向幸福。

不要逼著自己去做無望的努力，不要再苦苦戀著那分若即若離的感情。瀟灑一些，扔掉那些鏡花水月、海市蜃樓，融入開心、快樂、積極、上進中，去做自己想做的事，做好身邊的每一件事，活在當天，活好自己的每一天，活出自己的特色，活出自己的追求，幸福與我同在！

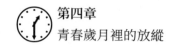

第四章
青春歲月裡的放縱

夢話連篇

「我跟你說一件事！」三更半夜，飛突然一語驚醒我，很正經的語氣讓我不能馬虎。

我揉揉惺忪睡眼，讓自己盡量清醒後，回答他：「說吧，什麼事？」

「我還差一個三條。」

「三條怎麼啦？」莫名其妙，我有些沒好氣。

「就一條龍了，嘿嘿嘿嘿……」飛發出一陣周星馳式尖笑，貌似春風得意。

「你不是說你不打麻將了嗎？又打！」我一腳將他踹醒，火冒三丈。「明明說好不打麻將，做夢都在摸牌。你病入膏肓了！」對他，我一直像對弟弟一樣教訓，一點面子都不給。

「啊，文姐姐，我說什麼啦？對不起，對不起！我不知道，我不知道我說什麼了！」飛一陣疼痛，醒來後，一直道歉，看到他無辜可憐的樣子，我心軟了。

才剛睡一會，飛又開啟話匣子了：「我跟我姐夫說，你有三個優點。」

本來怒火未消，又睏得要命，但一聽是表揚自己的，精神立刻來了，問他：「哪三個優點？」

「第一，你很漂亮，看著食慾大增；第二，你很有領導的風範，你是姐姐，我聽你的；第三，第三，讓我想想……」

過了一兩分鐘，飛那邊沒了反應。前些天，被人入室搶東西後，我害

302

怕一個人睡，這些天都睡在他這裡，害他沒地方睡。看他也很累，實在不
忍心再纏著他說東說西。

「喂，文姐姐，我們不是說到第三個優點嗎？」飛一下子熄火，一下
子又好像來了電。

「哦，第三個優點是什麼？」

「姐夫，快去拿報紙，快找報紙把第三個優點包起來，扔進垃圾
桶。」

「啊！！！」我一陣驚嘆，原來飛又在說夢話了。虧他想得出，我捂
著嘴在床上笑到肚子痛。

第二天早上醒來，他像沒事一樣去上班，倒是我，被搞到一頭霧水，
原來我白說了一個晚上，只是陪人家說夢語。

其實說夢話也沒什麼，有時候一個人的夢話可能帶給整間寢室的人歡
笑和快樂，說不定還能創造經典呢！

讀書的時候，晚自習後，已經是晚上十點，大家匆匆忙忙盥洗完畢，
關燈睡覺。不知何時，一同學突然說升旗，接著大唱國歌，歌聲嘹亮，
一字一句唱得很起勁。我們全體醒來，開燈聽她唱，她第二天居然全然
不知。

有個已婚的朋友，老公也會說夢話，三更半夜，同學聽到老公嘴在吧
嗒吧嗒響，問：「老公，你是不是在磨牙？」老公回答：「讓開，不要妨礙
我辦事！」同學很奇怪：「辦什麼事？」「我在親你啊！你不知道嗎？」同
學一身汗，無言到極點，後來才知道，原來是老公在說夢話。

諸如此類，其實我們每個人或多或少都會說夢話。

人為什麼會說夢話呢？說夢話也稱夢囈。很多人都有這種情況，睡著
後常常做夢，並在睡眠中說話、唱歌或哭笑，有時說夢話是連貫的言語，

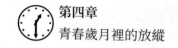

或成段的述說，有人說夢話時，別人插話也能與人對答，有的說夢話構音並不清晰，或僅是不成文的隻言片語。夢囈可出現在睡眠的任何時段。

我查閱了一些資料，說夢話不知是否算一種病態。說夢話的部分內容往往與平時思想相仿，多為白天所想的事情，夢囈常見於兒童神經症和神經功能不穩定者。一些專家的臨床經驗所得，經常說夢話的人多半心火過旺、肝火過熱及精神緊張；表現在身體狀況是有口氣、喉乾舌燥，清熱後情況便會好轉。

引起說夢話的原因很多，有可能是壓力過大、精神緊張誘發的。因此，經常說夢話的人一定要加強鍛鍊，同時更要注意休息，調節工作、生活所帶來的壓力，可能是神經衰弱的表現，只需調整自己的生活節奏，緩解壓力，調理營養，增加適當的鍛鍊，會慢慢改善。

那些夢話連篇的朋友們，要多多注意咯，希望你們快快好起來。

叛逆的青春

青春期的叛逆，每個人都有一段雷同的風采，讓人回味無窮。

自以為任性調皮是屬於本小姐的專利，沒想到在我出生之前，風早已經拿下此特權。談論著他的頑皮可愛，我不得不在一次又一次笑破肚皮的捧腹中，舉白旗無條件宣告投降。原來世上還有如此大巫，我這隻小巫哪裡會有人看得見呢？

風是地理科出了名的資優生，連老師都望塵莫及，以至於風在地裡課堂上可以點菜。地理課本在他手上好似一本食譜，翻到哪頁他看著順眼，他便點到哪課哪節，老師就得講那課那節，如不然，就得挨扁討打。風牛高馬大的個子，讓老師不得不推著眼鏡，不顧為人師表的尊嚴，乖乖屈服就犯。

英語課上，老師上課則立即點名，看看風這顆定時炸彈是否也在教室，如果在，便指著教室門口讓他出去。偌大的操場上，就只有風一個人在上體育課。我問風，為什麼老師要這樣對他，他笑笑回答我：「其實也沒什麼，我就放了兩條蛇在她粉筆盒裡。」看我驚得目瞪口呆，風忙有些無辜地補充說：「那蛇很小的，真的就兩條很小的蛇而已。」

我可沒他勇敢，跟老師對著幹，在我的學生歲月裡，都是老師跟我對著幹。

自從化學實驗課，我蹺課在外遛達，老師因為菸灰掉進酒精缸裡引發爆炸後，我更堅定了信念，不愛上的課堅決不出現在老師的視野範圍內。外面的世界多精彩，我可不想什麼都沒嘗試，就在那枯燥無味的課堂上搞

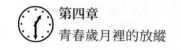

到夭折。於是，我便在一次又一次被老師抓回來與逃出去之間循環成長。

　　與風有個相像的地方，英語課也是我的死穴。老師從前門進來我便從後門溜，老師從後門進來，我便從前門逃。總之，也算給面子，不用打招呼，免得彼此尷尬。在電影院裡被抓過，我堅持看完那部電影才回去受罰，嚴重的時候老爸也得一併受罰。我溜出去抓魚，滿載而歸後被捕過，結果魚蝦全部充公，還免不了被罰站、罰寫作業等。

　　最近接到小傢伙勇的電話，更讓我啼笑皆非。

　　「跟你說一件事咯……」他在電話裡有些神神祕祕說。

　　「哦，那我馬上關電視，認真聽……」我喜歡的連續劇啊，為了尊重他，心裡痛了一下，關了。

　　「我今天煩死了，受不了了，依我的脾氣，我要離家去很遠的地方……」聽他說著自己氣憤時候最喜歡說的對白，我反倒覺得幼稚可笑了。

　　「哈哈，用得著嗎？為了你那點破事，家人是關心你，想要你做公務員，一生無憂，說清楚就好了啊！」身為曾經幼稚的過來人，我繼續對他說：「不要讓關心你的人擔心，好嗎？」

　　「我想半年不和家裡聯絡，媽媽六十歲的生日我也不回去了！哼……看他們再煩我！」他半點聽不進去我所說的，拚命發飆……

　　「天啊，你怎麼跟我一樣，脾氣差得要命，這樣完了完了，你有苦得受啊！讓關心自己的人擔心，算哪門子的事。以前我鬧關機什麼的，害死人了……唉……」我提高聲調，以身說法，他才冷靜一點。

　　「那當我現在不去吧，我再想想……」好歹我不是在做無用功。

　　我想他心裡已經平靜，掛了電話，我冷靜下來想想，他就像曾經的的自己，甚至比我更高一個等級，高學歷加上聰明的頭腦，再配上充足的幹

勁。工作上風風火火、無往不利的精神,可以征服職場上的每個難題,但
這一套在生活中卻又顯得蒼白無力,毫無說服力,甚至太不成熟⋯⋯

　　也許是男生與女生的區別吧,同是青春期的叛逆,男生顯得明目張
膽、個性張揚;而女生含蓄隱蔽,若隱若現。

　　人總是在經歷中慢慢懂得,在磨練中快速成長。

(全書完)

時光的低語，在薄情的世界裡溫柔的活著：

探索愛與失去的微妙界線

作　　者：楊牧笛

發 行 人：黃振庭

出 版 者：崧燁文化事業有限公司

發 行 者：崧燁文化事業有限公司

E-mail：sonbookservice@gmail.com

粉 絲 頁：https://www.facebook.com/sonbookss/

網　　址：https://sonbook.net/

地　　址：台北市中正區重慶南路一段六十一號八樓 815 室

Rm. 815, 8F., No.61, Sec. 1, Chongqing S. Rd., Zhongzheng
Dist., Taipei City 100, Taiwan

電　　話：(02)2370-3310

傳　　真：(02)2388-1990

印　　刷：京峯數位服務有限公司

律師顧問：廣華律師事務所 張珮琦律師

定　　價：399 元

發行日期：2024 年 02 月第一版

◎本書以 POD 印製

國家圖書館出版品預行編目資料

時光的低語，在薄情的世界裡溫柔
的活著：探索愛與失去的微妙界線
/ 楊牧笛 著 . -- 第一版 . -- 臺北市：
崧燁文化事業有限公司 , 2024.02
面；　公分
POD 版
POD 版
ISBN 978-626-357-965-1(平裝)
855　　　113000114

電子書購買

臉書

爽讀 APP